CW01653137

La Folie Kennaway

Du même auteur
dans la même collection

Un monde sans crime (n° 316)

Christian Lehmann

La Folie Kennaway

Collection dirigée par François Guérif

Rivages/noir

Le texte, paru en 1988 aux Éditions de la Renaissance,
a été revu par l'auteur pour cette présente édition

© 1988, Christian Lehmann
© 2001, Éditions Payot & Rivages pour l'édition de poche
106, boulevard Saint-Germain – 75006 Paris

ISBN : 2-7436-0835-8
ISSN : 0764-7786

À Véronique et Quitterie,
à mes parents,
et à Pascal Héricotte et Garry Kilworth,
qui sont plus que des frères

Quand je regarde ton visage, j'ai envie de me laisser aller à partager ta folie que je porte en moi comme un secret que je ne puis cacher plus longtemps. Je me sens pleine d'une joie aiguë, terrible. C'est la joie que l'on éprouve lorsque l'on a accepté la mort et la désintégration, une joie plus terrible et plus profonde que la joie de vivre, de créer.

Anaïs NIN, *Cahiers secrets*.

N'affronte pas les monstres, pour ne pas devenir toi-même un monstre. Car lorsque tu plonges ton regard dans l'abîme, l'abîme plonge son regard en toi.

Friedrich Wilhelm NIETZSCHE.

PROLOGUE

Au sens le plus profond, le plus religieux du terme, il est sans doute juste que ce soit moi qui aie tué Henry Childs. Je crois d'ailleurs que dans ses derniers instants (car sa mort ne fut pas instantanée), il dut savourer ce détail. Le fait que son enveloppe matérielle l'ait alors trahi, que, déjà rongé par l'acide, son corps tente en vain de se traîner jusqu'à l'unique fenêtre de la galerie de portraits, ne contredit en rien mon affirmation.

Derrière le masque de sa chair calcinée, son esprit, son âme durent atteindre en ces quelques secondes une parfaite sérénité. Mais cette certitude, j'aurais voulu pouvoir l'emporter avec moi dans la tombe. Je ne voudrais pas, en dernier lieu, que vous pensiez que j'ai agi en disciple de Childs, en adepte de l'Esthétique de la Destruction.

Si perversité il y eut dans mon geste, ce fut la perversité du hasard, du destin, pas celle de ma volonté, ni même, cher docteur Fuchs, celle de mon inconscient. Ah ! Vous avez été si attentionnée pour moi, docteur Fuchs, si attentive... Quels trésors de sens clinique, de réceptivité, d'astuce vous avez déployés, au fil des années, pour obtenir ma confession... Et voilà qu'au soir de ma vie, docteur, je vous offre ce que vous n'espériez plus.

Éternel guetteur dans le désert de ma cellule, tel le héros de Buzzati, vous avez attendu, patiemment, alors qu'autour de nous les hommes oubliaient Henry Childs, oubliaient Francis Kennaway, oubliaient le mystère.
Vous avez attendu avec la ténacité d'une statue, la foi d'un monolithe. Et voici l'instant de ma délivrance, l'heure de votre triomphe… Enfin vous allez pouvoir écrire ce dernier chapitre, sans lequel votre œuvre n'est rien. Mais peut-être, cher, cher docteur Fuchs, peut-être est-il déjà trop tard…
Qui se souciera de votre livre, ma pauvre et chère amie, six ans après le crime… Qui, de l'intelligentsia londonienne, se souviendra de Henry Childs et de son frère de sang, Francis Kennaway… Votre triomphe sera solitaire, docteur Fuchs, votre victoire passera inaperçue. En ces derniers jours, à l'instant où je m'apprête à suivre la trace pourrissante de Henry Childs, ce n'est pas votre délivrance que je vous offre, docteur Fuchs, mais le plus amer des fardeaux.

Le premier mardi

Le déclic du magnétophone fit sursauter Sylvia Fuchs. Désemparée, elle ouvrit les yeux et laissa errer son regard dans la pièce, étrangère aux objets familiers qui l'entouraient.

Ses mains, posées sur les accoudoirs du fauteuil de son bureau, caressaient le bois d'un lent mouvement de va-et-vient. Elle tenta d'analyser les sentiments contradictoires qui l'assaillaient, sans y parvenir, et referma les yeux à nouveau, pressentant les signes avant-coureurs d'une migraine.

Il était près de dix-neuf heures. Les lumières du bâtiment administratif désert illuminaient faiblement son bureau par-delà la cour silencieuse de l'hôpital. Sylvia entendait encore la voix de Francis Kennaway dans la pièce ; chaude, vibrante de vérité et de détermination.

Elle se sentait vidée, sans forces, comme après ces batailles homériques avec le conseil administratif de l'hôpital, où elle défendait l'intégrité du service de psychiatrie au côté de son patron et analyste, Eivind Lindström, devant la commission budgétaire.

Quand l'orage fut passé en elle, dans l'obscurité de la pièce où scintillait toujours la petite lumière blanche du magnétophone, elle murmura pour elle seule : « J'ai gagné... » L'intuition lui vint, brutale, ironique, que l'approche du succès était plus épuisante que les longues années d'échec qu'elle avait supportées sans broncher.

À son arrivée dans le service de psychiatrie, Sylvia avait été frappée par la haute taille de Kennaway, son physique d'athlète nonchalant, sa beauté fracassée. Les chirurgiens plasticiens avaient accompli des miracles, reconstruisant les contours de sa mâchoire inférieure, remodelant le relief de sa pommette gauche et de son arête nasale.

Sylvia avait comparé son patient aux photos des jaquettes de son premier roman. C'était le même visage, mais tout y semblait plus fragile. Sa peau toute neuve, translucide, soulignait l'éclat gris acier de son regard. L'incendie avait laissé sur ses traits les marques de la souffrance, la marque de Caïn, comme disait Francis énigmatiquement. Son sourire surtout avait changé.

Les photos montraient un homme blond, fin, racé, un peu emprunté. Francis Kennaway avait traversé les flammes, et un homme nouveau en avait émergé. Un homme blessé et infiniment séduisant.

L'homosexualité de Francis n'était un secret pour personne. Les détails les plus graveleux avaient fait la joie des tabloïds pendant tout le procès. Sylvia connaissait peu d'homosexuels, n'en avait jamais remarqué parmi ses collègues.

Herbie Danforth, le second mari de maman, avait bien fait quelques allusions à des hommes aux goûts un peu particuliers, mais pour Sylvia, « ces gens-là » existaient jusqu'alors dans un monde totalement séparé du sien. Maman avait gratifié Herbie à cette occasion d'un regard assassin suivi d'un de ses hochements de menton autoritaires en direction de Sylvia qui avait mis fin brutalement à la conversation.

Francis ne correspondait à aucun des schémas qu'elle s'était inventés. Au lieu d'un artiste fébrile ou d'un pédéraste souffreteux, elle s'était trouvée confrontée à cet homme blessé, drapé dans son silence. Sylvia avait du mal à se rappeler un moment où il n'avait pas été simplement Francis pour elle, mais un nom, monsieur Kennaway. Le nom d'un auteur célèbre. Sylvia se souvenait encore de ce jour de juillet 1976 où Colin, son compagnon à l'époque, lui avait offert un recueil de nouvelles de Kennaway, peu de temps avant leur séparation.

Sylvia avait souvent songé à rappeler Colin et à lui faire savoir qu'elle soignait Francis Kennaway. Colin était passionné de littérature, et peut-être aurait-il été intéressé par cette occasion de rencontrer un de ses maîtres. Mais la seule et unique fois où, ayant réussi à obtenir la nouvelle adresse de Colin à Manchester, Sylvia l'avait appelé, une voix féminine avait répondu au téléphone. Sylvia avait raccroché.

Rien de concret n'avait résulté des espoirs qu'elle avait fondés sur Francis jusqu'à présent. Longtemps même avant d'en avoir fait le sujet de son livre, Sylvia avait senti que l'écrivain portait en lui une réponse aux questions qu'elle se posait, une clef de son puzzle personnel. Lui aussi avait dû le sentir, et, refusant de se livrer à elle, avait laissé s'installer entre eux le jeu dangereux de la séduction. Jusqu'à ce jour de mi-juillet, quelques semaines auparavant, où l'échiquier avait basculé.

Sylvia Fuchs sortait de la chambre de Warren Besart, pour qui elle venait d'augmenter une nouvelle fois la dose de neuroleptiques, quand elle entendit Kennaway l'appeler. Elle parcourut le couloir des yeux et le vit, adossé à la porte de sa chambre, à quinze mètres d'elle.

Il esquissa quelques pas chancelants, agrippé à la

rambarde de sécurité. Son attitude reflétait une panique extrême, et il l'appela une nouvelle fois d'une voix étranglée. Désemparée par l'angoisse qui émanait de lui, Sylvia Fuchs resta figée sur place, serrant contre elle le cahier de visites comme un bouclier.

– Docteur Fuchs !...

Francis Kennaway hurla le nom du médecin une troisième fois. Des portes voisines, patients et aides soignants faisaient irruption dans le couloir. Kennaway prit appui sur le mur et se propulsa vers elle.

Son élan l'amena à quelques mètres de Sylvia, au sommet de l'escalier, et elle vit clairement, sans pouvoir intervenir, ce qui allait se passer. Francis tituba en avant, comme ivre, et tandis que Sylvia lâchait le classeur et se précipitait vers lui, il glissa sur la droite en battant l'air de ses bras, sans un cri.

Sa main gauche agrippa la poignée du chariot de visites. Il tomba à la renverse dans l'escalier, entraînant le chariot métallique dans sa chute. Aussitôt le couloir s'emplit de monde et de bruit. Sylvia Fuchs, parvenue au sommet de l'escalier, se sentit poussée par la masse des patients et des infirmiers.

Francis avait dégringolé jusqu'au palier inférieur. Il gisait, inerte, au milieu des dossiers éparpillés. Elle descendit les marches vers lui, avec une impression horrible de déjà-vu, et s'accroupit à ses côtés. À l'étage supérieur, Warren Besart s'était laissé tomber à genoux devant la porte de sa chambre et ouvrait les bras vers le ciel, le visage couvert de larmes.

Sylvia prit la main de Francis dans les siennes et tâta son pouls. Elle sentit un battement régulier, lent, tenace, et cria à l'aide soignant d'appeler les brancardiers et de prévenir le médecin-réanimateur. Kennaway ouvrit les yeux et la fixa douloureusement, murmurant quelque chose qu'elle ne saisit pas.

Elle se pencha sur lui, et son expression, si vulnérable au moment où il avait senti qu'il allait tomber, se mua en une grimace féroce. Il répéta, en enfonçant ses ongles dans la paume de Sylvia :

– Il faut le détruire... Il faut que vous m'aidiez à le détruire...

Sylvia le fixa sans comprendre, balbutia :

– Restez calme, vous êtes blessé, restez calme.

Il referma les yeux sans relâcher son étreinte. Des infirmiers ramassèrent Francis, le ramenèrent à sa chambre. Clouée par la peur et le dégoût, humiliée de son manque d'initiative, Sylvia Fuchs dut utiliser toute son énergie pour rester dans la pièce, tandis que Higgins, le médecin du service de réanimation, aboyait ses ordres d'une voix sèche. L'infirmier installa une perfusion, puis amena l'électrocardiographe dans la pièce. Francis sanglotait sans bruit, allongé sur le lit, pendant que médecin et infirmiers s'affairaient autour de lui dans un ballet dont Sylvia se sentait exclue. Enfin, sans même un regard pour elle, Higgins quitta le chevet de Francis en dictant ses prescriptions à l'infirmier.

Avec un énorme effort de volonté, Sylvia s'arracha à sa contemplation fascinée de Francis qui gémissait doucement sur son lit, sanglé, entouré de barrières métalliques, et alla s'enfermer dans son bureau où elle avala un tranquillisant avant de s'allonger à même le sol.

Elle était couverte de sueur, et lorsqu'elle entendit trois coups frappés à la porte, elle enfonça la figure dans la moquette pour ne pas hurler. Le visiteur frappa à nouveau à la porte puis s'éloigna d'un pas lent. Elle resta ainsi plusieurs minutes, les yeux ouverts, la bouche pleine du goût âcre et stérile de la laine.

Sylvia Fuchs quitta son bureau une heure plus tard et, évitant le tour de garde des infirmières, se rendit dans leur box pour y lire les prescriptions de Higgins.

Les doses des différents médicaments étaient indiquées en chiffres et en lettres, d'une écriture méticuleuse, mais elle n'y prêta pas attention. Parmi les examens complémentaires, elle vit que Higgins avait demandé pour Francis un électro-encéphalogramme et un scanner cérébral.

Les jours qui suivirent furent pour Sylvia un véritable cauchemar. Eivind Lindström, son chef de service, avait dû supporter les sous-entendus des réanimateurs. Nigel Sutcliffe, le chef du service de réanimation médicale, n'avait pas manqué de faire part à son vieil ennemi de son étonnement face à l'incapacité de Sylvia. Une fois de plus, elle avait trahi son patron. Le poids de sa culpabilité l'étouffait. Lors de sa séance d'analyse, elle n'aborda pas le sujet, et Lindström n'en fit pas mention.

L'état de Francis s'améliora spontanément. Son examen neurologique se normalisa, mais Higgins restait très pessimiste. Les résultats du scanner arrivèrent début août par le courrier du matin. La secrétaire apporta l'enveloppe à Sylvia pendant la visite. Sylvia alla s'enfermer dans son bureau et déchira le compte rendu dans sa hâte de savoir. Les clichés du scanner glissèrent de ses genoux tandis qu'elle relisait la conclusion à plusieurs reprises :

« *L'aspect évoque une tumeur cérébelleuse développée aux dépens du vermis et touchant la partie postérieure du quatrième ventricule, sans signes d'hypertension intra-crânienne pour l'instant.* »

Des spots lumineux se mirent à scintiller devant les yeux de Sylvia, et elle sentit monter une migraine violente. Elle aurait voulu courir se réfugier dans l'ombre de Lindström, mais elle savait qu'il était à un congrès à Édimbourg et n'était sans doute pas joignable par téléphone... Elle était seule, seule avec ce cauchemar.

Francis allait mourir. Il allait mourir avec cette bête immonde dans la tête, qui le dévorerait de l'intérieur. Sylvia Fuchs courut à son cabinet de toilette et vomit dans l'évier, puis s'essuya la figure après s'être aspergée d'eau froide. Elle se vit dans la glace, les yeux rougis, la mine hagarde, et détourna son regard. Elle tira les rideaux, cherchant refuge dans l'obscurité.

Elle tituba à travers son bureau jusqu'au divan et s'y allongea. Elle ferma les yeux et s'abandonna pendant quelques minutes au rythme de sa douleur.

Une présence toute proche lui fit ouvrir les yeux. Une nouvelle vague de souffrance prit possession d'elle.

– La porte était ouverte. Je me suis permis d'entrer.

Elle reconnut la voix de Francis. Dans la pénombre du bureau, elle devinait sa silhouette. Il s'assit dans un fauteuil, à distance de Sylvia.

– J'ai regardé mes clichés pendant que vous dormiez. Warren Besart est venu me prévenir que vous les aviez reçus.

Sylvia tenta de se redresser sur le divan mais retomba en arrière. Elle ferma les yeux à nouveau. L'odeur de sa sueur, le relent âcre de vomi dans sa gorge la firent suffoquer. Elle sentit la main de Francis se poser sur son front.

– Ce n'est pas grave, docteur Fuchs. Ce n'est pas grave, je le savais déjà.

Quelque chose dans la voix de Francis, ou peut-être la main posée sur son front, la fit tressaillir, et un poids énorme se dégagea de sa poitrine.

– Je vais mourir, docteur Fuchs. Je sais que je vais mourir. Je le sais depuis longtemps maintenant. Je m'y suis préparé. Et vous allez m'aider, docteur, vous allez m'aider à mourir ici...

La migraine semblait s'estomper. Chaque mot que prononçait Kennaway effaçait la douleur, atténuait son sentiment de culpabilité et d'impuissance. En acceptant sa mort, il vidait en elle toutes ses forces vitales.

Jamais Francis ne l'avait touchée jusqu'alors. Et pourtant elle avait imaginé cette caresse dès qu'elle l'avait vu. Toute l'angoisse des derniers jours l'abandonna. Une sensation de paix l'envahit, et elle sentit monter en elle le désir qu'il la prenne dans ses bras, comme son père autrefois, pour la bercer. Elle était presque inconsciente ; la douleur en cédant trop rapidement l'avait laissée groggy. Elle savait que ce n'était pas son père, mais Francis qui se tenait à côté d'elle. Elle ouvrit les yeux.

Il était toujours assis dans le fauteuil. Pendant un instant, Sylvia fut désemparée. Elle avait nettement senti une main posée sur son front, une main d'homme.

– Je vais mourir, docteur Fuchs. Avec votre aide, je vais mourir dans le service. Je ne veux pas aller en réanimation. J'ai vécu ici. Je vais mourir ici, si vous m'aidez à rester dans le service, mais pas avant de vous avoir dit ce que vous voulez savoir.

Elle le regardait sans comprendre.

– Je vais, docteur Fuchs, vous raconter mon histoire. Promettez-moi de m'écouter jusqu'au bout. Sans essayer de m'analyser. D'ailleurs, je veux être seul avec mes souvenirs pour pouvoir vous convaincre, sans avoir à guetter vos jugements, vos interprétations. J'aurais voulu vous l'écrire, mais depuis ma chute, mon écriture est illisible. Je vous donnerai ma confession sur cassettes. Cela me permettra de corriger mon style, de me prendre pour un écrivain encore une fois…

Il se leva brusquement, avec une certaine gaucherie, et, comme soudain gêné d'en avoir trop dit, sortit sans regarder Sylvia.

Le lendemain, sur les conseils de Simon Lynch, le résident du service, Sylvia montra les clichés du scanner à Jonathan McNair dans le service de chirurgie. McNair, un grand ami d'Eivind Lindström, était neurochirurgien, et sa grimace en découvrant les clichés ôta à Sylvia le peu d'espoir qu'il lui restait. McNair proposa une biopsie chirurgicale afin d'éliminer une tumeur bénigne ou un kyste d'origine infectieuse.

Sylvia apporta la nouvelle à Francis.

– Si cela peut convaincre les médecins et les chirurgiens de me laisser tranquille, dit-il en souriant.

Sylvia hocha la tête :

– Ce n'est pas ça, Francis. Il y a une chance que cette tumeur soit bénigne ou puisse être traitée médicalement.

– Non, non, docteur Fuchs. Je suis bien placé pour le savoir... Cette tumeur, c'est ma mort.

– Si vous voulez que nous parlions ensemble avant l'intervention..., proposa Sylvia.

Francis Kennaway sourit :

– Ne vous en faites pas, docteur Fuchs. Je vais mourir, mais pas tout de suite...

La biopsie eut lieu le lendemain, soit quarante-huit heures après les résultats du scanner, et Francis Kennaway revint immédiatement dans le service, comme il l'avait fait promettre à Sylvia. Pendant quelques jours, Simon Lynch s'occupa de lui sur le plan médical, sous la surveillance de McNair. À la fin de la semaine, le verdict des anatomo-pathologistes tomba, confirmant l'impression du chirurgien : Francis Kennaway était atteint d'un glioblastome du cervelet, une tumeur maligne résistante à la chimiothérapie et à la radiothérapie dans la plupart des cas. Devant l'insistance de Sylvia, McNair étudia à nouveau les clichés du scanner mais dut s'avouer impuissant. L'extension de la tumeur la rendait inextirpable.

Le premier jeudi

Warren Besart termina son chocolat au lait et se prépara à mourir. Il sortit dans le couloir et posa son plateau sur le chariot de la cuisine, puis fit le tour des chambres, lentement, pour donner aux autres malades le temps de terminer leur petit déjeuner.

Il se sentait parfaitement lucide, et se forçait à maîtriser son excitation. Il savait que sa mort serait sans doute pénible, dénuée de toute dignité, mais il tenait à ce que le rite s'accomplisse dans la sérénité. Simon Lynch, le résident du service de psychiatrie, croisa Warren Besart dans le couloir et lui adressa un sourire distrait. Warren le suivit des yeux sans mot dire et esquissa un signe de croix furtif, puis reprit sa route.

La présence du jeune homme n'ébranla pas la résolution de Besart. Sans doute Lynch avait-il passé une nuit de garde en réanimation, et revenait prendre le café avec les infirmiers, réfugiés à cette heure matinale dans la salle de pansements avant le tour de huit heures et la visite du patron, Eivind Lindström. Il y avait peu de chance que Lynch ait pu deviner ses pensées. L'ange gardien de Warren y veillait.

Warren Besart termina son tour par la chambre de Francis Kennaway. Il y pénétra avec une grâce remarquable pour un homme de sa corpulence et souleva le plateau de Francis en évitant de faire le moindre bruit. Il allait ressortir quand la voix de l'écrivain retentit dans son dos :

– Warren ?

Besart se retourna légèrement vers le lit, tentant de dissimuler son visage. Il était persuadé que Francis lirait en lui comme à livre ouvert s'il lui en laissait l'occasion.

– Warren, vous ne voulez pas rester discuter un moment ?

– Pas maintenant, Francis, je… je dois amener les plateaux à la cuisine.

– Allons, Warren, posez-le et asseyez-vous… Vous n'allez pas vous faire gronder, c'est leur travail.

– Je ne peux pas, Francis. Je reviendrai plus tard.

Francis Kennaway acquiesça et se laissa retomber sur le lit.

Warren Besart sortit dans le couloir et serra les lèvres. Cela lui faisait mal de mentir à son seul ami, mais leur délivrance était à ce prix. Plus tard, Francis mesurerait l'étendue de son sacrifice.

Warren Besart poussa le chariot jusqu'à la cuisine et retourna dans sa chambre. Il se mit nu et se savonna des pieds à la tête, sans se regarder dans le petit miroir du lavabo. Son obésité lui répugnait de plus en plus. Signe de son impureté, de ses appétits les plus bas. Il marmonna à voix basse la prière de renonciation :

– Le corps doit être puni. Le corps doit être puni en sacrifice. En vérité je vous le dis, le corps du pécheur n'est rien, et il appartient au pécheur de sauver son âme par ce sacrifice…

La litanie le calma. Il remplit le lavabo d'eau froide et se rinça consciencieusement. Sa main s'attarda quelques secondes sur son sexe, ses petits testicules, roses et imberbes comme ceux d'un enfant. Il sentit monter en lui le dégoût de sa corruption. Bientôt c'en serait fini de toutes ces petites bassesses. Bientôt Warren Besart purifierait sa vie. Il savait que Francis comprendrait, mais qu'en serait-il du docteur Fuchs, du professeur Lindström, des infirmiers ? Se croiraient-ils coupables de négligence ? Warren Besart secoua la tête, chassant ces pensées de son esprit. Il n'avait plus le droit de tergiverser, de se laisser aller à la mélancolie. Seul le sacrifice importait.

Il se sécha méticuleusement, mit un pyjama propre, enfila sa robe de chambre et sortit pieds nus dans le couloir. Le chariot du petit déjeuner était toujours visible près de la porte de la cuisine, à l'autre bout du couloir vide. Warren Besart entra dans la salle de douche, referma la porte derrière lui et cala les deux fauteuils roulants entre la baignoire et la porte, puis bloqua les freins. Il enleva sa robe de chambre, sortit la ceinture de ses anneaux et la lança par-dessus les tuyaux de la douche. Il s'y reprit à trois fois avant que le petit serpentin retombe de l'autre côté des canalisations. Il posa un pied sur le rebord du bac à douche, l'autre sur le bidet, et attacha le nœud coulant autour de son cou. Il ferma les yeux et récita sa prière :

– Notre père qui êtes aux cieux, que Ton Nom soit sanctifié, que Ton Règne vienne. Pardonne-moi mes offenses, et ne m'induis pas en tentation. Tu as tellement aimé les hommes, que tu leur as donné ton fils unique. Je n'ai que ma vie à donner, Seigneur, mais je te la donne avec allégresse, pour que Francis vive. Éloigne la coupe de ses lèvres, Seigneur. Délivre-le du Mal. J'offre ma vie en échange de la sienne, pour les siècles et les siècles. Amen.

Warren Besart se lança en avant.

Instantanément, il fut pris de panique. La chute avait été trop courte pour lui briser le cou, et une douleur atroce lui vrilla la tête, descendant comme une coulée de lave le long de sa colonne vertébrale.

Ses mains furent prises de folie, s'élancèrent autour de son cou comme deux grosses araignées épileptiques. Ses pieds nus frappaient le rebord et le mur de la douche, tâchant vainement de reprendre appui. Warren Besart avait rouvert les yeux au moment de la chute, et il se rendit compte qu'il tournait comme un pantin désarticulé autour de la corde. Sa vision s'obscurcissait, et le bruit d'une immense cataracte emplissait son cerveau. Il sentit son sexe se dresser dans le pantalon de son pyjama, et sa panique redoubla avec sa honte. Il allait mourir en état de péché. Il tenta de hurler. Sa gorge se déchira. Puis l'univers devint flou. Son corps cessa enfin de se défendre. Il vit les fauteuils roulants tomber à la renverse, sans un bruit. Il tenta de sourire, mais sa langue obstruait complètement sa bouche. Quelque chose déchira le sommet de son crâne. Il tomba comme une masse et perdit conscience.

La pluie ruisselait sur la vitre.

Sylvia Fuchs était assise dans le fauteuil inconfortable qu'Eivind Lindström avait récemment placé près du divan, la laissant libre de choisir sa place. Elle tâchait d'échapper aux questions de son chef de service en prenant un air préoccupé et en fixant le paysage. L'écran brouillé de larmes lui renvoyait sa propre image.

– Francis Kennaway va mourir, Sylvia. Je suis désolé que ça arrive maintenant, et en de telles circonstances, mais nous ne pouvons pas le garder dans le service. Cette tumeur va le tuer en quelques semaines.

Eivind Lindström reposa sur le bureau le compte rendu des anatomo-pathologistes et ôta ses lunettes.

– Eivind, vous n'avez pas cessé de me répéter qu'il va mourir. Puisque c'est une certitude, puisqu'il n'a aucune chance, pourquoi le faire souffrir inutilement ? À quoi cela servira-t-il de le livrer au service de réanimation ?

– Le livrer, Sylvia… Tu dramatises…

– Non, le livrer, c'est le mot juste. Le livrer à Sutcliffe. Ils vont l'explorer, comme ils disent. Exploiter sa souffrance, lui voler sa mort. Pour quel résultat ? Ils en tireront une belle iconographie, et ils apprendront aux internes à faire des ponctions lombaires… Je ne veux pas de ça, Eivind, et Francis non plus.

– Il n'a pas à vouloir, Sylvia. C'est affreux, mais il n'a plus droit à la parole. Quand bien même il signerait par écrit une décharge en demandant de rester dans le service, nous n'aurions pas le droit, déontologiquement, de le garder…

– Pas le droit, pas le droit… Qui s'est occupé de lui ? Qui est son médecin ? Quels droits ont-ils sur lui ? Il pourrait aussi bien être mort, si c'est tout le cas qu'on fait de ses désirs à lui.

– Ses désirs importent peu, Sylvia…

– Non, bien sûr. Les désirs de Sutcliffe et de la réanimation médicale passent au premier plan. On croit rêver.

– Sutcliffe aurait toutes les bonnes raisons de demander son transfert… et s'y opposer serait une erreur pour le service tout entier.

– C'est faux ! Si nous lâchons Francis maintenant, pourquoi pas les autres ?

– Francis est sorti de notre sphère d'influence. Nous ne pouvons plus rien pour lui.

– C'est un mensonge ! Vous n'avez pas le droit d'avoir peur comme ça !

Lindström ne souriait plus. Ses mains, habituellement posées sur les accoudoirs du fauteuil, agrippaient le plateau en verre de son bureau.

– Je n'ai pas peur de Sutcliffe, Sylvia. Je pense simplement qu'il n'est dans l'intérêt de personne que Francis agonise ici. Ni dans l'intérêt du service, ni dans l'intérêt des autres patients. Ce matin, Warren Besart a tenté de se suicider en apprenant que Francis était malade. Il a bien failli réussir. Si Lynch n'avait pas eu la bonne idée de prendre une douche dans le service, nous perdions un patient. Et ce n'est sans doute qu'un début. Tu sais à quel point ce genre de réaction est contagieuse dans un service fermé. La situation va devenir incontrôlable.

– Eh bien il faudra y faire face. Warren est un malade fragile, je le sais. Mais c'est aussi une preuve de l'influence de Francis Kennaway sur les autres patients. Nous ne pouvons pas escamoter sa mort ainsi. C'est dans l'intérêt de Francis que je parle, et dans le nôtre bien sûr. Nous ne pouvons pas l'abandonner comme ça.

Sylvia croisa le regard du psychiatre quelques instants, puis rabaissa les yeux aussitôt, gênée. Eivind Lindström avait perdu toute sa famille dans les camps de concentration allemands. Quarante ans après, avoir survécu le tourmentait encore.

– Je suis désolée… Je veux dire que moi, je ne peux pas l'abandonner. J'ai autant besoin de lui qu'il a besoin de moi.

Ce fut Lindström cette fois qui la dévisagea longuement avant de répondre. Il plissa les yeux et se redressa sur son siège, dans un effort conscient pour diminuer la tension de ses muscles. Il vit qu'elle aussi, les bras tendus sur les accoudoirs, se tenait rigide dans son fauteuil de cuir. Il sourit. Sylvia ne l'avait pas habitué à de telles scènes. Plus doucement, il continua.

– Il s'est passé quelque chose avec Francis. Quelque chose que tu ne m'as pas dit.

– C'est mon patient. Il a confiance en moi… Vous m'avez dit de me battre. Toujours.

Lindström l'interrompit avec un rire joyeux.

– Écoute, Sylvia, je t'en prie. Tu oublies que je suis

aussi de la partie. C'est bon pour un réanimateur, ce genre d'excuse, et encore. Il s'est passé quelque chose avec Francis. Récemment. C'est la première fois que tu te défends avec tant d'énergie. J'aimerais savoir pourquoi.

– Il a confiance en moi. Il sait qu'il va mourir. Je ne lui ai rien dit, mais il le sait.

Sylvia Fuchs se tut.

Lindström patienta une minute puis reprit :

– Et alors ?

– Alors il veut se confier à moi.

– Sylvia..., soupira Lindström d'un air agacé. Francis Kennaway est interné depuis cinq ans. J'aimerais savoir ce que tu attends encore de lui.

– Je veux savoir, Lindström, je veux le comprendre.

– Pourquoi lui, justement ? Pourquoi pas Besart ou Fulbanks ?

Sylvia ne répondit pas.

– Pourquoi est-ce le seul patient que tu appelles par son prénom ?

– Je ne sais pas. C'est le seul dont je me sente réellement proche.

– C'est le seul qui ne communique pas avec toi, Sylvia. C'est le seul qui ne te coûte rien que l'investissement de tes fantasmes.

– C'est faux. D'eux tous, c'est celui... Je ne sais pas le dire, Lindström. Je dois savoir.

– Tu n'es pas ici pour satisfaire ta curiosité, Sylvia, mais pour les soigner. Si tu te laisses fasciner par Francis, tu ne pourras rien pour lui.

– Il est fascinant...

– C'est bien ce qui m'inquiète.

– Je sais que je peux l'aider, Lindström, c'est très, très important pour moi.

– Sylvia...

– Oui ?

– Ce n'est pas... ce livre ?

– Quel livre ?

– Il y a trois ans, tu m'as dit que tu voulais écrire un livre sur Kennaway. Le meurtre en tant que déviance de la création. Tu vois, j'ai bonne mémoire.

– Il n'y a pas de livre. Je ne pourrais pas mettre ça dans un livre.

– Alors ?

– J'ai besoin de savoir, répéta Sylvia.

– Tu tournes en rond ! Pourquoi lui ? Pourquoi justement lui ? Son drame n'est pas une anecdote, Sylvia. Tu ne vas pas pondre un article pour le *Reader's Digest.* « J'ai soigné Francis Kennaway, l'assassin… » C'est un patient, Besart est un patient, Akers est un patient !

– Ne me le faites pas dire, Lindström. Je ne sais pas comment ça sortirait. Je ne peux pas vous donner un petit compte rendu détaillé de mes motivations. Je… j'ai besoin de lui, c'est tout.

– Sinon…

– Sinon rien. Ce n'est pas une menace. C'est un fait.

Lindström siffla doucement en hochant la tête.

– Si c'est Francis qui t'a mise dans cet état, il faudrait peut-être lui proposer mon poste.

– Pardon ?

– S'il réussit à induire en toi une telle détermination, il est beaucoup plus calé que moi.

– Alors c'est oui ?

– Je vais te dire. C'est oui si tu trouves un réanimateur pour s'en occuper dans le service.

– Vous n'êtes pas si rouillé que ça…

– C'est-à-dire ?

– C'est-à-dire, cher et innocent patron, que je vais devoir affronter les sbires de Sutcliffe dans son repaire, et si possible en soudoyer un. Sans que vous soyez impliqué dans l'affaire, bien sûr.

– Quelle imagination débordante ! Enfin, je n'y

avais pas pensé, mais à priori, comme ça, je dirais Byrne plutôt que Higgins.

Sylvia avait évité ses collègues des autres services, et particulièrement ceux du service de réanimation, depuis son arrivée dans le service en 1982. Elle n'avait jamais vu Gabriel Byrne, l'assistant de Nigel Sutcliffe, en dehors des commissions budgétaires. Il n'y desserrait les dents que pour dénoncer de façon laconique les travers du service de psychiatrie.

Dans la petite guerre que se livraient les deux chefs de service, ce genre de sarcasme n'avait pas attiré l'attention, mais l'apparent désintérêt de Byrne pour ses propres accusations avait amené Sylvia à se demander s'il ne jouait pas contre son propre camp. Nigel Sutcliffe, le chef du service de réanimation, ne semblait pas s'en être aperçu. Neurologue de formation, Sutcliffe avait hérité du service de réanimation médicale où, d'après les dires de Lindström, il ne s'intéressait qu'à quelques expériences thérapeutiques sur des patients en coma dépassé.

Sylvia éprouvait un plaisir trouble, lors des réunions du conseil médical, à se tenir aux côtés de son patron et analyste et à faire face au bout de la table à Sutcliffe et à ses sbires. Le contraste était saisissant entre le psychiatre, homme puissant malgré ses soixante ans révolus, avec son maintien de patriarche, sa barbe encore drue, ses yeux pétillants d'intelligence, et son ennemi, Sutcliffe, petit homme servile avec sa cravate trop chatoyante et ses gadgets (Eurosignal, dictaphone, etc.) complaisamment étalés devant lui.

Sylvia Fuchs savait que c'était une facette du transfert sur son psychanalyste qui transparaissait ainsi en public, mais elle n'en avait cure.

Habituée à une vie sociale restreinte, Sylvia avait ressenti une sorte de vertige lorsqu'elle s'était retrouvée propulsée dans le vivier de l'hôpital. Jusqu'alors, en dehors des trois années passées avec Colin, elle n'avait eu comme interlocuteurs que sa mère, et les fantômes de son père et de Herbie.

Ici, c'était différent. Le jeu des pouvoirs impliquait que chaque geste, chaque prise de position étaient analysés, disséqués.

Elle percevait à travers cette agitation un bruissement d'ailes et de pattes innombrables, qui lui donnait la nausée. Elle ne s'en était ouverte au professeur Lindström que récemment, et avait cru voir sur le visage de son patron de l'amusement. Pourtant lui aussi, lors de ces réunions consultatives interdépartementales, se lançait dans la bataille comme les autres. Avec plus de retenue, parce que son style lui interdisait les obscénités de Sutcliffe, mais avec autant de rage de vaincre que ses adversaires. Lindström était un guerrier-né, un homme fait pour le combat, et de cette confrérie elle se sentait exclue.

L'attitude de Byrne, équivoque, n'en était que plus attirante.

Lindström s'asseyait invariablement en face de Sutcliffe, et observait sans broncher son adversaire ériger entre eux un rempart d'objets familiers avant de se jeter dans la mêlée.

Byrne, assis à la gauche de son patron, les deux mains posées sur la table, penchait la tête comme s'il tendait l'oreille vers une petite musique, les lèvres légèrement pincées, immobile. De temps en temps, Sylvia le voyait se crisper sur son siège, mais son expression ne trahissait aucun conflit. Seule sa tête se mettait alors à trembler légèrement, comme s'il allait convulser d'un moment à l'autre. Elle avait observé le phénomène quatre ou cinq fois, et à chaque apparition avec une fascination grandissante.

Sylvia n'aurait su dire si son attirance pour Byrne se remarquait ou non, et n'y pensait pas trop. Elle mesurait le handicap qu'elle devait représenter pour Lindström. Elle était incapable de le seconder dans ces discussions âpres, parfois franchement orageuses, opposant les différents services pour l'attribution de crédits. Elle se sentait déjà suffisamment vulnérable pour ne pas se demander en plus si leurs adversaires jouaient de son attraction pour Byrne.

Ces derniers temps, tâchant d'appliquer les préceptes de Lindström, Sylvia s'était immiscée dans les débats au lieu de les fuir, et avait réalisé avec excitation que cela était possible. Elle avait tenté d'analyser la situation sans se laisser submerger par ses propres sentiments et tout s'était éclairé différemment. Sylvia Fuchs s'était ainsi rendu compte que sa présence auprès de Lindström, loin d'être pour lui un handicap, pouvait être perçue comme une protection au moins aussi efficace que les gris-gris de Sutcliffe, et bien plus perturbatrice pour leurs adversaires. Avec une espèce de vertige, elle avait entrevu dans l'esprit de Lindström et de Sutcliffe, les deux chefs de service, les multiples stratégies qu'ils menaient de front sur l'échiquier de l'hôpital. Elle avait perçu que son attirance pour Byrne était évidente pour les deux maîtres du jeu, et que chacun à sa manière comptait sur la présence de Sylvia pour déstabiliser l'adversaire. L'intuition lui en était venue subitement, comme si un diagramme explicatif, comportant des zones claires, bien définies, et des zones d'ombre que se disputaient les deux hommes, s'était superposé à la table de réunion. Elle s'était sentie soulevée par une vague d'émotions contradictoires : le dégoût, la peur, une espèce d'attente fébrile, un sentiment de triomphe inexpliqué… Sylvia comptait pour eux… pas comme elle aurait voulu compter dans leur vie, car, à part Lindström, ils ne savaient rien d'elle ; mais ils se souciaient d'elle, même si certains cherchaient à lui nuire. Ici, à l'hôpital, elle existait réellement. Puis était venue la question qui l'avait soudain anéantie. Byrne savait-il ? Voyait-il ce manège ? Il n'y avait d'autre moyen de savoir que de le lui demander. Et elle n'aurait jamais osé. Sylvia se contentait de scruter à la dérobée son front presque entièrement dégarni, ses cols de chemise froissés, les tics de sa lèvre inférieure, ses deux mains posées sur la table, pleines d'une force contenue, et qui faisaient naître en elle une sorte de malaise, de fébrilité. Sylvia sut en quittant le bureau de Lindström qu'elle n'aurait jamais le courage d'affronter Byrne. Lui parler de Francis serait déjà difficile. Mais sentir ses yeux plonger en elle, observer son hochement de tête, tout cela lui semblait surhumain. Elle était certaine de se ridiculiser devant Byrne.

Sylvia s'enferma dans son bureau et composa en tremblant le numéro du bureau des réanimateurs. Elle entendit une voix au bout du fil avant de se rendre compte qu'on avait décroché et faillit reposer le combiné.

– Allô, réanimation, box 2…

– Je voudrais parler au docteur Byrne.

– Pas possible, il est occupé. Je peux lui demander de vous rappeler.

– Oui, c'est le docteur Fuchs… en psychiatrie… dans le service de psychiatrie.

– Docteur Fuchs ! Enchanté, c'est le docteur Higgins.

Elle réprima un frisson. La dernière fois qu'elle avait vu Higgins, elle avait prouvé son incapacité à faire face aux événements après la chute de Francis. Comme dans un cauchemar, elle devina ce qu'il allait dire.

– Je suppose que vous appelez au sujet de votre patient de l'autre jour…

– Non, c'est… le docteur Byrne m'a demandé de

le rappeler, je ne sais pas à quel sujet. Si vous pouvez lui dire que je serai là à dix-huit heures.

– Bien sûr, bien sûr. Il téléphonera ou il montera vous voir.

La voix de Higgins s'était faite suave, insidieuse.

– Oui, qu'il téléphone, s'il vous plaît, dites-lui de téléphoner.

– Très bien, docteur Fuchs. À bientôt.

Elle allait raccrocher quand elle entendit Higgins reprendre la parole et prononcer le mot « scanner ». Elle hésita au moment de couper la communication, puis reporta le combiné à son oreille.

– Pardon ? demanda-t-elle.

– Je dis que le scanner de Kennaway est un scanner pour étudiants de troisième année ! C'est remarquable. Le service de radiologie nous a adressé une copie, c'est extraordinaire ! Je vous demanderai bientôt les originaux pour le staff, s'il vous plaît.

– Oui, bien sûr. Au revoir…

Elle raccrocha cette fois-ci sans attendre de réponse, prise de peur. Elle se sentit seule, acculée. Sa marge de manœuvre se réduisait de plus en plus. Higgins informerait son patron… maintenant que le cas de Francis lui était revenu en mémoire. Sutcliffe trouverait le moyen de faire pression sur Lindström en se servant des résultats du scanner.

Elle n'aurait pas dû téléphoner. Par faiblesse, elle avait refusé de rencontrer Byrne face à face, et elle était revenue au point de départ. Jamais Lindström ne la seconderait cette fois-ci.

C'était trop risqué.

Le téléphone sonna.

Elle aurait voulu fuir, mais elle décrocha le combiné.

– Gabriel Byrne pour le docteur Fuchs, s'il vous plaît…

– C'est moi-même. Je vous ai appelé il y a un instant pour un de mes malades.

Sylvia serra les dents... Si Higgins était dans la pièce, il saurait qu'elle avait menti.

– Vous voulez que je monte tout de suite ? C'est urgent ?

– Non, pas vraiment...

– C'est Kennaway, n'est-ce pas ?

Elle resta muette un instant avant de répondre.

– Oui, comment êtes-vous au courant ?

– Mes collègues attendaient votre appel. Ils pensaient que vous l'auriez transféré plus tôt. Enfin, ce n'est pas un problème. Il y a de la place au deuxième.

– Justement, je voudrais vous voir pour vous en parler.

– Comme vous voulez. Je sors à dix-neuf heures trente. Vous passez me chercher et vous m'expliquez ça au Cock-Robin, d'accord ?

Le Cock-Robin était un pub dans Riverdale Road, tout proche de l'hôpital.

– Oui, peut-être... d'accord.

– OK, priez pour moi, je monte une sonde de stimulation cardiaque et la salle de radio est en panne.

Sylvia murmura un vague « Oui, bonne chance » et raccrocha. La décision lui avait été arrachée des mains.

Sylvia Fuchs jeta un regard inquiet sur sa montre. Il était près de vingt-trois heures. Le barman allait bientôt annoncer la dernière tournée, et elle n'avait toujours pas réussi à s'éclipser. Byrne, debout devant le bar avec leurs verres en main, lui adressa un petit signe de reconnaissance en attendant sa monnaie. Sylvia sourit en retour, automatiquement.

Lorsque Sylvia Fuchs était descendue en réanimation, Byrne n'avait pas terminé de poser la sonde de stimulation. Elle avait traversé le service jusqu'à la salle de radiologie d'un air décidé, sans prêter attention aux regards des infirmières.

Sylvia était arrivée devant la vitre plombée de la salle de radiologie avec soulagement. Elle avait été persuadée que quelqu'un allait l'arrêter, qu'on allait la questionner sur sa présence ici. Elle reconnaissait la nature irraisonnée de cette peur, mais n'avait pu s'en défaire. Maintenant, elle voyait Byrne, dans sa tenue de chirurgien, peiner en silence au-dessus du corps du malade allongé.

Les souvenirs de ses années d'études étaient trop vagues pour lui permettre d'identifier les machines qui entouraient comme autant de spectateurs muets le ballet de Byrne auprès de son malade. La pièce de l'autre côté de la vitre était verte comme un aquarium, ainsi que la casaque du médecin et les champs stériles.

Du sang avait imbibé copieusement le tissu autour de l'aine du malade. Dans la lumière blanche du scialytique, la tache noirâtre avançait lentement, tandis que les mains de Byrne s'affairaient au-dessus de la sonde fémorale, dans un mouvement de va-et-vient, comme s'il cherchait à passer un obstacle.

De lui, Sylvia ne voyait que les yeux au-dessus de son masque. Il était pourtant impossible de le confondre avec un autre. De grosses gouttes de sueur perlaient sur ses sourcils, et sa tête était parcourue de ce tremblement perceptible qui le saisissait en pleine concentration. L'effet était assez déroutant. Elle vit que le visage du malade, sans doute conscient, était tourné de l'autre côté, et en partie recouvert par le champ stérile.

Les mains de Byrne semblaient maintenant avoir passé l'obstacle, et il retirait avec une dextérité et une délicatesse impressionnantes les instruments disposés autour de la plaie. Pourtant le tremblement persistait.

Il a l'air hanté, pensa-t-elle en le suivant des yeux. Gabriel Byrne manœuvrait lentement entre les tables basses, se frayant un chemin jusqu'à elle.

Ils avaient à peine effleuré le cas de Francis. Sylvia avait exposé les problèmes auxquels elle se trouvait confrontée pour garder Francis Kennaway dans le service, en omettant de mentionner l'inimitié de Lindström et de Sutcliffe. Byrne l'avait écoutée sans intervenir et avait promis de discuter avec Francis avant de se décider.

Comme Sylvia lui demandait de ne pas en informer son chef de service, Byrne avait laissé tomber une remarque désobligeante sur Sutcliffe. Sylvia, surprise, n'avait pas enchaîné. Elle ne comprenait pas ce que Byrne voulait. Il semblait heureux d'être en sa compagnie, parlait de choses et d'autres avec un soupçon d'ironie envers lui-même, mais sans tenter aucune manœuvre de séduction.

Vers dix heures, il s'était tu subitement. Il n'avait pas proposé de l'emmener dîner. Sous l'action combinée de l'alcool et de l'anxiété des jours précédents, Sylvia se sentait trop lasse pour prendre une décision, et attendait l'heure de fermeture du pub pour rentrer chez elle. Byrne s'assit à côté d'elle et lui présenta son gin and tonic avec une petite pirouette de la main qui lui rappela Colin. Une vague de désir la submergea.

Gabriel Byrne avait saisi son verre de Guinness et faisait des ronds sur la table, impassible. Elle fut abasourdie par la force de son envie, et par le fait qu'il n'avait rien remarqué. Le regard de Sylvia se posa à nouveau sur les mains de Byrne, et elle sut qu'elle devait partir, qu'elle devait le quitter sous peine de se perdre.

Sylvia avala son verre en quelques gorgées furtives et s'excusa. Elle prétexta qu'elle avait promis d'appeler sa mère au téléphone. Byrne ne prêta aucune attention à son explication, à peine plus à son départ.

Il était encore loin d'être suffisamment soûl pour réussir à s'endormir ce soir. Il était reconnaissant à Sylvia Fuchs de l'avoir laissé. Il savait que dans l'état où il était, il se serait ridiculisé avec elle.

Cela faisait maintenant cinq jours que Lindsey l'avait quitté, et il était surpris d'être encore vivant.

À peine arrivée à son appartement, Sylvia sentit la fatigue fondre sur elle. Son corps entier semblait engourdi. Elle ôta ses chaussures et resta debout, le front appuyé contre le chambranle de la porte, avant de se décider à faire couler un bain. Elle s'assit sur le rebord de la baignoire, ouvrit le robinet d'eau chaude à fond et ferma les yeux en sentant le nuage de vapeur l'envelopper d'une gangue moite.

Pour la première fois depuis des mois, elle regretta sa solitude, imagina le plaisir de rentrer à l'appartement dans les bras, la chaleur d'un homme.

La voix de Francis revenait à sa mémoire. Une voix qui parlait d'amour, même si cet amour lui était étranger. Une voix qui parlait de plaisir et de sensualité. La sonnerie du téléphone interrompit sa rêverie. Sylvia hésita un instant, avança la main vers le robinet, puis se ravisa et quitta la salle de bains. Elle traversa le salon rapidement et décrocha l'écouteur.

– Allô, Sylvia ? je m'excuse de te déranger à cette heure, c'est Colin... J'avais peur que tu aies changé de numéro...

Elle se raidit, parcourue d'un frisson d'excitation. Elle n'avait pas entendu sa voix depuis plus de dix ans.

– Non, non, c'est ici, je suis toujours ici...

Elle ajouta avec une pointe d'ironie :

– Tu sais que je change rarement d'attache...

Elle regretta aussitôt sa remarque... Elle allait le

faire fuir à nouveau, l'effrayer... La joie et la souffrance de le retrouver étaient trop intenses. Elle se sentait totalement dépassée.

– Je t'appelle comme ça parce que je vais être de passage à Londres cette semaine. Je dois descendre à l'hôtel, il y a une convention littéraire, mais je me suis dit, tu vois, enfin la convention débute seulement lundi. D'abord je me suis dit que je descendrais bien à Brighton ce week-end voir Garry, mais tu sais, les visites éclairs... Alors j'ai pensé à toi, enfin, tu sais... pas en second choix, mais je me suis dit c'est idiot. Le passé, tu comprends... On pourrait se revoir, discuter... Si tu veux, bien sûr, si ça t'est pénible, je ne veux pas insister. Tu sais, je pense à toi, souvent, tu te souviens la librairie féministe de Brenda, tu sais, elle a été rachetée... Tu ne dis rien ?

– Non, je ne dis rien. Tu n'as pas changé. C'est toujours aussi difficile de placer un mot dans tes monologues.

– Non, écoute... C'est fini, ce genre de remarques. Regarde où ça nous a menés. J'espérais que tu passerais sur ce genre de détail.

– Tu n'as pas compris, Colin. Ce n'est pas grave. Je te retrouve, c'est tout. Je te retrouve inchangé. Ça me fait très, très plaisir, si tu veux savoir...

Elle n'ajouta pas qu'il avait toujours le chic pour la culpabiliser.

– Ah ? Ah bon... Pourquoi tu ne m'as rien dit ? Moi j'avais peur, tu vois. C'est idiot. Tu sais, on ne sait jamais comment, on ne connaît rien des autres. Même, tu vois... Tu aurais dû me le dire. J'ai agonisé pendant des heures au téléphone avant de t'appeler.

Il en rajoutait dans le drame, comme toujours. Il fallait que sa vie soit forte, que ça saigne, que ça souffre. Il lui fallaït du brillant... Et, Seigneur, il était brillant, il était la chose la plus vivante qu'elle ait jamais tenue dans ses bras...

– Tu sais, je me suis dit que si je ne profitais pas de la convention pour t'appeler, je ne le ferais jamais. Tu sais ce qui m'a décidé, tu ne devineras pas... C'est la mort de Borges. Tu sais, quelques semaines avant sa mort, l'*Observer* m'avait presque engagé pour aller le rencontrer. Alors là je me suis dit : il est trop tard maintenant, tu comprends. À force de remettre au lendemain, la vie nous emporte au loin. Et toi, je ne t'ai même pas demandé, tu ne dis rien, qu'est-ce que tu fais ?

Sylvia hésita une seconde, prise de court par la question de Colin. Sylvia savait que Colin ne posait des questions au téléphone que pour se reposer avant de partir sur une autre idée. Elle ressentait toujours un plaisir mêlé d'étonnement à l'entendre, il était comme une dynamo qui ne s'arrêterait jamais.

Le téléphone le rendait anxieux. Seul avec elle, il était tout autre. Il avait été tout autre. Le souvenir de la déchirure la transperça d'amertume, de haine, de joie. Ils allaient se revoir, tout un week-end. Elle aurait pu éclater de rire. Mais il ne fallait pas qu'il sache. Il ne fallait pas qu'il prenne peur. Sylvia l'entendit s'éclaircir la voix à l'autre bout du fil et lança sans réfléchir :

– J'écris un livre.

Elle espérait que ce serait suffisant, mais Colin resta muet.

– J'écris un livre sur Francis Kennaway, l'écrivain.

– Tu écris un livre sur Kennaway ? On parle bien du même, celui qui a tué Childs ?

– Celui-là, oui... quoique ça me fasse un peu bizarre de t'entendre résumer ça ainsi...

– Mais c'est lui, non, c'était juste après Lennon, je me souviens, en décembre, 1982, ou 81... Je me souviens, je me suis dit : c'est une conspiration internationale, bientôt ce sera mon tour. Adieu, monde cruel...

Elle rit. C'était plus fort qu'elle. Elle rit parce qu'il était drôle, et parce qu'elle se sentait vivante, pour la première fois depuis longtemps. Elle l'aimait, c'était certain. À ce moment précis, elle les aimait tous, à travers lui. Francis, Eivind, Byrne – *il avait une alliance, elle en avait vu la marque sur sa main, peut-être était-il divorcé.*

– J'aime t'entendre rire, ça m'a manqué.

Sylvia sentit sa gorge se serrer. Colin allait revenir. Elle le savait. Il ne pourrait pas vivre sans elle. Elle l'avait toujours su. Longtemps, bien longtemps avant, il le lui avait dit. Il le lui avait écrit.

– Tu fais un bouquin sur Kennaway… C'est formidable. Tu sais que je l'ai rencontré, en 77 je crois, quand il a écrit l'*Évangile selon Caïn*. Attends, ne me dis pas. Ne me dis pas que c'est un de tes patients. C'est génial !…

Sylvia ferma les yeux de bonheur. Colin s'intéressait à Francis, et par là même à elle.

Elle l'avait toujours su.

Il l'aimerait.

Il aimerait le livre.

Il l'aimerait, elle.

– Pourtant si. C'est mon patient personnel. J'écris un livre sur lui et sur Henry Childs.

– Et tu as le droit de faire ça, je veux dire, en tant que psychiatre ?

– Oui, oui, c'est un traité de psychiatrie, pas un roman à sensation. De toute façon, j'aurai son accord.

Elle se redressa et laissa son regard embrasser la pièce. L'eau avançait, imbibant la moquette du couloir. Sylvia hurla : « La baignoire ! » et s'élança sans lâcher le combiné. Le téléphone s'écrasa à terre avec un bruit métallique.

– Colin, tu es là… Colin ?

– Qu'est-ce qui t'arrive ?

– Attends, c'est la baignoire…

Elle lâcha le combiné et courut vers la salle de bains en riant et en hoquetant. L'eau chaude lui brûla les pieds. Elle hurla un MERDE ! retentissant, espérant qu'il l'entendrait au bout du fil. Sautant d'un pied sur l'autre, elle trouva à tâtons à travers le nuage de vapeur le robinet d'eau chaude, réussit à le fermer sans s'ébouillanter et jeta une serviette par terre. Il devait y avoir au moins un centimètre d'eau dans la salle de bains. Sylvia serra les dents, plongea la main dans la baignoire pour enlever la bonde, puis la retira vivement. Elle étouffa un gémissement de douleur et se releva d'un bond, s'accrochant au lavabo. Elle avait envie de pleurer et de rire à la fois. Elle tira la langue à son reflet dans la glace et retourna au téléphone.

– Colin ?

– Tu es vivante ? Je t'ai entendue hurler. Qu'est-ce qui se passe ? Le docteur Indiana Fuchs et le temple maudit ? Le retour de la baignoire-zombie ?

La voix de Colin se métamorphosa, se fit rauque et inquiétante :

– La terrible et maléfique baignoire sanglante avait fait une nouvelle victime. Sa porcelaine étincelante cachait de noirs secrets…

Sylvia reconnut son imitation préférée d'Orson Welles, et rit, transportée dix ans en arrière.

– Je me suis brûlée, Colin. Ça a débordé. Ce n'est pas grave, pas grave du tout.

– Si, c'est grave. Je ne vais pas venir coucher chez toi si ton appartement est sinistré ! Je reste à l'hôtel.

– Tu es une ordure ! gloussa Sylvia. Tu sais bien que je t'attends.

– Bon, c'est bien. Je te rappelle alors. Faut que je pose ce téléphone. Je te rappelle samedi dans la journée. Je t'embrasse.

– Au revoir, Colin. Je t'embrasse.

Il avait déjà raccroché.

L'INITIATION

Je sais que je vais mourir.

Cette entrée en matière, vous l'avouerez, ne manque pas de panache, docteur Fuchs.

Je sais que je vais mourir, sans savoir quand. Sans savoir surtout quand je deviendrai incapable de raisonner, de communiquer. J'espère que l'échéance entre cette première mort, celle de mon esprit, et celle de mon corps, ne s'étirera pas en longueur. Après, une fois le rideau baissé... il ne restera plus que vous pour juger la véracité de mes dires.

Mon but est donc de vous expliquer, aussi clairement que possible, pourquoi j'ai tué Henry Childs. Je me suis rendu compte après plusieurs essais infructueux que la narration la plus linéaire, la plus simple, était de mise. Cela m'oblige à débuter mon histoire un peu tôt, au moment où mon destin a croisé celui de Henry. Au risque de ne pas achever mon récit dans le temps qui m'est imparti. C'est une perspective que mon esprit ne se résout pas à affronter sans angoisse.

La première chose que j'ai remarquée chez lui, c'était sa bouche. Une certaine lourdeur de la lèvre inférieure, comme une invite. La lèvre d'un homme qui savoure un vin épais, capiteux, avant de le verser dans votre gorge.

J'ai rencontré Henry Childs en avril 1969 à Oxford. J'étais étudiant à Christ Church College, comme vous le savez, et Henry avait été renvoyé de RADA, l'Académie d'art dramatique de Londres, depuis trois mois. Nous nous sommes rencontrés grâce à mon professeur de littérature anglaise, Edward Meese.

Un samedi soir, de retour du pub, je fus accosté avec quelques amis par Edward et Henry. Nous décidâmes d'un commun accord de terminer la soirée chez notre professeur, sur Wolsey Road au nord de la ville. Nous étions trop nombreux pour tenir tous dans un taxi. Mes camarades et le professeur nous abandonnèrent, Henry et moi, sur Saint Giles Street, dans l'attente d'un bus. Sans cette rencontre fortuite, sans le retard de cet autobus, ma vie aurait pris un tour différent.

Il faisait bon. C'était un soir de mai, la ville sortait de l'hiver en frissonnant. Nous parlâmes de politique, de musique, et commençâmes à avancer le long de Banbury Road. J'observai mon compagnon avec perplexité.

Des rumeurs couraient sur Meese, comme sur plusieurs de nos professeurs. Autant l'homosexualité entre étudiants était acceptée, à condition de discrétion, autant il était rare que nos professeurs s'affichent ouvertement comme faisant partie de ce que l'on appelle aujourd'hui pudiquement la « communauté homosexuelle ».

J'étais troublé par l'aisance de Henry, par sa beauté désinvolte. Edward Meese avait semblé gêné de se retrouver face à mes camarades et moi-même, et nous aurait sans doute évités s'il avait pu le faire. Henry, chemise ouverte, cravate desserrée, s'affichait avec insolence à son côté. Saisi par le doute, et réticent à se montrer culpabilisé, Meese avait pris le taureau par les cornes, pensai-je, et avait tenté de désamorcer la situation en forçant la rencontre. Effectivement mes quatre camarades, trop heureux d'être invités chez notre tuteur, semblaient avoir oublié la présence de Henry. Je pensai à eux. Ils étaient sûrement déjà arrivés à destination. Je pressentis qu'en me séparant d'eux, j'avais basculé dans un monde différent.

J'étais très intimidé par Henry, par sa sensualité nonchalante, et il devina mon trouble.

– Qu'est-ce qui te prend, Kennaway ? Tu as peur que je te bascule dans un taillis ? lança-t-il alors que la conversation s'était arrêtée.

Je souris et bafouillai un « Non, non… » inintelligible, sans même m'étonner qu'il connût mon nom.

– Tu sais, nous autres, nous sommes aussi exigeants que le commun des mortels…

Je marchai en le regardant, ne sachant que répondre à cette affirmation sibylline. Nous passâmes un arrêt de bus et Henry détourna son regard un instant vers la route, toujours déserte, puis reprit d'une voix douce :

– Tu sais qu'Edward te trouve très amusant ?

– Oui, répondis-je, je crois qu'il m'aime bien…

– Tu as raison… Et toi, franchement, qu'est-ce que tu en penses, de ton vieux professeur ?

– Je l'aime bien, il est sympathique… Et il n'est pas tellement vieux. Au contraire.

– Écoute, Kennaway. Un homme de quarante ans qui préfère t'attacher aux barreaux du lit pour te caresser plutôt que de t'en enfoncer une longueur, à mon humble avis, a passé l'âge…

Ahuri, je ne pus proférer une parole. Henry eut un petit rire cristallin, ce rire ironique, vainqueur que j'allais apprendre à bien connaître, et enchaîna :

– Surpris ? Tu n'es quand même pas vierge, non ?

Je bégayai un « Non, non » rapide puis me repris, vexé d'avoir été ainsi moqué.
– Si tu trouves ça drôle de me raconter tes petites aventures sexuelles avec Meese, c'est ton problème. Tes confidences, je n'en ai rien à faire, lâchai-je avec une assurance mal feinte.
– Mon Dieu ! Pauvre, pauvre, pitoyable Kennaway ! J'ai brisé l'image du père...
– Ferme-la, ça suffit.
J'accélérai le pas.
– Arrête de t'exciter ! C'était juste une blague.
Henry me rattrapa, posa sa main sur mon épaule qu'il serra affectueusement en signe de paix avant de relâcher son étreinte.
– Excuse-moi, dit-il d'une voix exempte de raillerie. J'ai un peu bu et je ne sais pas ce que je dis.
– Ce n'est rien, ce n'est pas grave. Je m'en fous, de Meese, de toute façon.
– Moi aussi, Kennaway, moi aussi...
Je jetai un regard vers Henry. Il avançait maintenant à ma hauteur, sa main blanche toujours posée sur mon épaule comme pour une confidence. Personne ne m'avait touché ainsi à part mon frère, et c'était il y a bien longtemps. Ma mâchoire se contractait involontairement. Des frissons me parcouraient la nuque. C'était bon, et surprenant. Je n'avais pas envie que Henry arrête.
– Il m'ennuie, tu comprends..., continua-t-il. Je me suis imaginé... comment dire... qu'il m'apprendrait quelque chose. Sa petite vie d'inverti apeuré me répugne. Je ne sais pas ce qui me dégoûte le plus, son hypocrisie ou son haleine...
J'aurais voulu répondre, faire sentir à Henry ma désapprobation, mais je craignais qu'il ne retire sa main de mon épaule.
– Il me prend pour son giton, tu comprends, et ça devient assommant. Meese est pathétique. Il ne s'est

jamais donné d'autre ambition que d'enfiler un de ses élèves de temps en temps et de toucher sa retraite...
J'écoutai Henry, médusé. Sa main quitta mon épaule et nous marchâmes ensemble, en silence, pendant quelques minutes. Puis il reprit :
– Tu sais que Meese apprécie beaucoup tes nouvelles ?
– Je ne savais pas. Il ne m'en a jamais parlé depuis que je les lui ai passées pour avoir son avis.
– Étrange... Peut-être se réserve-t-il pour après mon départ... Il a des vues sur toi.
– Sur moi ?... Mais je ne suis pas... enfin...
Henry sourit, franchement amusé :
– Tu n'es pas... une pédale, une lope... une tante... un empaffé ?...
– Non, ce n'est pas ça. Il ne m'intéresse pas... enfin pas pour ça..., balbutiai-je.
– Comment t'intéresse-t-il, alors ?
– C'est un professeur, je respecte ses opinions.
– Ses opinions ! ricana Henry. Et tu espères être un jour écrivain, je suppose ! Mais, Kennaway, les opinions de Meese sont nulles, sans intérêt. Il connaît la littérature de ses ancêtres par cœur, mais ne sait rien des auteurs de demain. Il rabâche ses déclinaisons, ses époques... et c'est toute la somme de sa culture... Un brin de littérature, une pine dans le cul de temps en temps, et Meese est comblé. Plein jusqu'à la gueule...
Je secouai la tête, gêné par sa vulgarité, et curieusement attiré par sa révolte.
– J'ai lu tes nouvelles, moi aussi, reprit Henry.
– Et alors ? demandai-je, brusquement inquiet.
– J'aime bien. Mais ton inspiration est étonnante.
– C'est-à-dire ?
– C'est très... comment dire... c'est très chrétien, tout ça, tu comprends.
Le commentaire m'apparut à la fois saugrenu et pourtant chargé de signification. Henry continua :
– Ne me dis pas que tu n'as pas remarqué... Tes nou-

velles remuent toujours la même problématique… culpabilité, vengeance… sacrifice…
– Y a-t-il d'autres sujets ? l'interrompis-je abruptement, utilisant le ton ironique et semi-condescendant qui clouait habituellement mes détracteurs. Henry saisit mon bras à nouveau, accentuant mon trouble.
– Non, Kennaway, il n'y en a pas d'autres… pas encore… Mais tout cela est comme votre Messie, si propre, si aseptisé…
Henry ne savait pas que mon père était pasteur. Il n'aperçut pas mon trouble.
– Un Christ pour salon de thé, Kennaway. Ça dégouline de bons sentiments creux qui bouffent ton style, qui rognent tes ailes… Tu comprends ?
– Je ne vois pas en quoi… je ne vois pas ce que mes personnages ou mes histoires ont de si chrétien, d'ailleurs… Je me défendais comme si le terme était une insulte.
– Je vais t'expliquer ça plus clairement, dit Henry en s'arrêtant. Il sembla brusquement se décider et, rebroussant chemin, lança : Suis-moi…
Je lui emboîtai le pas, vaguement inquiet du pouvoir qu'il avait acquis sur moi en si peu de temps. Gagner son approbation, sa confiance, était soudain devenu essentiel. Nous traversâmes Banbury Road et Henry s'engagea dans les ruelles de Woodstock. Le vent s'était levé. Nous marchions au milieu de la chaussée, entre les voitures silencieuses, longeant dans l'obscurité des jardins tous identiques. Arrivés devant le parc, Henry bifurqua vers les latrines, un petit bâtiment compact entouré d'arbres. Il jeta un rapide coup d'œil alentour et, sans mot dire, pénétra à l'intérieur. Je le suivis, décidé à aller jusqu'au bout de cette nuit étrange. L'odeur douceâtre de l'urine me serra la gorge. L'urinoir était plongé dans la pénombre. L'unique ampoule devait être brisée ou dévissée. Henry avança jusqu'aux latrines et se faufila dans la

place restée libre près d'un homme de haute stature à l'allure d'ouvrier. Je me rendis compte qu'aucun d'entre eux n'urinait. Un rituel étrange se déroula alors, que j'observai, mi-fasciné, mi-dégoûté.
L'homme tourna le haut de son corps vers Henry, sans bouger les pieds, lui dévoilant son sexe. Henry fit de même et posa sa main droite sur le pénis de son voisin. Je fus pris d'une sensation de malaise et me retournai pour sortir de ce cubicule étouffant.
Un homme se tenait dans l'encadrement de la porte, immobile. Dans l'obscurité, je ne pouvais voir que la lueur incandescente de sa cigarette. Depuis combien de temps observait-il le manège, derrière moi ? Je songeai à lui forcer le passage mais un gémissement dans l'ombre me fit me retourner.
Arc-bouté contre le lavabo, Henry avait laissé glisser son pantalon. L'ouvrier, agenouillé devant lui, le suçait avec un lent mouvement de va-et-vient. Le troisième homme se glissa sur mon côté, jetant sa cigarette à terre. L'arc rougeâtre de la braise s'inscrivit sur ma rétine dans l'obscurité quasi totale. Henry se redressa, s'éloignant du lavabo, et le troisième homme commença à lui caresser les fesses. Je sentis mon pénis se dresser. Henry laissa échapper un long soupir entre ses dents serrées, se cramponnant à la tête de l'ouvrier. Celui-ci se détacha de lui et demanda d'une voix pâteuse :
– Et ton ami, il en veut aussi ?
Paralysé, je le vis s'avancer jusqu'à moi sur les genoux, grotesque caricature de nain. Il posa la main en corolle sur mon entrejambe avec une douceur extrême et poussa un petit cri. Henry se défit du troisième homme et s'approcha de nous. Ses yeux brillaient dans l'ombre. Ses doigts s'agrippèrent à la chevelure de l'homme à genoux, et il lui pressa la bouche contre la toile de mon pantalon. L'homme expira, et une vague de chaleur m'embrasa. Il défit rapidement ma

ceinture et, empoignant mes fesses, avala goulûment mon sexe. Henry plongea son regard dans le mien et, prenant ma tête entre ses mains, murmura :
– Tu comprends, maintenant… Pas de sentiments… pas de grands mots… juste sa langue sur tes couilles… tu comprends ?
Il sourit et ajouta :
– Tu m'appartiens, petit garçon, tu m'appartiens maintenant…
Je tremblai violemment, les reins parcourus par des flammes. Henry se pencha sur moi et fourra sa langue entre mes lèvres, tandis que je me vidai dans l'ombre complice et anonyme.
Le lendemain matin, Henry débarqua dans ma chambre vers midi, une valise à la main. Meese l'avait jeté dehors, me dit-il. Il allait partir pour Londres, retrouver son studio à Islington. La nouvelle me plongea dans le désarroi, Henry n'eut pas besoin de répéter son invitation.
Le soir même, je m'installai au 86, Isledon Road avec lui. Je ne savais pas que j'y resterais sept ans. Mais ceci, docteur Fuchs, est une autre histoire.

Le premier samedi

– À quoi penses-tu ?

Eivind Lindström leva les yeux vers Agnieshka et se força à sourire.

– À rien, chérie, je suis fatigué.

La jeune femme esquissa une moue.

– Tu pourrais me raconter, au moins. Tu sais, je m'ennuie, toute seule ici toute la journée.

Lindström plongea son regard dans celui d'Agnieshka, et sa main enserra le poignet de la jeune femme. Il ne répondit pas.

– C'est à cause de Sutcliffe ?

Il fit non de la tête, par réflexe, sachant d'expérience que maintenant elle était lancée. Il n'avait plus qu'à obtempérer.

– C'est elle, alors.... reprit Agnieshka d'une voix anxieuse.

Depuis la scène hideuse que sa femme avait déclenchée un an auparavant dans un restaurant indien, Agnieshka ne prononçait plus le prénom d'Iris.

Ils semblaient tous les trois figés dans un rituel barbare, une danse grotesque dont les derniers pas auraient été oubliés. Il était impossible de revenir en arrière, et Lindström ne voyait aucun moyen de venir à bout du conflit. Iris refusait toujours le divorce, s'accrochant désespérément à l'idée que la liaison de son mari n'était qu'une passade, et l'avocat de Lindström, maître Forbes, lui avait laissé entendre que, dans la situation présente, la seule manœuvre judicieuse était l'attente. Il n'était pas inconcevable qu'en cas de scandale, le gouvernement polonais ne redemande par voie officielle le retour de la jeune infirmière stagiaire Agnieshka Galuszka dans son pays d'origine, afin d'assurer à la population dépendant du dispensaire de Lodz une meilleure qualité de soins.

– C'est ta femme, répéta Agnieshka.

– Non, non, ce n'est pas ça.

Lui-même n'osait plus prononcer le prénom d'Iris devant Agnieshka, mais répugnait à l'appeler «*elle*».

– Que se passe-t-il ? Tu sais que tu vas me le dire, à la fin. Sinon je ne te laisserai pas tranquille une minute…

La menace enfantine détendit Lindström. Agnieshka était trop innocente, trop spontanée pour qu'il pût lui en vouloir.

– C'est à cause d'un malade que soigne le docteur Fuchs.

Agnieshka acquiesça, en fronçant légèrement les sourcils. La précarité de sa situation la rendait encore plus jalouse qu'au naturel.

– C'est un homme de quarante ans, un écrivain connu, qui a sans doute tué son ancien amant il y a six ans…

Il se souvenait parfaitement de la date de la mort de Henry Childs, le lendemain de la prise du pouvoir par les militaires en Pologne, mais il préférait rester évasif. Agnieshka avait laissé en Pologne deux jeunes frères membres de Solidarnosc, emprisonnés en novembre 1982. C'était une douleur familière, à laquelle il avait fallu qu'elle s'habitue. Son expérience personnelle rappelait à Lindström à quel point certaines dates pouvaient se graver dans la mémoire.

– Cet homme, cet écrivain, avait aussi détruit la

galerie de peinture de son amant, avec tous ses tableaux. La police n'a jamais pu prouver qu'il était le meurtrier. Les experts l'ont déclaré fou, et il a été placé à l'hôpital.

– C'est un pédéraste ? demanda Agnieshka.

– Non, un homosexuel.

– Quelle différence... dit Agnieshka en faisant la moue.

Lindström sourit.

– Agnieshka, nous sommes en Angleterre ici. Appelle ça comme tu veux, la décadence de la civilisation, la perte des valeurs morales. L'homosexualité n'est pas un crime ni une maladie mentale.

– Je sais, dit Agnieshka. Mais c'est dégoûtant.

Lindström secoua la tête :

– Ne refuse pas ce que tu ne comprends pas. Il n'y a que la haine qui soit dégoûtante... Tu veux que je continue ?

Agnieshka acquiesça.

– Le docteur Fuchs s'est occupée de lui. Cet homme a été traité au début pour des crises d'agitation. Puis, quand il a été un peu mieux, on l'a expertisé à nouveau, on s'est rendu compte qu'il était impossible de le remettre en circulation à l'extérieur, qu'il avait une peur panique d'être libéré... C'était, si tu veux, sa folie à lui... il n'est pas violent, il n'a pas d'idées délirantes. Dans le service, c'est un homme cultivé, intelligent, charmant... Dès qu'on parle de le libérer, il devient furieux, il se force à vomir tout ce qu'on lui donne à manger, il jure qu'il se tuera... On lui donne des médicaments, il se calme, et on l'oublie à nouveau pendant un ou deux ans... Je t'avoue que son cas n'est pas des plus passionnants, et que j'ai laissé le docteur Fuchs le suivre...

Agnieshka prit la main gauche de Lindström dans les siennes et la serra doucement, lui intimant de poursuivre.

– Il y a deux semaines, cet homme a eu un malaise, une perte d'équilibre. Les examens ont montré qu'il a une tumeur au cerveau. Il va bientôt mourir. On ne peut pas l'opérer parce que la tumeur est trop grosse, et à cet endroit, les rayons ne sont pas efficaces…

– La tumeur peut-elle l'avoir poussé à tuer son amant ?

Lindström sourit. La question, aussi naïve qu'elle pût paraître sortant de la bouche d'Agnieshka, nourrie de films américains depuis trois ans, était exactement celle qui le tracassait depuis qu'il avait reçu le résultat du scanner. Il réfléchit un instant avant de poursuivre :

– Je ne peux pas te répondre. Médicalement, ça me semble impossible… le délai entre le meurtre… si meurtre il y a eu… et l'apparition des premiers signes neurologiques est trop long…

– Mais il y a des gens qui traînent longtemps un cancer, pendant des années…

– Ça dépend de la localisation, et dans son cas, ça dépend de la nature du cancer… Certaines cellules cancéreuses se reproduisent lentement, celles-ci correspondent à une forme d'évolution rapide…

– Combien de temps lui reste-t-il ?

– Deux mois au maximum.

– Il n'a donc pas tué son amant sous l'influence de la tumeur…

– Je te l'ai dit, je ne peux pas te répondre. Médicalement, c'est impossible. Maintenant, en pratique…

– En pratique ?

– Cet homme a tué son amant, j'en suis persuadé. Tout l'accable. Mais les policiers n'ont pas obtenu d'aveu de sa part, et n'ont pas trouvé de preuve irréfutable. Il serait sans doute sorti libre du procès si ses troubles mentaux n'avaient entraîné une expertise psychiatrique… Il n'a jamais expliqué son geste, ni à moi ni au docteur Fuchs… mais je sais qu'il l'a tué…

Un mois après son arrivée dans le service, continua Lindström en se servant un nouveau verre de vin, après une crise d'agitation violente, il a demandé… que dis-je, il a supplié le docteur Fuchs de lui donner l'autorisation de peindre dans sa cellule…

– Qu'est-ce qu'il a peint ? demanda Agnieshka.

– Des choses anodines, des paysages, des portraits, des natures mortes… L'important, c'est qu'il a exorcisé son crime en remplaçant la victime, en devenant peintre à son tour… À partir de ce moment-là, il s'est calmé, il ne nous a plus posé de problème, jusqu'à ces derniers jours…

– Tu es persuadé qu'il est coupable…

– Non, je suis persuadé que c'est un assassin. La culpabilité, ce n'est pas mon domaine.

– Tu joues avec les mots…

– Au contraire… au contraire je reconnais leur poids, et je tâche d'éviter de les faire mentir…

– Tu es un vieillard orgueilleux.

– Et toi, une petite fille mal élevée qui a mal résolu son Œdipe.

– Pourquoi tu ne me soignes pas, après tout ? rétorqua Agnieshka en prenant un air pincé.

– Si je te guéris, je te perds ! C'est le principe de base de la psychanalyse. Seulement avec toi, la perte est double…

– Alors je suis condamnée à t'aimer…

– La vie est une farce amère, Agnieshka.

– Je t'aime.

– Moi aussi, je t'aime, murmura Lindström.

– Pourquoi souris-tu ?

– Tu veux que je pleure ?… Reprends du vin. Je souris parce que je viens de penser à quelque chose, dit Lindström.

– Oui ? demanda Agnieshka.

– Je ne pourrai jamais te demander de vieillir ensemble.

– Je n'aime pas que tu dises ça.
– C'est vrai pourtant.
– Je ne veux pas le savoir, coupa Agnieshka. Je ne veux pas que tu y penses. Ça gâche tout. Tu te souviens de mon opération en Pologne ? Il faut que je voie un médecin.
– Ça a recommencé ?
Agnieshka se blottit plus fort encore contre lui :
– Non. Je vais bien. J'attends un enfant, Eivind.

Sylvia Fuchs sentait l'alcool battre dans ses tempes comme une vibration sourde, souvenir lointain de ces boîtes de jazz dans lesquelles Colin l'emmenait au début de leur rencontre. Ces caveaux étriqués, enfumés, où, dansant dans la promiscuité d'autres regards, elle se laissait gagner par la musique et oubliait ses inhibitions. Ce soir elle se sentait ivre, et prête à jouer de son corps sans répugnance.

Sur la stéréo, Bernard Haitink conduisait, andante maestoso, la *Sinfonia Antarctica* de Vaughan Williams. Sylvia heurta la table basse en se levant. Un verre vide roula sur la moquette et s'arrêta sur la pochette du disque, cadeau de Colin. Il le lui avait offert au restaurant alors qu'elle attaquait son poulet tandoori, sortant le paquet de son attaché-case avec cette désinvolture qu'il affectait toujours pour séduire son auditoire. L'émotion avait empêché Sylvia de le lui faire remarquer. L'émotion, et le souvenir de leurs disputes passées. Elle avait reposé ses couverts silencieusement, consciente des regards intrigués des dîneurs voisins, et avait ouvert son cadeau tandis que Colin se plongeait dans son agneau tikka, la laissant avec ses remerciements.

Sylvia se pencha en avant avec précaution, ramassa le verre et essuya la pochette. Colin s'était souvenu que la *Sinfonia Antarctica* était le premier disque qu'elle avait possédé, et la beauté du geste l'avait sans doute séduite.

Sylvia se sentait ivre. Jamais, dans son état normal, elle ne se serait comportée ainsi. Ses doigts agrippèrent mollement les boutons de son pull et elle l'enleva. Elle s'adossa à la porte de la cuisine, fit glisser sa jupe et ses bas, yeux mi-clos, la tête penchée en arrière pour atténuer le vertige naissant.

La musique s'arrêta un instant entre le premier et le deuxième mouvement. De la salle de bains lui parvinrent, amplifiés par le silence de la nuit, les mouvements de Colin dans la baignoire. Elle ouvrit les yeux et nue, collée à la porte froide et blanche, vit son reflet dans le miroir du salon. Avec ses vêtements en désordre à ses pieds, figée dans l'encadrement de la porte, elle se sentait à la fois victime et prédateur, voyeuse et proie.

Ses mains caressèrent la naissance d'un sein, glissèrent sur son ventre. Sylvia avança droit vers la salle de bains, évitant sans les voir les obstacles sur son passage. Colin la vit venir comme une offrande et se dressa à genoux hors de l'eau, ruisselant, dans la moiteur enfumée de la pièce. Sylvia sentit le visage humide de Colin posé sur son ventre. Des mains agrippèrent ses hanches. Elle se laissa aller. Il la souleva et la posa sur le rebord de la baignoire puis glissant à nouveau dans l'eau écarta lentement les cuisses de Sylvia. Alors, en longues lampées âpres, il commença à se désaltérer.

Le rebord de la baignoire, la chaleur de l'eau sur ses jambes, le mince filet d'air de la porte entrouverte sur son dos, l'empreinte chaude et molle des mains de Colin sur ses fesses, de sa langue fouillant à l'intérieur d'elle... Toutes ces sensations se mêlèrent en elle.

Lorsqu'il eut bu à sa soif, il la guida, les yeux fermés, au fond de l'eau, la baigna, la savonna lentement en rajoutant de temps en temps de l'eau chaude, lui massa les pieds. Sylvia était à moitié inconsciente et ne savait plus si elle jouissait ou si elle souffrait.

Colin sortit de l'eau et la sécha vigoureusement. Debout sur le tapis de la salle de bains, droguée par l'alcool et la chaleur, Sylvia étouffait sous la serviette lourde d'humidité, sous la friction rapide des mains de Colin dans ses cheveux. Perdue dans le souvenir flou de son enfance, elle s'abandonnait à la serviette et aux mains de son père, à la rude tendresse de son massage, à l'odeur jamais oubliée de son parfum. Elle se blottit contre lui. Lâchant la serviette, Colin la porta dans ses bras et la déposa en travers du lit.

Colin était conscient de son désir d'elle, de la sourde pulsation du sang entre ses jambes, mais comme toujours, l'ayant préparée pour la fête qu'ils allaient partager, il attendait un instant au seuil de leur joute. Avec l'orgueil attendri du mâle, il se pencha sur elle et commença à la caresser. Sylvia, loin dans ses souvenirs, se laissa aller contre sa main au gré de la musique, se tordit sur le lit. Colin se plaça sur elle et, comme à regret, commença à la pénétrer, en un lent mouvement de va-et-vient.

Pendant quelques secondes, Sylvia calqua son rythme sur celui de Colin, puis, ouvrant les yeux, le vit au-dessus d'elle, en elle, et se sentit prise de panique. Le brouillard de l'alcool s'estompa. Les yeux fermés, Colin s'accrochait à ses épaules, se mordant les lèvres pour ne pas jouir trop vite. Sylvia sentit naître en elle la répulsion. Elle tenta désespérément de retrouver son désir évanoui. Et copiant son rythme, accompagnant chacun des coups de reins de Colin, elle se sentit soudain au bord de la nausée. Les mains de Colin lui malaxaient les seins, lui écrasaient la poitrine… Elle tenta encore, retenant un gémissement de peur, de se convaincre de continuer… Il s'enfonçait en elle, les yeux fermés, avec une rage naissante, au bord de l'orgasme.

Fulgurante, la conviction vint alors dans l'esprit de Sylvia qu'il allait la tuer. Elle se jeta en arrière, et comme il se cambrait pour tenter de la suivre, Sylvia appuya ses mains sur la poitrine de l'homme et le repoussa de toutes ses forces.

– Non, non… arrête… tu ne bouges pas avec moi…

Elle se retira d'un coup, et Colin glissa hors d'elle, déconcerté, pour retomber sur l'oreiller avec un cri étouffé.

– Non, arrête… tu ne bouges pas avec moi…

Une fureur sourde s'empara de Colin. Il ouvrit les yeux, mû par une soudaine envie de violence. Affalé sur le lit, son sexe détumescent écrasé contre la cuisse de Sylvia, il aurait voulu être à cent lieues d'elle, et du sentiment cuisant de son humiliation. Il avait cru un instant qu'il aurait pu la reconquérir, l'assouvir… C'eût été un plaisir, et une victoire… victoire sur le temps, et sur les échecs passés. Savoir qu'il avait pu, malgré les années, garder intact quelque chose de leur amour…

Colin sentait encore en lui l'envie de pénétrer Sylvia, de faire l'amour avec elle, mais teintée d'amertume et d'un soupçon de haine naissante qu'il trouva insupportable. Il aurait voulu fouiller ses entrailles, la faire hurler. Avec un soupir il se leva et retourna dans la salle de bains. Sans allumer la lumière, il urina dans les toilettes puis ramassa ses affaires et revint dans la chambre en caleçon. Sylvia, allongée sous les draps, une cigarette aux lèvres pour retrouver un semblant d'assurance, le regardait partir avec la terrible certitude de l'échec, sans comprendre son propre retrait.

Elle avala une bouffée de tabac et demanda :

– Qu'est-ce que tu fais, là… tu t'en vas… je ne comprends pas.

Il la fixa un instant, dur, plein de sa fierté blessée.

– Je m'en vais.

– Mais tu devais rester. Enfin, il est près de trois heures. Tu… Pourquoi… Je ne comprends pas.

Il serra la ceinture de son pantalon, et toujours sans laisser transparaître sa colère, d'une voix atone, murmura :

– Je m'en vais, oui. Je m'en vais parce que ça ne veut rien dire : tu ne bouges pas avec moi… C'est d'un minable. Je m'en vais parce que l'amour se fait à deux, et qu'on ne se pose pas la question « Est-ce qu'il, ou elle, bouge avec moi… » Parce que c'est nul… et que j'ai l'impression de me rendre compte qu'on ne joue pas la même partition, qu'on n'est pas dans la même pièce. Finalement, tu viens de me démontrer que tes cinq ans d'analyse se résument à ça : cinq ans d'analyse. Autant dire rien.

Il aurait pu la gifler sans l'atteindre avec autant de force. Sylvia serra les dents pour ne pas crier, que c'était injuste, que c'était faux. Avec le doute s'installant en elle. Insidieusement.

Tout alla très vite, trop vite pour qu'elle pût le retenir. Elle sentait en elle le vide de son départ, de la fête manquée. Colin parcourut des yeux la pièce en enfilant son veston, reprit sa montre sur la table basse et après un baiser rapide sur la joue, se dirigea vers la porte et sortit sans un regard en arrière.

La porte se referma sur lui et elle l'entendit pénétrer dans l'ascenseur. Alors seulement, comme l'horloge d'une église au loin sonnait quatre heures, elle porta la main à sa bouche et se mordit jusqu'au sang.

Le premier dimanche

Sylvia Fuchs n'avait pas dormi de la nuit. Vers six heures, épuisée, elle fit couler un bain pour tenter de se calmer, mais ne réussit pas même à s'assoupir. L'eau chaude avait à peine atténué les douleurs qui lui cisaillaient le bas-ventre. Jusqu'où vais-je pousser encore l'autopunition ? pensa-t-elle.

Elle resta prostrée dans la baignoire, rajoutant par intermittence de l'eau chaude, certaine que les voisins allaient la détester toute la matinée. Vers sept heures du matin, elle s'assoupit quelques minutes et se réveilla d'un songe bizarre qui lui échappa aussitôt. Elle se rappela que c'était dimanche et que maman l'attendait à Haywards Heath. Après le fiasco de cette nuit, affronter maman était la dernière chose qu'elle souhaitait.

Sylvia se dressa hors de la baignoire. Debout, nue, elle se dévisagea dans la glace embuée pendant quelques minutes avant de saisir son peignoir. Ses cheveux courts gardaient à son visage une certaine jeunesse, mais les lignes sur son ventre, sur ses cuisses, semblaient avoir pris plus de relief.

Comment avait-elle pu repousser Colin ? Son abstinence forcée l'avait-elle rendue frigide ? Sylvia reconnut le mode de pensée autodestructeur dont

Lindström lui avait fait prendre conscience et fit un effort sur elle-même pour étudier la question de manière positive : elle avait senti confusément qu'il voulait la tuer, lui faire du mal. D'où était née cette intuition ? Colin avait-il dit ou fait quelque chose qui aurait pu indiquer de mauvaises intentions à son égard ? Elle se força à réfléchir longuement avant de répondre par la négative.

Sylvia se lava les dents, les yeux fixés sur la brosse à dents qu'elle avait achetée pour Colin la veille.

« Je suis vraiment pathétique, songea-t-elle. Mal baisée, et pathétique. »

Sylvia avala un verre de jus d'orange glacé, s'habilla, empocha un paquet de cigarettes et, après un regard désenchanté sur le théâtre muet du naufrage de la nuit, claqua la porte de son studio puis descendit les escaliers intérieurs jusqu'au garage.

L'odeur de Colin semblait encore présente dans la voiture. Il pleuvait depuis plusieurs heures déjà. Tout en conduisant, Sylvia glissa dans une rêverie à peine interrompue par les incidents du trafic.

Elle avait tout fait pour Colin. Repasser ses chemises, lui préparer à manger, chercher pour lui entre ses cours des documents ou des livres à la bibliothèque proche de la faculté, pour qu'il puisse continuer à écrire. Elle avait tout fait pour faire éclore son talent, pour garder avec elle *son* écrivain. Mais très vite, Colin lui en avait voulu. Très vite, elle s'était rendu compte qu'elle allait le perdre. En tentant de repousser l'inévitable, Sylvia n'avait fait qu'accélérer le mécanisme de leur séparation.

Colin lui avait plusieurs fois expliqué, d'abord avec rage, puis avec une sorte de compassion froide, qu'il ne supportait plus de se sentir étouffé par l'amour de Sylvia, par son ingérence quotidienne dans les moindres détails de sa vie. La panique qui s'était emparée d'elle à l'idée de le perdre n'avait fait qu'accroître sa dépendance envers lui.

Un soir de septembre 1977, elle était rentrée dans la chambre du foyer d'étudiants qu'ils habitaient à Colosseum Terrace pour trouver les tiroirs vidés des affaires de Colin, et un long mot d'explication sur la machine à écrire. Il y était question de son génie créateur, de l'affirmation dix fois répétée qu'il était un artiste, et qu'il ne pouvait s'accommoder de la médiocrité de leur vie commune. C'était le terme qu'il avait employé, et dix ans après, elle se souvenait de l'horreur de cette révélation. Elle avait relu la lettre dix fois, cent fois ce soir-là. Quand la nuit fut tombée, elle était restée assise dans l'obscurité à contempler le bâtiment de brique rouge du commissariat de l'autre côté de la rue, noyé sous la pluie, jusqu'à ce que le sommeil la saisisse. Sylvia n'avait pas pleuré. Il n'y aurait eu personne pour la consoler. Comme papa, comme l'oncle Herbie, Colin avait disparu en l'espace d'un instant d'inattention. Il avait suffi que Sylvia tourne la tête, et il s'était évanoui.

Le lendemain matin, elle avait téléphoné à maman depuis le hall d'entrée de l'immeuble, dans un effort conscient mais vain pour se rapprocher de sa mère en évoquant la souffrance de la séparation. Elle n'avait obtenu en échange que des reproches aigres, et elle avait fini par se convaincre qu'elle était aussi coupable de la mort de papa que du départ de l'oncle Herbie et maintenant de celui de Colin. Sylvia se plongea avec acharnement dans ses examens de médecine. Petit à petit, elle se rendit compte que sans Colin, sans sa présence physique à ses côtés, elle ne supportait plus l'intimité quotidienne avec la souffrance et la mort des patients à l'hôpital. Elle se sentait exclue du monde des vivants, de la chair qui jouit comme de la chair qui suppure. Son dégoût mal maîtrisé pour le contact physique avec les patients, surtout les plus âgés, l'amena à cesser de faire des gardes d'infirmière, puis, imperceptiblement, à s'éloigner du côté pratique de son travail pour s'intéresser uniquement à la théorie, à l'accumulation de références et de connaissances livresques. Elle entra en psychiatrie avec soulagement, comme d'autres entrent en religion. Sylvia avait excellé dans ses études, dépassant les exigences de ses maîtres, publiant en fin d'études un mémoire remarqué sur *La déviance et l'instinct créateur*. Sa vocation avait semblé parfaitement intégrée jusqu'à sa nomination au poste d'assistant à Lakeview, sous la tutelle du professeur Eivind Lindström. D'abord impressionné par ses titres et travaux, Lindström n'avait pas tardé à s'apercevoir que quelque chose n'allait pas.

C'était d'autant plus extraordinaire (et déplacé, avait-elle pensé au début) qu'il avait peu de contacts avec les patients, se reposant sur ses assistants et sur le personnel infirmier.

Lindström avait eu beaucoup de mal à lui faire admettre la vérité, et lui avait imposé une analyse qui avait failli mal tourner. Sylvia avait commencé par le détester, méprisant ses méthodes, ses ultimatums, lui rappelant que sans consentement il n'était pas de cure valable, et l'accusant de chercher à la placer sous sa coupe. Elle n'oublierait jamais ce qu'il avait fait alors. La scène était aussi vivace qu'au premier jour.

Lindström s'était dressé derrière son bureau en la fixant dans les yeux avec une telle intensité qu'elle crut qu'il allait la frapper. Puis il lui avait ordonné de le suivre dans la salle de pansements. Les infirmières interloquées avaient regardé sans mot dire leur chef de service s'emparer d'un chariot de soins et disparaître dans le couloir suivi de Sylvia furieuse. Lindström avait poussé le chariot jusque dans la chambre d'Oaklund et refermé la porte derrière Sylvia.

– Vous connaissez ce patient, docteur Fuchs ? avait demandé Eivind Lindström.

Sylvia hésita un instant avant de répondre. Oaklund était replié sur le lit en position fœtale, autant que ses liens, crucifiant ses quatre membres aux pieds du lit, le lui permettaient.

– Oui, monsieur, c'est un cas de schizophrénie hébéphrénique de début tardif. Je le connais comme on peut connaître un patient perdu dans son monde intérieur depuis six ans, ajouta Sylvia.

– Vous avez lu son dossier ?

Sylvia acquiesça avec agacement. Lindström poursuivit :

– Richard est entré chez nous en 1975, en juillet. Ses parents l'avaient poussé à faire des études de mathématiques très ardues, et le jour où il a obtenu son admission à une université très sélecte... Richard a décompensé en détruisant toutes les photographies familiales où il apparaissait. Il a rapidement sombré dans une atonie totale. Interné, il a fait montre d'un comportement agressif, et en 1978, il a étranglé un infirmier qui n'a dû son salut qu'à l'irruption fortuite d'un autre patient. Il a fallu cinq hommes ce jour-là pour venir à bout de Richard.

Oaklund bavait. De petites bulles apparaissaient sur ses lèvres pour se perdre dans les poils de sa barbe. Il ressemblait à un Christ émacié. Sylvia continua à le fixer tandis que Lindström poursuivait son récit.

– Il est devenu tellement agressif que j'ai dû moi-même demander à un neurochirurgien de pratiquer une lobotomie frontale.

Sylvia ne dit rien. En lisant cette information dans le dossier d'Oaklund, elle avait songé à interroger Lindström mais s'était ravisée. La méthode était tellement barbare qu'elle n'avait pas osé lui demander confirmation des comptes rendus sibyllins qui marquaient cette période de l'histoire du malade.

– Je l'ai fait lobotomiser, docteur Fuchs. Je l'ai détruit en partie, consciemment, comme ces grenouilles que l'on décérèbre lors des cours de physiologie. Parce qu'il allait mourir. Parce que plus personne ne pouvait l'approcher pour le nourrir. Ce n'est pas une bien grande victoire pour l'esprit scientifique, n'est-ce pas ? Je n'en suis pas fier, croyez-moi, mais il fallait que quelqu'un prenne la responsabilité de la décision, et je n'avais personne au-dessus de moi à qui passer le bâton.

Troublée, Sylvia resta muette. Que voulait-il lui démontrer ? Que l'acte intellectuel avait comporté autant de danger, de doute, que l'acte chirurgical lui-même ? Lindström reprit :

– Tout cela, maintenant, fait partie du passé. Richard Oaklund est là, et nous avons encore des obligations envers lui.

Lindström souleva le drap et l'odeur douce-amère de la maladie emplit la pièce.

– Aidez-moi, s'il vous plaît, dit Lindström en agrippant les hanches d'Oaklund pour le soulever.

Interloquée, Sylvia obtempéra. Lindström fit ensuite glisser le pantalon du malade prostré et entreprit de défaire la couche-culotte qui enserrait son bas-ventre.

– Qu'est-ce que vous faites ? demanda Sylvia Fuchs.

Lindström ne répondit pas. Ses gestes se faisaient précis, sans perdre une certaine grâce, une tendresse que Sylvia n'aurait pas soupçonnée. Il retira la couche d'Oaklund, essuyant au passage avec les replis du tissu les fesses souillées d'excréments. Sylvia maîtrisa un haut-le-cœur.

– Vous pensez que c'est pénible, n'est-ce pas, Sylvia ? dit Lindström en lavant à l'eau savonneuse le sexe flétri d'Oaklund.

Fascinée, Sylvia le regardait sans mot dire.

– Vous avez raison, reprit Lindström. Je ne suis pas la mère Teresa. Ça m'est pénible, ça me révolte, ça me donne la nausée. Une fois, il y a deux ans, pendant que les infirmières refaisaient un pansement d'escarre sur son coccyx, un pansement couvert de pus et d'excréments, je n'ai pas pu me retenir et j'ai vomi dans le lavabo, devant elles. C'est pénible, oui. Pas seulement pour vous, mais pour chacun d'entre nous. Plus ou moins, selon les moments, selon les patients. Plonger ses mains dans la pisse, le sang et la merde des autres n'est jamais agréable. Aujourd'hui j'ai besoin de vous prouver quelque chose d'important, sinon je ne l'aurais pas refait.

Lindström ajusta une nouvelle couche sur les fesses d'Oaklund, remonta le pyjama et se redressa.

– Car voyez-vous, Sylvia, il y a plus pénible encore. Vous avez choisi la psychiatrie pour minimiser le contact avec la souffrance du corps, le flétrissement...

Il fit le tour du lit, prit la main de Sylvia dans la sienne. Elle eut un mouvement de recul (il ne s'était pas désinfecté, songea-t-elle), mais se ressaisit pour lui cacher son malaise.

– Si vous ne faites pas face à la réalité, au fait que vous évitez de plonger dans leur esprit comme vous évitez de toucher leur corps, vous ne serez d'aucune utilité à personne, Sylvia. À personne.

Lindström serra la main de Sylvia et la posa sur le front d'Oaklund. Il ouvrit les yeux.

– Fixez son regard, Sylvia.

Elle dévisagea Lindström un instant, tiraillée entre l'émotion et le ressentiment, puis se tourna vers Oaklund. Elle n'y était pas préparée. Sylvia savait tout ce qu'il y avait à savoir sur la schizophrénie, depuis les descriptions cliniques jusqu'aux théories génétiques et biochimiques. Mais jamais encore elle n'avait plongé dans le regard d'Oaklund. Les yeux apparaissaient, au premier abord, vides comme ceux d'un drogué ou d'un homme sous anesthésie. Pourtant, en s'y perdant, elle ressentit l'intuition d'une intelligence, d'une vie… morcelée, éclatée, perdue à jamais. Les yeux d'Oaklund hurlaient une souffrance par-delà la souffrance, le cri de son esprit supplicié aspirant à l'anéantissement, au non-être. Mêlé à cela, elle vit aussi le mal dont il était capable, une cruauté de bête, un sadisme fou, tranquille, patient. Sylvia s'arracha à la contemplation de l'abîme, et Lindström lui lâcha la main.

– Vous comprenez pourquoi je ne peux pas vous laisser exercer ici sans que vous suiviez une analyse ? Vous allez causer du tort aux patients par manque d'expérience, de lucidité, et vous allez vous détruire…

Sylvia avait accepté et depuis quatre ans, Eivind Lindström l'avait guidée dans le dédale de ses névroses. Dès le début, il avait prouvé sa confiance en elle en lui laissant tous pouvoirs médicaux dans le service, en se mettant volontairement en retrait par rapport aux prescriptions quotidiennes de Sylvia. Elle allait le trouver pour bénéficier de ses conseils, mais il n'intervenait pas directement dans son travail. Très vite elle avait pris confiance en elle. Mais récemment, Sylvia s'était rendu compte que Lindström ne semblait plus s'intéresser à ses progrès et elle avait recommencé à lui en vouloir. Il ne l'encourageait plus, la laissait parfois divaguer sur des points de détail pendant plusieurs séances d'analyse, sans plus tenter de l'entraîner en profondeur. Sylvia avait dû se rendre à l'évidence. Maintenant qu'elle avait fait suffisamment de progrès pour être opérationnelle, Lindström se désintéressait d'elle. Elle lui en avait d'abord voulu, puis s'était sentie soulagée. Petit à petit, elle se défaisait de sa culpabilité vis-à-vis des malades du service, de son sentiment d'imperfection, en les reportant sur son patron. N'était-il pas de plus en plus souvent absent du service ? Ne semblait-il pas distant, perdu dans des pensées personnelles, lorsqu'elle venait lui demander conseil ? Consciemment, elle détruisait l'image paternelle qu'elle lui avait forgée, et découvrait sous l'armure dont elle l'avait affublé des médiocrités somme toute banales, des lâchetés très ordinaires.

Alors seulement Sylvia avait pris sa décision. Il lui fallait quitter Lakeview ou s'y scléroser à jamais. Les notes qu'elle avait prises au fil des années sur le cas de Kennaway lui avaient toujours semblé pouvoir représenter le point de départ d'un livre. Reprenant le thème de son mémoire sur la déviance et la création, elle avait commencé à organiser ses notes, guettant la vérité de Kennaway… En ce début d'année, la biographie de Joe Orton, scénariste de théâtre sulfureux assassiné par son amant en 1969, avait connu un regain d'intérêt. Un film allait y être consacré. Et voici que Kennaway lui offrait sur un plateau mieux qu'une explication, sa confession… sa version d'une affaire qui avait scandalisé l'intelligentsia londonienne… une affaire pour laquelle Colin s'était passionné.

Sylvia stoppa la voiture en haut de Sergison Road et resta quelques instants immobile, les deux mains sur le volant, calée dans son siège, parcourue de frissons comme avant chaque visite. Elle voyait l'alignement de pavillons tous identiques, la succession en paliers de petits jardinets le long de la descente vers le Common… Tout était fidèle à ses souvenirs, jusqu'aux rideaux qu'elle apercevait aux fenêtres.

Elle n'aurait pas été surprise de voir Mrs Rumford sortir du n° 8, avec son ridicule chapeau bleu et ses yeux vitreux de poisson mort. Mais Mrs Rumford avait, un jour de 1985, traversé la High Street sans regarder (ou sans voir… ses yeux étaient morts avant elle) et avait été renversée par une voiture.

Et Rupert, qui aurait dû jouer avec le chat de Mrs Rumford à l'entrée du garage du n° 6, Rupert avec ses boucles blondes et son nez perpétuellement bouché, Rupert avait marché sur une mine près de Port-Stanley en mai 1982, et pourrissait dans un service de réanimation à Manchester sous l'œil vigilant des machines.

Ainsi la rue était peuplée de fantômes, apparitions fugaces dans la grisaille de ce dimanche midi, s'excusant presque de ne pouvoir se détacher de leur lieu de hantise. Sylvia ressentait pour eux une vague pitié limpide. Son regard plongea sur les fenêtres opaques du n° 4. Elle tenta de maîtriser ses émotions sans succès, puis, comme on se jette à l'eau, ouvrit la portière et se dirigea vers la maison.

Assise au bord de son lit, tournant le dos au portrait de son père, Sylvia proférait en roulant de gros yeux des incantations silencieuses pour que maman et l'oncle Herbie se réveillent.

Sylvia avait à peine dormi de la nuit et supportait de plus en plus mal de garder son excitation pour elle seule dans le silence de la maison.

Mais elle savait d'expérience que, si elle les réveillait en faisant du bruit, la punition serait sévère.

Et elle voulait absolument entendre les journalistes de la BBC annoncer la nouvelle, confirmer à tout l'univers que le docteur Fuchs avait réussi son exploit.

Imperceptiblement, épuisée par la veille et la surexcitation, Sylvia se laissa aller en arrière et appuya sa tête sur les coussins. Pendant quelques secondes encore elle tenta d'ouvrir les yeux puis se laissa happer par le sommeil. Son corps se détendit doucement sur le lit, au milieu des peluches : le journal glissa de ses doigts et s'ouvrit à terre en corolle.

Sylvia prit le marteau de bronze dans sa main gantée et frappa à la porte quatre fois. Le son se répercuta à l'intérieur sans trouver d'écho. Sylvia se raidit, fixant le marteau de bronze, se refusant à frapper de nouveau. Elle savait que c'était un jeu, un jeu vicieux.

Sylvia sentait déjà la transpiration naissante sur son front, la moiteur de ses mains dans les gants. Elle fut prise d'un sentiment de désolation et d'épuisement. Elle n'était pas de taille à lutter. Elle ne le serait sans doute jamais. Elle leva les yeux vers la fenêtre de la chambre au premier étage et discerna un mouvement infime derrière le rideau. Rejetant la tête en arrière, elle fixa l'endroit où maman se tenait. La porte s'ouvrit brutalement. Décontenancée, elle fit un pas de côté pour ne pas perdre l'équilibre.

– Entre, Sylvia. Il fait froid. On dirait que tu prends plaisir à rester sur le perron par ce temps. Tu sais bien que ta mère est sourde.

Sylvia dut se retenir pour ne pas tenter de se justifier aux yeux de maman. Elle savait pourtant que le coup était monté à l'avance, que, la voyant décidée à ne pas sonner une deuxième fois, maman avait décidé de la surprendre. Son discours de sollicitude ne servait qu'à dissimuler sa rancœur.

Diane Fuchs laissa la porte ouverte et se dirigea vers la cuisine en boitant. Sylvia la regarda s'éloigner avec un mélange d'exaspération et de mépris. Elle n'avait pas entendu sa mère descendre l'escalier, et imagina la vieille femme se glissant précautionneusement, accrochée à la rampe, pour surprendre sa fille.

Le froid poussa Sylvia à l'intérieur, et elle referma la porte. L'odeur fade de la maison la saisit aussitôt. Elle se dirigea à la suite de maman vers la cuisine. La bouilloire électrique sifflait déjà, et maman se hâtait pour préparer le thé, soufflant péniblement en attrapant le sucrier sur une étagère, essuyant les tasses avec vigueur, sans dire un mot. Sylvia s'assit à table et s'absorba dans la contemplation de la toile cirée.

Sylvia savait d'expérience que la mise en scène de sa mère, immuable, était destinée à son intention. C'eût été une erreur de lui proposer de l'aide : Sylvia était trop maladroite… ou elle était l'invitée… ou, plus perfidement, elle ne savait pas où étaient rangées les affaires, depuis qu'elle avait cessé de venir voir sa mère régulièrement… Les longues séances avec Lindström n'avaient pas été vaines, quoi qu'en dît Colin, puisqu'elle ne ressentait plus comme auparavant ce terrible sentiment de culpabilité devant ces accusations voilées, seulement de l'amertume et un soupçon de dégoût.

Petit à petit, elle échappait à l'emprise de maman, elle apprenait à ne pas répondre, à laisser glisser la haine impuissante de maman sur son indifférence. Souvent, il lui venait comme une nausée, un écœurement subit devant les années gâchées et le spectacle stérile de cette femme vieillie avant l'âge sur l'autel de sa rigidité. Cette sensation de mépris était si nouvelle pour Sylvia qu'elle n'osait l'analyser plus avant.

Elle vidait son esprit et laissait sa mère apporter les tasses de thé déjà sucré et l'assiette de biscuits au goût métallique. Maman s'assit face à elle, et elles se dévisagèrent un instant au-dessus de la table, sans haine, comme deux joueurs d'échecs familiers de la technique de leur adversaire. À ce jeu, celui qui parlait le premier perdait un avantage tactique, et Sylvia fut étonnée que sa mère débute la conversation.

– Comment va ton travail ?

– Pas mal. Bien même. Bien. Je vais sans doute finir mon livre.

– Ton livre ? Tu écris un livre ?

– C'est un livre de recherche, maman, pas un roman…

Maman n'écoutait déjà plus. Elle but quelques gorgées de thé et reprit la conversation sur un thème totalement différent. Elle parla des voisins, de l'accident de Mrs Rumford, de l'installation d'un couple de « gens de couleur » au nº 16, qui était plus proche qu'on ne pouvait le penser du nº 4… Mais c'étaient des gens bien, preuve qu'il existe toujours des exceptions à la règle.

Bientôt la voix de maman se perdit dans le ronronnement de la machine à laver. Sylvia se laissa aller en arrière sur sa chaise, les yeux toujours fixés sur la nappe, à cent lieues de maman et de ses histoires. Le rêve de la nuit dernière, le rêve dont elle s'était éveillée dans la baignoire, lui revenait avec clarté, comme un film se déroulant dans sa tête. Un rêve récurrent qui la hantait depuis ses huit ans, et qu'elle avait fait de multiples efforts au fil des dernières années pour décrypter, sans résultat.

Sylvia s'était endormie tout habillée, sur son lit. Épuisée par sa nuit de veille et par l'excitation, elle avait laissé glisser le journal de ses mains. Dehors la neige s'était remise à tomber, déposant sur les carreaux de petits cristaux qui fondaient instantanément.

La vitre pleurait.

Une des mèches de cheveux de Sylvia était tombée en travers de sa bouche, et tressautait à chaque inspiration.

De la pièce voisine, assourdis, les gémissements de maman filtraient, indistincts. Sylvia était dans un endroit sombre, humide et sombre… le plafond de la caverne était bas, tellement bas que par endroits elle avait été obligée d'avancer à quatre pattes, posant les mains avec répugnance sur la roche gluante et molle.

Plusieurs fois déjà le découragement l'avait saisie.

Mais l'hostilité de la caverne l'avait forcée à presser de l'avant malgré sa fatigue. Elle avait la sensation d'avoir marché pendant des heures dans ce gouffre titanesque lorsqu'elle aperçut la lumière du dehors.

Vite, très vite, elle s'y retrouva propulsée, dans une tempête de flocons de neige. Elle se jeta en avant. La neige était chaude. Sylvia s'y enfonçait de plus en plus. Quelqu'un cria son nom dans la bourrasque, et relevant la tête pour s'orienter, elle trébucha et atterrit dans une mer de sable parcourue de vaguelettes concentriques.

De l'horizon, elle vit venir un homme, s'assit et attendit. Très rapidement l'homme avança dans sa direction, comme s'il glissait sur le sable. Parvenu à quelques dizaines de mètres de Sylvia, il s'arrêta, porta les mains à son front, et ses jambes plièrent sous lui. L'homme tomba derrière la dune, comme pris d'un malaise. Sylvia se leva d'un bond et parcourut la courte distance qui la séparait du voyageur. Le sable de la dune glissait sous son avance, gênant ses mouvements. Les dents serrées, se retenant de gémir, elle se mit à courir plus vite autour de la dune. Bientôt le corps de l'homme lui apparut. Il était tombé face contre terre, sans doute épuisé par la chaleur. Il portait un parka blanc et des bottes de fourrure totalement inadaptées au climat.

Sylvia se retrouva à ses côtés et le retourna délicatement. Elle s'accroupit et posa la tête de l'homme sur ses genoux.

– Je ne suis pas ton père, Sylvia..., dit l'homme en ouvrant les yeux. Elle vit le sable collé par la transpiration sur sa figure se détacher en petites croûtes qui glissèrent sur sa peau pour s'insinuer dans la bouche de l'homme, dans ses oreilles, dans ses narines.

– Je ne suis pas ton père, Sylvia, mais je vais le rejoindre.

À chaque syllabe, à chaque mouvement, le sable

s'infiltrait en lui, l'engloutissait sans qu'il s'en aperçoive. Le voyageur esquissa un sourire, et ses bras enlacèrent Sylvia. Elle attendit son baiser... – c'était elle, après tout, qui l'avait sauvé dans le désert, aidé à traverser le pôle... – Sylvia faillit se réveiller. Mais l'homme la serra encore plus fort, et ses lèvres s'approchèrent de celles de la jeune fille tremblante. Quelque chose glissa à l'intérieur de sa bouche...

– J'ai dit : comment va ton travail, Sylvia... tu n'écoutes même plus ta mère ?

Sylvia fut ramenée au présent par l'élévation de voix de maman, et releva les yeux vers elle, assez vite pour y apercevoir un fugitif sourire victorieux...

– J'ai dit... tu n'écoutes plus ta mère...

– Je sais... je sais ce qui est arrivé... je veux... je t'écoute... je t'écoute...

Elle se débattait pour parler, mais le souvenir du rêve était trop présent pour lui permettre de trouver une réponse...

– Mon travail va bien... je vais finir mon livre...

Sylvia jura intérieurement.

– Je sais que tu vas finir un livre ! cria maman. On en a parlé il y a à peine dix minutes, que dis-je, cinq minutes... Tu ne prêtes pas attention à moi, à la conversation... Voilà ce qu'il y a, voilà ce qui ne va pas chez toi... Tu ne prêtes aucune attention à ta mère. Alors que je pourrais t'apporter des choses... Mais madame, non... Madame la doctoresse, ça ne t'intéresse pas, tu es au-dessus de ça...

Sylvia faillit hurler, mais se retint, comme à chaque fois. Elle se sentait prisonnière de cette marée fétide de mots, d'injonctions dénuées de sens et de conseils creux...

– Tu n'as jamais fait attention à moi, de toute façon... Tu viens me voir parce que tu te sens coupable, c'est tout...

Les mots de maman s'engluaient, mouillés de larmes ravalées mais non moins spectaculaires.

– Dire qu'après toutes ces années, toutes ces années de sacrifices, un homme puisse me prendre ma petite fille…

Maman laissa échapper un soupir qui était presque un râle puis, fermant les paupières, appuya son front sur ses mains.

– De quoi est-ce que tu parles exactement ?

La voix de Sylvia était tendue. Elle ne savait pas dans quelle direction la réponse de maman allait entraîner la conversation. Elle sentait monter la honte en elle, sans aucune raison.

– Ton gourou allemand, là, qui ne sait rien faire de mieux que t'éloigner de ta famille… Dire que tu te fais endoctriner par un homme pareil… un médecin pour les fous…

– Maman… Sylvia tenta vainement de l'interrompre.

– Tout ce qu'il veut, c'est t'avoir à sa merci, pour pouvoir te décortiquer, savoir ce qu'il y a dans ta tête. Quand ça ne l'amusera plus, il te laissera tomber, tu verras.

Elle parlait de Lindström… C'était impensable, mais Sylvia comprit que maman parlait de Lindström, qu'elle devait concevoir comme son pire ennemi, l'homme qui allait lui voler sa fille, l'homme qui fouillait dans le remugle des années de l'enfance pour en extirper l'image de maman et l'exhiber à la lumière… Jamais maman n'avait fait allusion à l'analyse de Sylvia, mais au fil des conversations et des questions anodines, elle avait réussi à deviner l'essentiel, le lent travail de sape que Sylvia accomplissait avec l'aide d'Eivind pour faire basculer la statue de maman. C'était une évidence, une évidence merveilleuse : maman craignait cet homme…

– Tu as peur de lui, n'est-ce pas…

– Bien sûr, j'ai peur de lui ! rugit-elle. Peur de ce qu'il essaie de faire, de briser notre famille au nom de je ne sais quelle théorie gauchiste... Qu'est-ce qu'il fait dans sa vie à part ça, hein... rien de bon, à part fouiller dans la tête des gens, voilà ce qu'il fait...

Maman s'étranglait de rage :

– Un voyeur... rien de bon à part fouiller dans la tête des gens... un voyeur... c'est tout ce que c'est, et toi, je suis sûre que tu lui déballes tout sur son divan. Ça doit lui faire plaisir ! Tu n'as aucune décence, aucune pudeur. C'est ignoble, tu m'entends, ignoble de préférer ces turpitudes à l'amour de sa mère. C'est ça, la vraie maladie mentale. Se trémousser pendant des heures sur un divan en racontant des horreurs sur ta mère que tu n'oserais même pas dire en public tellement tu serais rouge de honte... Mais là-bas, dans le cabinet de ce vicieux, plus rien ne t'arrête ! Ça doit lui faire plaisir, de voir ce qu'il y a dans ta tête de malade, tu sais, et tu devrais en profiter parce qu'à la seconde où ça ne l'intéressera plus, il te laissera tomber. Il n'en a rien à faire de toi, tu m'entends !

L'argumentation de maman était ridicule, mais Sylvia était incapable de répondre. Elle analysait bien les raisons de sa colère, mais elle n'éprouvait aucun plaisir à la voir se débattre avec ses propres terreurs. Une sorte de lassitude, comme à l'issue d'une longue course, et une sensation de délivrance... Pour la première fois elle était spectatrice dans cette ancienne querelle. Elle découvrait les rides autour des lèvres pincées de maman, la faiblesse impuissante de ses mouvements de colère, l'odeur âcre et pitoyable de sa peur, qui suintait comme un poison de sa silhouette flétrie à chacune de ses accusations, chacun de ses cris.

Cette révélation la délivrait d'un poids qu'elle n'aurait pas soupçonné si lourd. Elle murmura quelques formules de politesse totalement déplacées devant la fureur de maman et se leva, laissant le thé froid dans sa tasse, laissant la nappe de la cuisine et les odeurs du passé. Elle passa la porte et courut presque jusqu'à la voiture. La Rover démarra avec un bruit de vieille mécanique indignée, couvrant les imprécations de maman agrippée à la poignée de la porte d'entrée.

– Il n'a rien à faire de toi, tu m'entends ! Il ne t'aime pas ! Il n'en a rien à faire... Il n'y a que ta mère qui t'aime, tu m'entends, que ta mère !

Sylvia eut encore une vision fugace de maman sortant de la maison dans le jardin pour tenter de l'intercepter, et avec un mélange d'exaltation et de panique, dévala la rue vers le Common et la liberté.

Sylvia roula pendant dix minutes sur la route de Haywards Heath à Gatwick et s'arrêta dans un Happy Eater, garant sa voiture à cette heure encore matinale pour un dimanche sur le parking désert. Des rires d'enfant lui parvinrent de l'aire de jeux du restaurant. Elle entrouvrit la fenêtre et alluma une cigarette, les yeux dans le vague.

Sylvia venait d'avoir sept ans au moment de la catastrophe. C'était ainsi qu'elle pensait à la mort de son père, même trente ans après. Les termes qu'employait sa mère étaient moins dramatiques. La mort d'Alex Fuchs au Yémen avait été, à l'en croire, un « grave problème » dans sa vie.

Sylvia Fuchs n'aimait pas songer à maman ; c'était retourner toujours le couteau dans la plaie, et encore maintenant, malgré les efforts de Lindström, elle était prise du même sentiment angoissant de culpabilité et d'échec. Penser à sa mère, c'était revivre inlassablement les mêmes scènes, les mêmes déchirures, les années passées à s'humilier mutuellement, à s'entre-déchirer.

« Si ton père t'avait aimée, il ne nous aurait pas quittées. »

Même maintenant, près de trente ans plus tard, la réplique faisait toujours aussi mal.

Le rêve de cette nuit était revenu la surprendre à nouveau. Comme à chaque fois qu'elle se trouvait en situation de stress, le cauchemar s'était manifesté…

Sylvia avait alors huit ans, en ce matin gris de mars 1958, près d'un an après la mort de son père.

Sur le chemin du retour de l'épicerie, qu'elle avait parcouru depuis en pensée des milliers de fois, elle avait tenu contre son cœur le Sunday Telegraph, *courant jusqu'à la maison dans la neige fondue.*

Sylvia ne craignait ni le froid ni le vent ce matin-là. Elle avançait comme en rêve, fière de l'exploit accompli, remerciant son Dieu d'avoir exaucé ses prières.

Elle avait réussi à se tenir éveillée toute une nuit, une semaine auparavant, pour accompagner l'expédition polaire à un moment où les journaux laissaient entendre que le docteur Vivian Fuchs devrait sans doute renoncer.

Et maintenant c'était fait. Son héros ne l'avait pas déçue, elle avait cru en lui tout du long. (Ça n'était pas tout à fait vrai… elle avait failli douter quand ils étaient arrivés au pôle avec plusieurs semaines de retard… Mais elle s'en était voulu à mort quand il avait décidé de poursuivre l'expédition, et elle avait prié le ciel que ces vacillements ne mettent pas en péril son héros…)

Il l'avait fait.

C'était écrit en grandes lettres noires :

« FUCHS CROSSES ANTARCTIC »

Deux heures à peine après son arrivée à Scott Bay,

en pleine nuit, Vivian Fuchs avait été anobli par la reine elle-même… Son héros…

Il avait réussi.

Sylvia avait ouvert la porte et, dans le vestibule, en enlevant ses bottes, avait eu du mal à se retenir de ne pas crier la nouvelle. Elle avait déposé les courses sur le meuble de la cuisine puis était montée rapidement au premier étage, le cœur cognant douloureusement dans sa poitrine, tenant toujours le journal serré contre elle.

Sylvia espérait que maman et oncle Herbie se lèveraient bientôt. Elle s'assit sur son lit, fermant les yeux et répétant le nom de son héros pour se détendre, mais sans succès cette fois. Elle tourna en rond dans sa chambre pendant cinq minutes, les maudissant tous deux de ne pas se réveiller plus tôt, en espérant que papa, là où il était, ne l'entendrait pas avoir cette mauvaise pensée.

Elle n'y pouvait rien, expliqua-t-elle au portrait encadré de noir au-dessus de son lit : la TSF était dans leur chambre, et pendant que les heures passaient, toute l'Angleterre devait parler du docteur Vivian Fuchs et de son exploit. Et Sylvia ne pouvait se joindre à eux. Elle était seule dans sa maison, elle qui avait presque porté Fuchs à sa victoire… tandis que maman et Herbie ronflaient.

Enfin, ce n'était pas tout à fait vrai. Maman ne ronflait pas. C'était l'oncle Herbie qu'elle entendait parfois si leur porte était restée entrouverte.

C'était réconfortant de l'entendre, parce que en fermant les yeux et en imaginant très fort, elle entendait soudain papa ronfler dans son oreille, les dimanches matin où, tandis que maman préparait le déjeuner, elle se glissait dans le lit près de son père et le regardait dormir, subjuguée…

Même maintenant, malgré le soutien de Lindström,

ce souvenir-là était toujours aussi intensément présent et douloureux à sa mémoire.

Le poids des draps sur sa poitrine comme elle s'enfonçait sous la couette, la chaleur de son père, et l'abandon de son corps au sommeil... La bouche un peu molle, entrouverte, les cheveux en bataille, la barbe naissante. Tout cela, elle le sentait confusément, était un don à la femme qu'elle était déjà, une marque de vulnérabilité et de tendresse.

Elle se débattait avec l'envie très forte de le protéger, et la conscience un peu ridicule du bouleversement des rôles. Alors, au lieu de se blottir contre papa et de le serrer très fort, elle le regardait dormir, sans oser bouger, en attendant de grandir pour pouvoir être à lui, et lui à elle...

Elle avait attendu, impatiente de réaliser son vœu, mais sûre de son accomplissement. Et puis Alex Fuchs était parti au Yémen en avril 1957, pour la firme pétrochimique qui l'employait en tant que géologue. Quelque part dans le désert du Rub El-Khali, il était tombé en panne de chance...

Alors, seule dans son univers imaginaire avec l'image de son père, de l'aventurier disparu en mission, Sylvia s'était inventé toute une mythologie pour expliquer l'absence de papa. Tantôt il était un espion au service de la reine, tantôt il était un aviateur combattant les Allemands...

Dans les plus petits détails de la vie quotidienne : le sourire d'un inconnu, une pièce d'un shilling trouvée dans la rue, Sylvia lisait des messages de son père.

En ce mois de mars 1958, les journaux étaient pleins de détails sur le pari insensé de Vivian Fuchs, l'explorateur qui tentait de traverser l'Antarctique à pied avec son équipe. Sylvia se souvint que ce matin-là, épuisée, elle s'était endormie tout habillée, et avait fait pour la première fois de sa vie ce rêve étrange qui revenait la hanter périodiquement. Avec l'aide de Lindström, elle avait tenté de l'analyser, en vain.

La cigarette lui grilla les doigts, Sylvia la jeta par la fenêtre et redémarra. Ses habitudes reprirent le dessus, et elle se retrouva, sans y avoir réfléchi, à Lakeview Hospital vers midi. Elle fit une visite rapide dans le service.

Une nouvelle cassette de Francis l'attendait dans son bureau.

LES BAUDELAIRIENS

Je vécus à Londres avec Henry pendant sept ans. Aujourd'hui, il m'est difficile de me remémorer cette période. Difficile d'imaginer que ma vie avec Henry eut pour cadre ce quatre pièces typiquement middle class à Islington. Un quartier tranquille, endormi dans les certitudes de sa petite bourgeoisie, que sournoisement la nouvelle génération commençait à bousculer dans les années soixante.

Tard dans la nuit arrivaient à la maison de jeunes anarchistes nantis qui refaisaient le monde entre deux joints et une Guinness. Henry les accueillait dans son antre et les laissait discourir sans intervenir. Il éprouvait pour eux un mépris profond qu'il n'affichait jamais en public. En leur absence, il décortiquait leur maniérisme avec une justesse et une cruauté sans égales.
La plupart de ces jeunes gens étaient fascinés par Henry, par sa beauté langoureuse, son évidente supériorité intellectuelle. Rapidement, leurs joutes verbales devinrent un moyen de gagner l'estime de Henry. Du moins l'espéraient-ils… Les intrigues de cour se firent plus âpres, les coups bas plus vicieux. Allongé comme un prince débauché sur le sofa, entouré de ses admirateurs, Henry interrompait

rarement la conversation, laissant les prétendants à son affection s'entre-déchirer pour lui. Je revois comme si c'était hier ses cheveux noirs tombant sur son front pâle, les ombres lourdes sur ses paupières, son air trompeur de fragilité... Le pouvoir qu'il exerçait sur eux était immense.

Il avait alors commencé à peindre, et ses premiers tableaux, *Frigidité*, *Les dieux du stade* et *Morsure*, trônaient dans le salon. L'agencement des toiles était coordonné de façon à ne pas laisser l'esprit des visiteurs au repos un seul instant.

Par d'infimes suggestions, des commentaires anodins, Henry repoussait toujours plus loin les limites de ceux qui l'approchaient, entraînant quelques-uns d'entre eux vers les sommets, et enfonçant le plus grand nombre dans les abîmes... L'air était rare auprès de lui, mais l'intoxication en valait la peine, docteur Fuchs... Très rapidement la consommation d'alcool et de drogues augmenta de manière vertigineuse.

Moi, j'officiais en tant que majordome, ne prenant jamais part aux ébats sexuels de nos hôtes malgré l'insistance de certains d'entre eux, me contentant d'être le témoin muet de leur déchéance. Je passais l'aspirateur tous les matins, effaçant les traces du carnage de la fête, reconduisant ceux qui n'avaient pas réussi à quitter les lieux pendant la nuit. De temps en temps, une remarque cynique parvenait à mes oreilles... Je savais que ces jeunes gens riches me prenaient pour un minable, mené à la baguette par mon maître et amant. Je ne faisais rien pour les en dissuader, jouais à la perfection mon rôle d'esclave soumis, sachant pertinemment qu'une fois ses appétits rassasiés, c'est à moi que Henry viendrait confier sa haine et son mépris. Je les regardais donc évoluer, je suivais l'ascension et la chute inéluctable de chacun d'entre eux avec la passion calme d'un entomologiste penché sur une fourmilière.

J'aurais voulu leur crier que Henry était mon amant, que notre chair et notre sang étaient intimement liés, mais cela n'était pas permis, aurait gêné le déroulement rituel du jeu. Je me contentais donc de les observer, absorbant sans le savoir la matière de mon premier roman, *La Condescendance des dieux*, tandis que Henry tirait de l'un après l'autre la substance, la vie. Il se nourrissait de leur innocence avec un appétit féroce, se détachant de ses proies aussitôt la déchirure entamée.

Ce petit jeu dura à peu près quatre ans. Un jeu d'autant plus facile que la renommée de Henry ne cessait de croître. Ses tableaux se vendaient maintenant à de riches dilettantes de la gentry aux tempes argentées qu'il s'amusait à encourager dans leurs approches timides avant de les initier à notre petit cercle.

Je voyais de respectables hommes d'affaires, des femmes mariées de la bonne société londonienne se brûler les ailes comme autant de mouches ivres à la flamme de mon compagnon. Cela devenait fascinant. Les voir ainsi se détruire sous le poids de leurs mensonges, de leur conformisme, à la lumière de Henry… Cela avait, comment dire, docteur Fuchs… une sorte de… pureté… À son contact les supports bien lisses de leur petite vie s'effritaient, basculant l'édifice tout entier.

Je vis l'un d'eux, un producteur de télévision renommé, roué de coups dans l'arrière-salle d'un pub, venir lécher les mains de Henry devant notre porte… Je vis la fille d'un ambassadeur norvégien cracher à la figure de son père le sperme de mon compagnon, au beau milieu d'une réception… Tout cela, et bien d'autres choses encore, prit place dans mes romans, tandis que de son côté Henry devenait un peintre célèbre, et de plus en plus extravagant. Son goût de l'innommable, du dérangeant, déchirait la timide bienséance de la bonne société. Mais, au lieu de haïr

et de repousser ce corps étranger, tous ne rêvaient que de le posséder, voire, insondable folie, de le transformer, de l'assainir.
Nous aurions pu vivre heureux cette vie de dandys pervers, en détruisant méthodiquement ceux qui nous approchaient, si, au mois de juin 1976, deux événements ne m'avaient arraché à l'emprise de Henry Childs.

Imperceptiblement Henry avait commencé à se lasser de ma dévotion, à se détacher de moi. Ses critiques sur mes œuvres se firent plus cinglantes, plus vénéneuses. Il avait accueilli avec joie la nouvelle de la publication de mon premier roman, mais ne put cacher son mépris à la lecture de mon recueil de nouvelles *L'Évangile selon Caïn*. J'avais cessé de plaire, éventualité qui ne m'avait jamais effleuré au cours de toutes ces années où j'avais vu sombrer tant d'autres… Je m'enfonçais à leur suite dans le grand naufrage de l'amour, bafoué à cent reprises, quémandant un geste d'affection, un signe de tendresse. Je tâchais à chaque nouvelle blessure de me rassurer. Je me répétais que j'étais devenu pour Henry une vieille habitude, qu'il ne pourrait se passer de moi. J'allais encore plus loin pour lui, m'humiliant devant ses invités pour atteindre le fond afin de l'amuser encore quelques instants.
Je suppose que j'aurais pu finir comme les autres, détruit ou suicidé dans une chambre d'hôtel sordide. J'en prenais lentement le chemin.

Le soir du 6 juin 1976, mon père fut victime d'une attaque dans le jardin de la maison familiale de Swinton. Il vivait seul depuis la mort de ma mère et sa retraite volontaire de ses fonctions de pasteur. Il fut retrouvé par un voisin le lendemain matin, paralysé et à demi gelé. J'appris la nouvelle de mon frère aîné, ce 7 juin, vers midi, sans réagir. J'émergeai avec peine d'un trip orchestré par Henry, et la voix de mon frère résonnait dans les frondaisons d'une jungle titanesque où je volais, à cent lieues de mon corps, étendu en travers du balcon de notre appartement où Andrew m'avait traîné pour tenter de me ranimer.

Ce n'est qu'au retour de l'enterrement que j'émergeai suffisamment de mon abrutissement pour saisir avec angoisse quelle vision s'était offerte à mon frère en pénétrant dans l'appartement. Henry lui avait ouvert, rasé de frais comme d'habitude, dans son kimono noir, et l'avait guidé sans un mot dans la chambre du premier étage où j'assistai, touché par la grâce divine, aux accouplements de soleils antiques. Pendant deux heures, à force de prières, de coups, de hurlements et de café, Andrew m'avait ramené à terre, dans le désordre apocalyptique de ce living où une des conquêtes de Henry mangeait des céréales dans la main de son maître.

La première chose que je vis avec clarté, au retour de ce périple au-delà des sens, fut la figure d'Andrew, penché sur moi, articulant pour la millième fois la même phrase avec une frénésie mal dissimulée : « Père est mourant… »

Il est dix-neuf heures, et dans l'express qui nous entraîne vers Édimbourg, mon frère Andrew s'est endormi, épuisé de fatigue et de tristesse, sur le siège en face de moi. Nous n'avons pas échangé une seule parole depuis que je me suis réveillé sous la douche et que nous avons quitté l'appartement de Henry. Je respire avec difficulté, comme dans un mauvais rêve, et tente d'appeler mon frère, en vain.

Par la vitre, dans le crépuscule de cet été anglais, je vois brûler des cathédrales. Le ciel rougeoie entre mes tempes, et j'ai l'idée fugace, saugrenue, que je vais mourir avant qu'Andrew se réveille. Je réalise

enfin que je pleure, que je m'étouffe en sanglots silencieux, et un aigle immense étreint ma poitrine de ses serres. La lumière du compartiment vacille, se mue en un arc de filaments bleutés qui traversent fenêtres, banquettes, le corps de mon frère endormi. Je vais mourir, et soudain, inéluctable, me vient le sentiment qu'il est trop tard pour moi, que je suis perdu à jamais. C'est une certitude terrible devant laquelle mon âme, mon esprit, ma raison vacillent.
Alors la porte du couloir s'ouvre, et mon père entre dans le compartiment, puis referme doucement la porte. Ses doigts glissent, hésitants, sur la joue d'Andrew.
Un intense sentiment de paix m'envahit, comme une vague de chaleur qui brise les ténèbres de ma vie. Quelque part au fond de mon être, je sais qu'il ne s'agit que d'une vision due à la drogue, mais la sensation de bien-être n'en est pas diminuée.
Mon père est là, serein, assis si près que je pourrais, rien qu'en me tournant de côté, le toucher. L'odeur âcre, douce-amère, de ma jeunesse, emplit mes narines. Mon père a levé sa main vers moi et, lentement, effleure mon front, ma joue. Je sens distinctement les poils de ma barbe naissante crisser sous ses doigts. Du plus loin qu'il m'en souvienne me revient une image. Mon père et moi, debout devant le lavabo de la salle de bains, à la maison.
Je sens le sommeil me gagner enfin, et je me laisse sombrer. Tous les matins, nous nous rasions ensemble.

Trois jours plus tard, passé le temps du chagrin et des condoléances, je revins à Londres, chez Henry. Je n'avais nulle part où aller. Andrew m'accompagna à la gare. Nous échangeâmes quelques banalités pour rompre un silence gênant. Nous allions rester en contact, nous revoir régulièrement. Les phrases

de circonstance qui cachent mal que déjà les liens se défont.
Je vis s'éloigner mon frère sur la plate-forme, raide et hésitant dans son uniforme d'officier. Je restai assis pendant toute la durée du voyage, tentant de faire le vide dans mon esprit, de retrouver le centre du maelström où mon père m'avait guidé, sans y parvenir.
Pendant ces trois jours passés dans la tiède atmosphère des souvenirs de mon enfance provinciale, je n'avais cessé de penser à Henry, à la vie que je menais. Tout dans la maison familiale me ramenait en arrière vers un monde en demi-teintes, un monde clos, rassurant et étouffant à la fois… Même dans cet univers tranquille, j'avais perdu la capacité d'être heureux. Henry me faisait souffrir, mais par lui et avec lui j'avais appris à vivre. La maison de Swinton, avec les notes de mon père sur ses sermons, ses livres d'ornithologie et ses trophées de cricket vieux d'un demi-siècle amassant la poussière sur le piano du salon, m'avait enseveli sous les souvenirs d'une enfance modèle, stérile, tout entière tendue vers la lumière d'un seigneur désespérément absent.
J'enviais mon père et ses certitudes, l'anonymat de son existence. Mais je ne pouvais m'y résoudre. Jamais je ne pourrais écrire dans ce cadre d'une sombre monotonie. Ma plume s'y tarirait comme la vie de mon père s'y était asséchée, imperceptiblement. La mélancolie profonde que j'avais ressentie à mon arrivée se mua en désespoir, puis en irritation. La vision de mon père dans le compartiment s'estompa peu à peu pour laisser place à l'obsédante réalité de cette maison isolée à l'orée du village, muette et ratatinée, de ce jardin laissé à l'abandon, legs de toute une vie d'abnégation, de renoncement.
Il pleuvait sur Londres quand je suis revenu à Islington. À la station de Finsbury Park, l'ascenseur était

hors service. Le couloir de la station, long de deux cents mètres, était par endroits inondé. Des employés de métro pakistanais s'affairaient sans hâte pour créer une passerelle de fortune. Je me suis souvenu d'un sermon de mon père, de Jésus marchant sur les eaux, et du miracle de la foi. J'ai traversé la flaque, trempé jusqu'aux chevilles, en me demandant où était passée cette innocence-là, la naïve vision d'un monde sans cruauté. Avec une sorte de résignation morne, j'ai su alors que je ne reverrais pas mon frère, que je ne retournerais jamais à Swinton, qu'il ne me restait plus qu'à rentrer à la maison et tenter encore de séduire Henry malgré le temps passé à nous défaire. J'ai marché sous la pluie jusqu'au 86, traînant mon sac de voyage défoncé. Il était près de seize heures, le ciel était gris et bas comme un couvercle sur la ville. Je suis rentré dans la maison avec ma clef. J'ai fait du thé, allumé toutes les lumières du rez-de-chaussée pour me calmer, pour chasser l'impression d'abandon que distillait cette fin d'après-midi lugubre. Bientôt je perçus dans la maison une odeur étrange, un parfum inconnu mêlé à la fragrance du tabac. En montant à l'étage, je découvris mes affaires en tas sur le palier et dans la grande salle de bains. Dans ma chambre, quelqu'un avait déposé deux valises, des cartons de livres d'art. Les draps avaient été changés, et l'odeur douceâtre de l'amour emplissait la pièce. Je fouillai les affaires de mon successeur, laissant échapper des bribes de propos incohérents, des sanglots anémiques. Tout ce que j'appris, c'était le nom du nouveau compagnon de Henry : Anthony Maple. Je tombai sur une photo de lui dans un magazine littéraire (il était critique d'art) et fixai en serrant les dents cet éphèbe brun au front haut, à la bouche sensuelle, à l'exubérante innocence. Je connaissais bien ce sourire. Cette assurance m'était familière... Je laissai retomber le magazine sur le lit, puis entrepris

de faire mes valises. Comme je refermais mon armoire vide, la glace me renvoya un instant le reflet de mon visage, où les ans avaient effacé trait par trait le sourire du jeune prétendant.
J'appelai un taxi, y fourrai mes deux malles, inquiet à l'idée de croiser Henry ou son compagnon. Je ne voulais pas qu'ils me voient dans cet état, qu'ils puissent triompher. Je voulais que Henry souffre, que cette nuit il se réveille à côté de son jeune amant et me cherche dans l'obscurité. Je voulais qu'il ait mal, comme moi j'avais mal. Qu'il reste seul avec les explications que je lui imaginais au bord des lèvres. Avec sa demande de pardon informulée…
Je donnai au taxi l'adresse d'un hôtel sur Holloway Road. La voiture démarra et s'engagea dans le flot du trafic. Je me retournai une dernière fois. Il n'y eut ni larme ni haine. Simplement la solitude, et le souvenir douloureux du temps passé.
Cette maison vide, noyée sous le crachin, valait bien celle de mon père, avec son enseigne de ferronnerie grinçant au vent du nord.

Gabriel Byrne éteignit le téléviseur pour la septième fois ce dimanche, et envoya rouler une canette de bière sous le sofa. La voix du commentateur sportif s'interrompit en pleine hystérie, et le silence retomba sur la maison.

Byrne laissa errer son regard sur le mobilier de la pièce, intrigué par l'étrangeté soudaine de son environnement. Il redécouvrait chacun des meubles du salon. Il se souvenait d'avoir acheté la coiffeuse avec Lindsey en 1985, en même temps que son bureau, à Debenhams, sur Oxford Street. Le lampadaire était un cadeau de la famille d'un de ses patients. Le tableau au-dessus de la cheminée électrique lui avait été offert par les parents de Lindsey pour son trente-cinquième anniversaire.

Il avala péniblement sa salive. Où était-elle ? Avec qui ? Était-elle, en ce moment même, en train de penser à lui ?

L'absence de Lindsey avait laissé un vide brutal. Les premiers jours, Byrne n'arrivait pas à se convaincre que sa femme était réellement partie.

Hier matin il avait renversé le flacon entier de sels de bain dans la baignoire et s'y était enfoncé en pleurant silencieusement.

La journée était une lente agonie. Les nuits pires encore. Il ne se souvenait plus de ses rêves, et c'était tant mieux. Les barbituriques qu'il prenait maintenant tous les soirs au retour de l'hôpital continuaient à l'assommer dans la matinée, et il n'avait émergé que vers les onze heures pour répondre au téléphone. Sutcliffe lui avait demandé de le remplacer sur le tour de visites du dimanche, et les infirmières s'inquiétaient de son absence. Byrne avait promis, dans un semi-coma, qu'il passerait cet après-midi.

Il gisait, affalé sur le fauteuil du salon, au milieu des restes des journaux du dimanche, des suppléments couleur tachés de bière et de poulet au curry. Il est dix-sept heures et elle n'a pas appelé, pensa-t-il. J'aurais dû faire mon tour plus tôt. En début d'après-midi. Elle va m'appeler ce soir. Elle va m'appeler une fois et raccrocher.

Jusqu'à quand ? Combien de patients vais-je ausculter, combien d'examens va-t-il me falloir interpréter, combien de signatures sur le cahier de prescriptions ? Combien de jours encore sans même le son de sa voix ?

Byrne glissa du fauteuil à genoux, repoussant sans les voir les cartons graisseux du take-away indien, et joignit les mains dans une attitude de prière et d'accablement. Les images se bousculaient dans sa tête, mais aucun mot ne vint. De tout son être, il attendait la sonnerie du téléphone. L'appartement était vide, silencieux.

Gabriel Byrne pénétra dans la chambre de Kennaway et fut frappé à nouveau par l'impression d'étrangeté qui l'avait assailli en traversant le bureau des infirmières. Il avait fait sa visite dans un état second et ne pouvait se départir d'un pénible sentiment d'irréalité. La lecture du dossier de Kennaway avait achevé de le convaincre de l'inutilité de la démarche de Sylvia Fuchs. L'extension de la tumeur sur le scanner, couplée au résultat histologique de la biopsie chirurgicale, était d'un pronostic accablant. L'homme serait mort d'ici quinze jours.

Francis Kennaway, allongé sur le lit, tourna péniblement la tête en direction du médecin. Une seringue électrique clignotait sur la table de nuit. Par la fenêtre Byrne pouvait apercevoir, à travers le rideau de pluie, les lumières du service de réanimation, de l'autre côté du parking. L'image de Lindsey ahanant sous les caresses d'un autre homme jaillit de son esprit, et il fut secoué par un tic nerveux.

– M. Kennaway… non, restez allongé… je ne suis pas venu vous examiner.

Il s'avança au pied du lit et décrocha machinalement la feuille de température, puis se plaça près de la fenêtre, dos au lit, les yeux perdus dans le vague, par-delà la vitre, par-delà la pluie hivernale, dans un néant confortable où il tendait à se réfugier de plus en plus souvent.

– Le docteur Fuchs m'a contacté à votre sujet…. dit-il.

Byrne se tourna vers Kennaway et l'observa réellement cette fois. Il vit un homme d'une quarantaine d'années, aux cheveux blonds plaqués par la sueur. Kennaway était très pâle. La greffe de sa joue gauche luisait comme de la peau morte. Ses bras allongés le long du corps sur le drap étaient recouverts des fines cicatrices de ses brûlures.

Byrne, se rendant compte de la nudité cruelle de son regard, baissa les yeux sur la feuille de température et tâcha de s'y absorber.

– Vous êtes le docteur Byrne… je pense… vous êtes trop jeune pour être Sutcliffe, et de toute façon il ne se serait pas aventuré dans le territoire de Lindström… Je me trompe ? ajouta Francis en affrontant le regard incrédule de son interlocuteur.

Byrne s'assit sur le bras de l'unique fauteuil de la chambre.

– Le professeur Lindström vous fait des confidences ?…

Byrne se racla la gorge et passa la main devant lui comme pour effacer cette question. Il reprit :

– M. Kennaway, je ne suis pas ici, vous vous en doutez, pour me livrer à une joute verbale. Je ne suis pas psychiatre, moi, comme vous le savez sûrement… Enfin vous avez l'air au courant… Je suis, je suis réanimateur ici, et dans votre cas…

Kennaway leva le bras en un geste conciliant.

– Je sais, excusez-moi. Vous êtes réanimateur et dans mon cas…, dans mon cas vous allez m'aider à mourir.

Byrne sentit monter en lui la colère. Il avait trop souvent rencontré ce genre de bravade, de condescendante désinvolture, et savait qu'elle cachait habituellement une terreur inavouable. Il en avait gardé une répulsion irraisonnée pour ces mourants qui semblaient s'enorgueillir de leur fin prochaine.

– Je n'ai pas l'intention de vous aider à mourir,

M. Kennaway. Je viens à la demande du docteur Fuchs afin de me rendre compte moi-même de la situation. Je pense qu'on vous a déjà dit que ce n'est pas un mouroir ici, mais un hôpital. Il y existe un service de réanimation, dont je fais partie. Il n'est donc pas question que je vous serve d'alibi pour rester ici. Vous avez théoriquement le droit de vous opposer à un transfert en service de médecine, tant que le professeur Lindström ne l'exige pas. C'est votre décision, et quoiqu'elle me semble incompréhensible, je suis bien obligé de la respecter. Mais sur un plan strictement pratique, en dehors même de votre confort personnel, je tiens à vous signaler que le service de psychiatrie ne pourra pas assurer votre prise en charge convenablement, quelles que puissent être les qualités du docteur Fuchs ou du professeur Lindström. Votre état va nécessiter des techniques autrement sophistiquées si vous voulez avoir une chance de vous en sortir.

Kennaway ferma les yeux. Byrne reprit sans se troubler.

– Si vous voulez avoir une chance de vous en sortir... De toute manière, le personnel du service de psychiatrie n'est absolument pas qualifié pour vous assurer une mort paisible, si c'est ce que vous voulez me faire dire.

– Je le sais, docteur Byrne, je le sais. C'est bien pour cette raison que j'ai demandé au docteur Fuchs de vous voir.

Kennaway se hissa sur ses oreillers afin de mieux observer Byrne. Le médecin s'était assis sur le bras du fauteuil, et semblait mal à l'aise. Il n'était pas impératif pour Francis de le convaincre. La peur de la souffrance physique était encore loin pour l'instant. Il suffisait que les ingérences du service de réanimation s'arrêtent là, que Byrne oublie de prévenir son patron.

– Si votre but est réellement de m'assurer une mort paisible, commença Francis.

– Ce n'est pas ce que j'ai dit, l'interrompit Byrne.

– Ne me dites pas que j'ai une chance de survivre à ceci, docteur Byrne. Ce serait cruel, et totalement dénué d'intérêt.

Voyant Byrne hésiter, Kennaway enchaîna :

– Je peux accepter, sous certaines conditions, ma mort prochaine. Je la sens venir… Ce n'est pas une bravade, comme vous semblez le penser. Ce n'est pas facile, je sais que j'aurai peur. Mais je peux l'accepter. Tout ce que je vous demande, c'est de l'accepter vous aussi… Vous n'en avez pas envie, vous n'êtes pas payé pour cela, vous répugnez sans doute à le faire, mais c'est la seule chose, en tant que médecin, que vous pouvez pour moi.

– Vous êtes un homme étrange, monsieur Kennaway… Admettons que je vous comprenne… Disons même que je suis assez intrigué par votre sagesse… Pourquoi ici ?

– Je ne peux pas vous le dire…, murmura Francis.

– Vous ne voulez pas ?

– Je ne peux pas, répéta-t-il.

Byrne joignit les extrémités de ses doigts, et sa tête se mit à trembler.

– Je vous demande une simple explication…

– Je sais, j'aimerais pouvoir vous la donner…

– Ce n'est pas acceptable, vous savez… Vous me demandez d'oublier les préceptes de base de mon métier, de faire passer vos décisions avant la pratique médicale… Supposons que j'aille jusque-là…

– Je sais ce que vous pensez, coupa Francis… Vous pensez que moi, je ne vous traite pas en égal… Mais écoutez…, je suis écrivain… Je pourrais inventer une raison convaincante pour vouloir rester ici, qui vous satisferait pleinement… Je ne veux pas vous mentir… C'est trop long, trop pénible, et je n'en ai ni le goût ni le temps…

– Mais qu'est-ce qui me dit que vous n'êtes pas simplement perturbé en ce moment ? Ou plutôt, car vous avez l'air parfaitement sain d'esprit, qu'est-ce que vous faites dans ce service, et pourquoi y rester ?

– Vous pensez que cela serait plus gratifiant de mourir en service de réanimation au milieu de gens sains d'esprit, qu'ici au milieu de malades mentaux… Vous croyez que ça adoucirait mes derniers instants…

Byrne regarda sa montre sans la voir :

– Il faut que j'y aille… je vais réfléchir à ce que vous m'avez demandé… En attendant nous n'avons pas eu cette conversation, d'accord…

– D'accord…, dit Francis, en souriant légèrement.

– Vous m'avez l'air bien calme tout à coup…

– J'ai confiance en vous. Maintenant je ne peux rien faire de plus.

– Ce n'est pas aussi simple…

– Je sais bien. Peut-être que quelque part à l'intérieur je suis en train de hurler…

Byrne se leva et sortit de la chambre sans se retourner. Il fit quelques pas dans le couloir, puis repartit vers l'escalier. Pendant tout l'entretien, le visage de sa femme ne l'avait pas quitté.

Le dernier lundi

– Au box 3, Mme Woods, cinquante-sept ans, entrée dans la nuit de samedi à dimanche pour rupture de varices œsophagiennes. Hémodynamique stable après remplissage et pose d'une sonde de Blackmore. Elle doit être fibroscopée à nouveau cet après-midi. Pas de problèmes particuliers en dehors d'une forte agitation hier soir malgré le Valium.

Le docteur Marcus Wade parcourut des yeux l'assistance, s'arrêtant un bref instant sur Nigel Sutcliffe. Le chef de service ne fit aucun commentaire. Wade replongea dans son carnet de notes et continua d'égrener d'un ton calme, presque joyeux, les événements de son week-end de garde.

Si nous n'avions pas tant besoin de médecins de l'extérieur pour les gardes du week-end, Marcus aurait été viré depuis longtemps, songea Byrne.

Défaut nº 1 : il a le sens de l'humour.

Défaut nº 2 : il dépasse un mètre quatre-vingts.

Défaut nº 3 : il est suffisamment compétent et sûr de lui pour ne pas se laisser river le pion par le patron…

Tout pour déplaire à Nigel Sutcliffe, qui, avec sa petite taille et sa hargne maladive, devait cuire en ce moment à petit feu…

Byrne, assis à la gauche de son chef de service

selon un rituel immuable, se risqua à jeter un œil sur le carnet de notes que Sutcliffe griffonnait nerveusement. Des traits, des carrés, des astérisques et des éclairs… Graffitis indéchiffrables de l'amertume au quotidien… À la droite de Sutcliffe, Higgins se tourna vers Byrne et aperçut le manège de son collègue. Byrne lui adressa un vague sourire mièvre que démentit la fixité de son regard. Fils de pute, pensa-t-il. Toujours à lécher le cul du patron. À magouiller ici ou là, à faire taper aux secrétaires des mémorandums ridicules et inutiles à l'intention des infirmières et des résidents. Parfait sous-fifre administratif pour Sutcliffe… Assez veule pour se plier à tous les caprices de son patron, mais surtout suffisamment incompétent pour ne jamais risquer de ternir l'auréole de son chef de service… Byrne arrêta un instant la litanie muette de ses griefs, troublé par une pensée incongrue.

Sutcliffe était de ces hommes qui, arrivés au sommet d'une hiérarchie, prennent soin de s'entourer d'adjoints déficients plutôt que de risquer de voir leur supériorité mise en doute. Cela était évident dans le cas de Higgins, comme de la plupart de leurs collègues assurant les gardes. Marcus Wade était une exception… Quant à son propre cas, Byrne ne savait plus que penser… Sutcliffe l'avait-il choisi pour ses compétences, ou pour ses défauts… La combinaison des deux, peut-être, songea Byrne avec morosité. Quoi de meilleur qu'un assistant solide pour faire tourner le service, mais trop introverti pour faire valoir ses positions vis-à-vis des collègues des autres services ?

Marcus Wade referma bruyamment son carnet, interrompant le cours de la rêverie de Byrne. Sutcliffe se tourna vers les résidents, l'infirmière en chef, avec un air interrogateur. Devant le silence de la salle, il eut un petit geste de la main gauche (comme s'il appelait une serveuse dans un bar, pensa Byrne), signifiant la fin de la réunion. Les plus jeunes se détendirent, mais par prudence attendirent que Sutcliffe, ayant empoché son carnet et son Eurosignal, se lève, avant de l'imiter. Byrne se redressa, pressé de se mettre au travail. Sutcliffe le dévisagea et sans un sourire, lui dit :

– Byrne, vous viendrez me voir dans mon bureau, dès que vous aurez un instant dans la matinée.

– Immédiatement, si vous voulez…

– Non, non, répondit Sutcliffe. Faites ce que vous avez à faire, les patients n'attendent pas…

Il hocha la tête pour clore la discussion et se dirigea vers la sortie, talonné par Higgins. Les résidents s'écartèrent pour leur céder le passage. Byrne surprit la moue écœurée de Marcus Wade. Ils échangèrent tous deux un regard de connivence. Puis un résident s'approcha de Marcus pour lui poser une question et le contact fut rompu. Byrne sortit de la salle de réunion, agacé. Que lui voulait le vieux ?

Quelqu'un avait dû mettre Sutcliffe au courant de son retard de la veille. Et l'identité de ce quelqu'un ne faisait aucun doute. Higgins… Le faux-jeton avait disparu, bien sûr. Probablement faire la tournée des étages, ou vérifier pour la dixième fois les commandes de matériel…

Byrne s'engouffra dans les toilettes du personnel pour se rafraîchir. Il se passa de l'eau sur la figure et s'essuya. Au moment de sortir, il croisa son regard dans la glace du lavabo et ne put réprimer un frémissement d'irritation. Avec ses yeux cernés et son air sombre, il avait l'air d'un type qui n'avait pas dormi de la nuit. Un perdant-né.

Byrne termina la visite vers onze heures trente et se rendit aussitôt dans le bureau de Sutcliffe. La secrétaire l'informa que le patron était au téléphone, et Byrne s'assit sur le siège resté vide en face d'elle, feuilletant distraitement le courrier en attente, signant ses comptes rendus de sortie.

– Ça va, Gabriel ?

Byrne leva les yeux vers la secrétaire, Emily, et lui adressa un sourire qui détendit un instant les traits de son visage.

Byrne s'apprêtait à replonger dans le courrier, mais Emily soutint son regard. Il releva la tête. Elle va me parler de Lindsey, songea-t-il, elle va me dire que Lindsey a appelé, ou alors…

– Je ne sais pas ce qu'il y a exactement, mais Sutcliffe n'est pas de bonne humeur avec toi ce matin…

Byrne haussa les épaules, déçu et soulagé à la fois.

– Ce n'est pas la première fois, Emmy.

– Je sais, mais ce matin, il avait l'air vraiment en colère.

– Qu'il aille se faire foutre.

Emily fit semblant de n'avoir pas entendu.

– C'est au sujet de Lindström.

Byrne fronça les sourcils, perplexe.

– Tu en es sûre ?

– Oui, reprit Emily. Vendredi matin, le vieux a parlé longtemps avec Higgins au sujet d'un malade de Lindström.

– Kennaway ? demanda Byrne, confondu.

– Peut-être, je ne sais pas. En tout cas, ils n'arrêtent pas de se faire des confidences à porte close… le grand amour…

Le voyant du téléphone s'éteignit et Emily fit signe à Byrne en lui indiquant la porte du bureau.

– Sincères condoléances…, murmura-t-elle en replongeant sur sa machine à écrire.

Byrne sourit et frappa à la porte.

– Entrez. Ah, c'est vous. Asseyez-vous, asseyez-vous.

– Vous m'aviez demandé de passer ce matin, dit Byrne.

– Oui, oui, c'est à propos de ce patient de Lindström. Higgins m'a montré son scanner. Il a une magnifique pêche cérébelleuse, avec une extension au quatrième ventricule…

– Francis Kennaway, oui…

– Il semblerait qu'ils hésitent à nous le transférer ? demanda Sutcliffe.

– Je ne sais pas, dit Byrne.

Puis, sachant qu'il ne pourrait rien cacher, il enchaîna :

– Je ne sais pas, le docteur Fuchs m'a demandé de venir voir son dossier… Effectivement il n'en a plus pour longtemps… Son examen clinique est pour l'instant quasi normal à part le déséquilibre… Mais je crains qu'il ne fasse un engagement amygdalien, et les corticoïdes me semblent peu efficaces… Enfin, je lui donne quinze jours au maximum.

– Bien, bien… Mais pourquoi ne l'ont-ils pas transféré chez nous ? coupa Sutcliffe.

– Je l'ignore. Je suppose que le docteur Fuchs va nous recontacter cette semaine.

– Justement, je m'étonne qu'elle vous ait contacté, vous, alors que l'indication du scanner a été posée par Higgins.

– Oui, je ne sais pas…

– Tâchez de savoir, dit Sutcliffe d'un ton sec. Ce malade n'a rien à faire en psychiatrie avec une pêche pareille. J'aimerais l'examiner, m'assurer que c'est inopérable.

– Je vais faire le nécessaire aujourd'hui, monsieur.

– Parfait… parfait. Réglez-moi cette affaire et faites-moi savoir quand il sera dans nos lits… Je ne vais pas monter l'examiner chez Lindström, n'est-ce pas ?

Sutcliffe sourit méchamment, et Byrne acquiesça.

– Au fait, ce malade a eu une sérologie HIV ? demanda Sutcliffe au moment où Byrne se levait.

– Oui, monsieur, il est séronégatif.
– Dommage.
Byrne ne répondit pas.
– À propos, reprit Sutcliffe, qu'est-ce qui vous est arrivé hier ? Vous aviez oublié que nous avions échangé nos astreintes ?
Byrne se raidit et répondit :
– Non, non, j'étais grippé. Une virose quelconque…
– Très bien, très bien. Ce n'est pas grave. Je suppose que le docteur Wade peut tenir le fort seul. Mais à l'avenir, prévenez un collègue, d'accord ?
– Bien, monsieur, j'y veillerai.
Sutcliffe saisit son téléphone sans répondre et Byrne s'éclipsa.

– J'aimerais bien voir Dieu encore une fois…
Warren Besart se retourna vers Kennaway. Avec le regard triste des amants délaissés, il se laissa glisser plus avant dans le fauteuil, ramenant les pans de sa robe de chambre autour de son ventre proéminent. Sylvia Fuchs avait confisqué sa ceinture et ses lacets.
Francis Kennaway ne dit rien. Ils entendirent une porte claquer dans le couloir. Il était près de dix-sept heures. Le chariot-repas n'allait plus tarder. Besart fixa la perfusion de Francis pendant de longues minutes. Immobile. Seul le frémissement de la robe de chambre de Besart trahissait la vie. Dehors, il pleuvait.
Je suppose que c'est un miracle, pensa Kennaway. Dans une nouvelle de Jack London qu'il avait lue enfant, un homme perdu dans le blizzard, encerclé par les loups, passait sa dernière nuit blotti près d'un feu de camp vacillant, à faire jouer les articulations de ses doigts, s'émerveillant de la texture de sa peau, de la saveur de sa vie, au moment de la perdre.

– London s'est suicidé..., dit Kennaway à voix haute.

Besart ne bougeait pas, regardait, fasciné, les bulles crever la surface du liquide isotonique dans le flacon.

London a eu de la chance, songea Kennaway. Plutôt le romantisme que la lucidité...

Besart se passa la main dans les cheveux et répéta, d'une voix rauque :

– J'aimerais voir Dieu encore une fois...

Kennaway sourit. C'est pire qu'une pièce de Beckett, songea-t-il. Sauf qu'ici Godot finira bien par arriver.

– Dites-moi, Francis... Est-ce que vous avez déjà vu Dieu ?

Besart s'était arraché à sa contemplation et, penché en avant, interrogeait Kennaway avec une intensité enfantine.

– Est-ce que j'ai déjà vu Dieu ?... Je ne peux pas vous répondre. Quand j'étais jeune, certainement, à l'église où prêchait mon père. Ensuite c'est flou... Devenir adulte, c'est sans doute aussi perdre cela.

– Mais dans vos livres, Dieu, enfin la présence divine revient comme un leitmotiv, coupa Besart.

Il déglutit péniblement sa salive en portant la main à son cou. La trace de sa pendaison y était encore visible.

Kennaway se redressa sur son lit, piqué par l'intérêt de Besart. Henry Childs avait eu la même remarque, bien des années auparavant.

– Vous avez raison, Warren, mais comment vous dire... C'était inconscient. Je revenais toujours sur ces notions de Mal, de Dieu, de destinée, sans m'en rendre compte, presque malgré moi. Peut-être la culpabilité. Je ne sais pas.

Besart avait été un pianiste réputé avant de sombrer dans ce que le docteur Fuchs nommait « un état délirant mystique » à la suite d'une sombre affaire de mœurs avec une de ses élèves adolescente. Rarement, comme aujourd'hui, il sortait de ses transes et recouvrait pour quelques heures une lucidité à peine entamée par les neuroleptiques.

– À quoi ressemble-t-il, selon vous ?

– Dieu ? demanda Kennaway.

Besart acquiesça.

Kennaway poussa un long sifflement puis se ressaisit.

– Je ne sais pas vous dire, Warren. Je suppose… Je crois surtout au pouvoir de l'esprit, vous comprenez. Je pense que la force de notre foi est suffisamment puissante pour soulever des montagnes, comme il est dit dans la Bible, et pour faire bien plus encore. Dieu a été créé par les hommes à la recherche d'un idéal, d'un absolu… Une fois créé, il nous a engendrés. Le paradoxe n'est qu'apparent. Dieu, ou notre foi commune, si vous voulez, dépasse le temps, qui est une invention humaine mineure.

Besart hochait la tête, excité :

– Mais les différentes religions…

– Franchement, quand j'étais jeune, je croyais que Dieu aurait pour chacun de nous une tête différente. La tête d'un père… ou d'un ami…

– Le mien ressemblait à un animal d'une beauté indescriptible, féroce…

Les yeux de Besart s'étaient mis à briller.

Je vais le perdre à nouveau, songea Kennaway.

Mais Besart sourit, son regard perdit sa fixité, et il continua :

– Et après la mort, Francis, est-ce que l'au-delà est aussi à la carte…

Le sourire de Kennaway se figea. Gêné par le silence soudain, Besart se redressa, aux aguets. Pendant quelques instants, emporté par la conversation, il avait oublié que son ami était condamné. Dans les yeux de Besart, Kennaway vit le remords, et la panique naissante. Il répondit d'une voix terne, qui à ses propres oreilles semblait lointaine :

– Longtemps je l'ai cru, Warren. Longtemps j'ai pensé que le pouvoir de notre foi, de notre pensée, était le seul garant de cet au-delà. Que ceux qui ne croyaient en rien hériteraient du néant, que ceux qui choisissaient de croire retrouveraient après la mort leur paradis ou leur cauchemar. C'était une belle notion, née de l'absence de vérification possible... Une licence poétique que je m'étais accordée...

Kennaway soupira et se tut.

Besart murmura :

– Je suis désolé, je me suis laissé entraîner par l'excitation...

– Ce n'est pas grave, Warren. Je vais mourir. Plus je m'assène cette vérité, moins elle est douloureuse.

– Vous allez me manquer, Francis.

– J'aimerais vous en dire autant. Mais ce serait présomptueux. Je ne sais pas où je vais. Enfin, j'espère ne pas le savoir.

– Que voulez-vous dire ?

– Eh bien, de même que vos visions de Dieu vous emmèneront peut-être au paradis... de même l'homme qui a vu l'Enfer et en a été marqué ne peut plus rêver à autre chose...

– Mais n'est-ce pas là de l'orgueil, Francis... Pourquoi choisiriez-vous l'Enfer ?

– Je ne choisis pas, Warren. Peut-être, je dis bien peut-être, est-ce moi qui ai été choisi.

– J'ai tenté de me suicider, l'autre jour, dit Besart. Pour échanger ma vie contre la vôtre. Et au dernier moment, juste avant que Lynch ne coupe la corde, j'ai vu Dieu...

Kennaway l'observa avec inquiétude. Confusément il sentait l'esprit de Besart s'éloigner à nouveau. Ses sautes de tension étaient toujours brutales, imprévisibles.

– Moi…, hésita Besart. Moi, je sais bien que vous n'êtes pas fou, Francis. Pourquoi ne le voient-ils pas ?

– Parce que je le leur cache, Warren… En tout cas c'est ce que j'ai cru au début… Maintenant je ne sais plus… Est-ce qu'on sait qu'on est fou ? Sûrement pas… Alors…

Besart hocha la tête, méditatif.

– Et puis, reprit Kennaway, si j'étais fou, ce serait tellement plus simple. Si je pouvais avoir la certitude, savoir que mes terreurs n'existent que dans l'enceinte de mon esprit malade… Quelle sérénité, Warren, quel soulagement… Je n'aurais plus qu'à attendre tranquillement la fin de ce manège en comptant mes flacons de perfusion. Au lieu de quoi… j'égrène ma confession par petits bouts au docteur Fuchs… sans même savoir si cela a un sens…

– Pourquoi elle, Francis… Pourquoi maintenant ?

– Je dois témoigner, Warren. Rendre compte de certaines choses que j'ai vues, que j'ai faites. Non pour m'absoudre, ni pour me dévoiler à l'analyse de Fuchs, mais… Ah ! C'est impossible à décrire, Warren…, s'écria Francis. Parfois j'oublie et puis le souvenir de ce que j'ai vu revient me hanter…

– Je pourrais vous tuer, Francis…, dit Besart.

Kennaway le regarda, interrogateur. Besart répéta :

– Je pourrais vous tuer, Francis. Je ne vois aucun crime en vous. Si je ne peux sacrifier ma vie pour la vôtre, je peux au moins être votre judas, assurer votre délivrance…

Les yeux de Besart avaient dérivé vers le plafond, loin, très loin. Kennaway attendit un instant puis sonna pour appeler un infirmier.

Lorsque vous vous réveillerez, Warren, je serai loin d'ici, songea-t-il.

De la peur ou du soulagement, il ne savait plus quel sentiment l'emportait.

ESTHÉTIQUE DE LA DESTRUCTION

Trois mois passèrent. Par l'intermédiaire d'un ami, je trouvai un logement dans un council-flat sur Goswell Road. Isolé au dix-septième étage d'une tour de béton aux ascenseurs pisseux, entouré de familles pakistanaises et de squatters que les policiers venaient régulièrement déloger, je me suis installé dans un trois pièces à la décoration minable, suant d'humidité. J'étais sous le choc de ma liberté retrouvée et de la désertion de Henry. Alors que juillet plongeait Londres dans une véritable fournaise, en cet été 1976, je pris conscience peu à peu du caractère irrémédiable de ma décision. J'y fis face petit à petit. M'inquiétant tout d'abord de la santé des plantes rares dont j'avais parsemé l'appartement de Henry. M'inquiétant ensuite de ne plus retrouver tel ou tel livre ou carnet de notes que j'aurais pu oublier là-bas lors de mon départ précipité... Les objets laissèrent place enfin dans mes préoccupations aux êtres. Amis de rencontre que je ne reverrais plus, soirées prévues de longue date où je craignais de me rendre de peur d'y rencontrer Henry ou d'y attirer l'attention par ma solitude toute neuve. J'avais beau me répéter que j'étais parti de mon plein gré, je savais pertinemment que j'apparaîtrais aux yeux de tous comme le perdant de cette petite guerre. Ceux que Henry avait brisés se vengeraient sur moi, ancien témoin muet et impassible de leur détresse.

Je pris des amants de passage, jeunes étudiants français en chasse dans Soho ou peintres en bâtiment levés dans les toilettes d'un pub. La diversité de mes partenaires nocturnes effaça la morosité de mes journées, et je me remis à écrire. Mon éditeur me félicita de ce regain d'activité, m'encourageant à la tâche. Je compris ultérieurement qu'il avait attendu de moi une version romancée de mes expériences sentimentales et sexuelles avec Henry, dans un style confessionnel qui n'aurait pas manqué d'émoustiller les lecteurs potentiels. Il accueillit le manuscrit de *Soupçon d'innocence* avec une évidente grise mine, et l'accepta après un délai de réflexion de plusieurs mois pour le publier lors d'une période creuse, sans aucun effort de promotion. J'avais quitté Henry Childs. J'étais par là même devenu un has-been…

Cette évidence me porta un coup profond, dont je me remis difficilement. Le doute, toujours présent à l'esprit de l'écrivain sur la qualité de son œuvre, revint me travailler. J'avais fait partie, au moment où l'establishment littéraire m'avait découvert, de la jet-set londonienne, petit microcosme nombriliste et voyeur. De là à penser que je n'avais dû ma notoriété qu'à la proximité d'un « réel artiste de la décadence »… Mais j'anticipe.

L'été 1976 passa donc. Londres miroitait sous mes fenêtres, mirage vibrant à perte de vue vers le sud. La chaleur étouffait le tumulte de la ville, et même à midi, j'aurais pu, du haut de mon dix-septième étage, être l'un des rares survivants d'un cataclysme à l'échelle planétaire.

Je songeais à mon père, tâchant vainement d'élucider le mystère de la vision du train. J'écrivis une fois à Andrew pour lui donner ma nouvelle adresse et, à ma grande surprise, il me répondit. Peut-être avait-il deviné à travers ma lettre un appel à la conciliation. Peut-être était-il soulagé d'apprendre que je ne vivais plus chez Henry. Mon homosexualité avouée avait toujours été considérée par mon frère comme une faute de goût, un défaut de caractère plutôt qu'un péché. Mais sans doute le spectacle de ma déchéance l'avait-il mortifié, et il accueillit avec plaisir ma décision de changer de vie. Je n'avais pas explicité dans ma lettre les circonstances de mon départ, préférant rester dans le vague, donnant certainement l'impression fausse que la mort de mon père m'avait ouvert les yeux sur ma vie de débauche. Andrew s'était satisfait de cette conversion pour magazines religieux... Je n'allais pas lui dévoiler la situation. Comment aurais-je pu avouer à mon frère aîné que le souvenir de Henry me revenait parfois avec la force d'un boomerang, me clouant littéralement sur une chaise ou un canapé, tétanisé, le souffle court... ? Comment aurais-je pu avouer cela ? Pour survivre, je devais rebâtir une image de moi-même moins sévère que la réalité. Et j'étais décidé à réussir. Survivre à Henry Childs, je m'en rendais compte, était déjà une victoire.

En septembre de cette année-là, annoncée par les médias à grand renfort de surenchères, dénoncée à cris d'orfraie par les ligues de vertu et les défenseurs de l'ordre moral, l'exposition *Esthétique de la Destruction* eut lieu dans un hangar reconverti, à Hammersmith, au sud-ouest de Londres, par un week-end timidement ensoleillé. Faute d'émeute raciale ou de scandale politique, nombre de journalistes assurèrent la couverture de l'événement.

Tout ce que j'avais pu lire sur les préparatifs de cette exposition m'avait convaincu que Henry ne manquerait pas d'y participer. Avec une certaine fébrilité, je

décidai de couper court à mes hésitations et à mon exil forcé. Je ne pouvais jouer indéfiniment ce petit jeu du chat et de la souris avec Henry. Il me fallait l'affronter une fois, en terrain neutre, et me convaincre que j'étais libéré de son emprise. Je voulais me fondre dans la foule des charognards qui viendraient officier pendant quarante-huit heures dans ce grand happening du dégoût. Me glisser ainsi, sous couvert de l'anonymat, jusqu'à Henry. Peut-être voulais-je réellement tester ma liberté ? Ou était-ce le désir masochiste d'affronter mon rival ?
Le hangar était comme une plaie purulente, fétide, au centre de la ville. Tout ce que la cité comportait d'artistes branchés s'était donné rendez-vous pour exposer dans cette kermesse de la vomissure. Comme fascinés par la vision grisante du gouffre, de jeunes couples bon chic bon genre et des hommes d'affaires mûrissants de la City venaient émoustiller leur conscience bourgeoise au contact intime de cette fange.
Ce fut là, au milieu de ces tableaux vivants repoussants, où se côtoyaient viscères et sanies, que je sentis combien la compagnie des adorateurs de Henry m'était devenue pénible. La clique habituelle des masturbateurs se livrait aux délices du body-art, couverts de chocolat fondu ou de yaourt aux fruits, se glissant nus, livides comme des cadavres, sous des carcasses de bœuf raides de graisse et de peinture, leurs érections flasques battant le rythme de copulations lobotomisées. Chacun des artistes présents tâchait d'arracher l'attention des spectateurs. Les limites de l'ignoble furent franchies à maintes reprises, dans une ambiance de blasphème dérisoire.
Je nageais dans ce cloaque comme Dreyfus échappé de l'île du Diable, sans haine ni condescendance. Même la compassion aurait été un faux-semblant… J'avais moi aussi fait partie de ce cercle de paumés.

Par amour pour Henry, j'avais tenté, comme eux, de pousser la connaissance de moi-même au-delà des limites communément admises, jusqu'à toucher la scorie. Comme eux je m'étais perdu en chemin. La vie, le hasard avaient décidé que j'en réchapperais pour témoigner. C'était la seule différence entre nous. Henry se fit désirer pendant deux jours. L'annonce tardive de sa participation à la soirée de clôture jeta un froid dans le cercle des artistes présents. À l'évidence, Henry faisait naître le respect et la crainte.

Je quittai l'exposition très tôt ce dimanche, et errai au hasard dans Hammersmith en quête d'un restaurant indien. Septembre était magnifique. Je m'en souviens. Près de Ravenscourt Park, je croisai deux jeunes garçons en platform-shoes. L'un d'eux déchira mon âme d'un regard… Je me souviens de tout cela, de la brise du soir, du goût des nan et des onion bhajee que me servit un Hindou asthmatique… La preuve du génie de Henry Childs, docteur Fuchs… elle est là, si vous pouviez en douter. Je n'oublierai aucun détail de cette soirée paisible, à cause de la terreur qui s'ensuivit. Étrange de penser que sous mon vernis de nonchalance, il y ait eu encore tant d'innocence à corrompre.

– Ce que vous avez vu aujourd'hui, messieurs, mesdames, c'est avant tout une preuve cinglante, terrible, de l'incapacité de l'esprit humain à dépasser ses limites…
La voix de Henry résonnait dans le hangar, amplifiée par les haut-parleurs. La foule s'était tue, pressentant un événement. Le clan des artistes s'était ressoudé autour du buffet. Henry les désigna à nouveau d'un geste dérisoire du menton. Un murmure de rébellion naquit du cercle des exposants, vite étouffé. Henry promena son regard de l'un à l'autre,

dans un silence de mort. Aucun des artistes présents ne dit mot. Chacun espérait échapper au couperet, attendait de voir tomber l'anathème sur ses voisins.
– L'incapacité tragique de mes confrères, donc, à dépasser leur pauvre humanité… petite chose palpitante, graveleuse, qui dicte chacun de leurs excès, chacune de leurs folies… Car qu'avez-vous vu, enfin… Que vous ont-ils appris aujourd'hui sur le monde, sur eux, et surtout sur vous-mêmes ?
La question resta en suspens. Pas un bon mot. Pas un lazzi de dérision. Pas un souffle.
– Rien… Le néant même n'est pas aussi creux… Vous avez assisté à quelques manifestations d'une maladive obscénité, mais qu'avez-vous appris sur mes confrères, sinon que nombre d'entre eux n'ont pas dépassé le stade anal…
Au centre du cercle des spectateurs naquirent quelques rires clairsemés, rapidement maîtrisés à nouveau par son regard.
– Vous en savez si peu sur la vraie nature des choses que cela vous semble matière à plaisanter… Le fait que ce misérable ramassis de pervers se soit roulé devant vous dans une mare d'excréments tièdes, après vous avoir arraché des gloussements d'admiration, vous fait rire maintenant. Quel aveu ! Quelle meilleure preuve de votre infantilisme, de votre soif d'avilir l'intelligence… Vous ne ressentez plus rien. Depuis longtemps déjà vous vous êtes tournés vers les critiques et les publicistes pour apprendre le bon goût… Savoir quand applaudir. Quand renifler avec dédain… Aujourd'hui, vous avez bandé, n'est-ce pas ? C'était risqué… de l'avant-garde !
Henry éleva la voix pour couvrir le murmure de la foule :
– Des artistes maudits ! Une plongée dans les bas-fonds !… Avec un alibi esthétique à la clef… Lamentable… Et pourtant, pourtant la lumière est à votre

portée, et vous ne la voyez pas. Je ne suis pas venu ici pour vous insulter, mais pour vous en convaincre. Ce soir, à vingt-deux heures, dans la suite 101 de l'hôtel Belgravia, aura lieu une cérémonie comme aucun d'entre vous n'en verra jamais plus. Je donne rendez-vous dans deux heures à ceux qui veulent tenter l'expérience. Seuls les quarante premiers arrivants seront admis. Une fouille aura lieu à l'entrée pour s'assurer de l'absence d'appareils photographiques. À tout à l'heure.
Henry fit un pas en arrière puis se rapprocha une dernière fois du micro :
– J'oubliais. Aucune réclamation ne sera tolérée à l'issue de la cérémonie.

De cette sinistre exhibition il existe de nombreux témoignages, qui furent publiés dans les journaux puis, plus tard, collectés lors de la tentative de procès que la Tate Gallery intenta contre Henry. Avec le recul des années, j'arrive enfin à saisir le lien commun entre toutes ces visions parfois disparates des faits. En dehors même de l'avalanche de détails qu'ont rapportés les témoins pour tenter de recréer, malgré la faiblesse des mots, l'œuvre grandiose que fut *L'Adoration des Bergers*, en dehors de la déroutante sensation de vision dont ils parlent, au sens mystique du terme. Ce qui m'a toujours frappé sans que je réussisse à le définir précisément jusqu'à maintenant, c'est cette impression qu'ils donnent tous d'être des rescapés. Car ce soir-là, dans la suite 101 de l'hôtel Belgravia, Henry Childs nous entraîna à sa suite dans un naufrage.

Je crois me souvenir que Henry avait fait dresser une estrade, mais la disposition des chaises de chaque côté d'une allée centrale évoquait plutôt une église qu'une salle d'exposition. Au pied du podium, quatre hommes en noir, à l'allure sans équivoque de gardes du corps, surveillaient la foule à la recherche d'un appareil-photo passé en fraude. Du couloir me parvenaient les cris exaspérés de ceux qui n'avaient pu pénétrer dans la salle. Des artistes s'indignaient, des journalistes hurlaient le nom de leur magazine ou de leur chaîne de télévision. Assis au dernier rang, je vis l'un des gardiens refermer la lourde porte derrière lui, coupant net le flot des remontrances. Quelqu'un lança une plaisanterie à voix haute, et une partie de l'assistance rit de bon cœur. À gauche du podium, une porte s'ouvrit, et Anthony Maple, mon rival, fit son apparition. Je m'étais placé à l'arrière afin de ne pas avoir à affronter Henry. Je regrettais maintenant de ne pas pouvoir me lever et aller inspecter Maple de près.

Je croyais avoir tiré un trait sur le passé, mais la simple vision du jeune homme me mit terriblement mal à l'aise. Henry savait-il que j'étais dans la salle ? La présence d'Anthony était-elle destinée à m'humilier ? Autant de questions qui se pressaient dans mon esprit sans trouver de réponse. Il ajusta sa cravate, monta sur le podium et sourit à l'assistance. Le silence se fit.

– C'est un grand honneur pour moi..., commença-t-il. Je n'entendis pas ce qu'il disait. Mon attention était fixée sur son regard, le jeu de ses mains, le timbre de sa voix. Je m'étais attendu à tout, sauf à trouver des qualités à celui qui m'avait supplanté dans l'affection de Henry. Mais Maple parlait, et je ne pouvais m'empêcher d'être touché par sa grâce, sa lumineuse innocence. Je ne me souviens plus de ses paroles, mais je me rappelle l'impression de paix, de sincérité, de bonté qui émanait de lui. Il était comme un ange descendu devant nous, et après les immondices dont j'avais été abreuvé jusqu'à plus soif pendant ces dernières quarante-huit heures, sa simple présence était un plaisir, même pour moi qui avais

tant de comptes à régler avec mes fantômes. Bercé par cette sensation de calme intérieur, je me laissai aller, comme les autres spectateurs, et oubliai de me méfier. Pourtant, plus que tous les autres peut-être, j'aurais dû m'attendre au pire de la part de Henry.
Anthony Maple annonça Henry Childs, et l'un des assistants fit glisser un rideau au fond de la scène improvisée, révélant Henry debout près d'un chevalet.
– C'est un grand honneur pour moi, mesdames, messieurs, reprit Maple, de vous accueillir ici à la demande de monsieur Childs, pour une exclusivité mondiale, et, si j'ose dire, intemporelle...
Le regard de Henry parcourait la salle, et son sourire me fit frémir. Peut-être aurais-je pu intervenir alors. De tous les spectateurs présents, j'étais le seul à pouvoir pressentir qu'il allait se passer ici quelque chose de tragique, de bouleversant. J'avais déjà vu ce sourire figé sur le visage de mon amant, et je savais qu'il n'annonçait rien de bon, ni pour nous, ni pour Anthony Maple, qui, confiant comme un agneau avant le sacrifice, continuait à égrener des platitudes :
– C'est en 1646, au contact de sa jeune maîtresse, Hendrickje Stoffels, et malgré des difficultés financières sans cesse croissantes, que Rembrandt retrouve une nouvelle source d'inspiration, et, selon une lettre à son fils, effectue une œuvre de commande pour un notable anglais, Frederick Henry. L'œuvre existe à ce jour en deux exemplaires. Une première version est exposée ici même à Londres à la National Gallery. La seconde, plus achevée, se trouve à Munich. Mais, selon les termes mêmes de Rembrandt : « J'ai terminé enfin ce jour *L'Adoration des Bergers*, ma troisième et dernière version, la plus sombre, mais aussi la plus riche en lumières, la plus intime mais aussi la plus grandiose. » Cette troisième version, traquée au fil des siècles par les amateurs, a acquis un statut quasi mythique. De nombreux collectionneurs,

et non des moindres, ont offert des sommes fabuleuses pour ce tableau fantôme. Mais au fil des décennies, un consensus avait fini par s'établir entre les historiens. Cette troisième version n'existait pas, ou avait dû être détruite… Et pourtant… pourtant elle existe… Dans la demeure de Sir Wilfrid Henry, de Providence, Massachusetts, elle a été mise au jour par M. Childs et moi-même, au terme de longues années de recherche. Mesdames et Messieurs, c'est avec fierté et une grande émotion que je vous présente *L'Adoration des Bergers*…

Maple découvrit religieusement le tableau, et un instant j'oubliai la présence de Henry. Les lumières s'éteignirent, et seul resta visible dans la pénombre le tableau illuminé par une rampe sur le chevalet.

Nos yeux se fixèrent sur cette grange, ces hommes usés déjà, agenouillés au pied d'une mangeoire, ces hommes que le destin avait amenés là, dans cette bâtisse sombre. Un feu vacillant éclairait les recoins de la grange. La lumière semblait glisser sur le tableau comme un liquide transparent. Dans les coups de pinceau du maître, dans le combat entre l'ombre et la lumière, je revois les longs couloirs de Swinton Abbey, et mon père, et le matin où je suis monté seul sur le tabouret de la salle de bains pour la première fois.

Henry s'avança dans la pénombre, et sa voix retentit, désincarnée :

– Parmi les hommes qui peuplent cette planète, parmi les vivants, vous êtes les premiers, à part Anthony et moi-même, à poser les yeux sur ce chef-d'œuvre oublié depuis deux siècles dans les combles d'une maison de maîtres…

Sa voix était grave, empreinte de tristesse. Le désir me laboura les entrailles. J'aurais voulu me damner pour lui. Tout était oublié sauf cette voix grondant dans l'obscurité.

– Toute l'âme de Rembrandt est là, vulnérable, devant nous, lancée dans le péril des siècles à venir comme une bouteille à la mer. Et le destin nous a choisis pour être les derniers témoins, fugitifs, mortels, de cette œuvre de génie... Nous n'étions que des êtres humains parmi tant d'autres. Aujourd'hui, je fais de vous les uniques spectateurs de l'agonie d'un autre âge...

Dans le noir, une flamme jaillit. Pendant quelques instants, personne ne fit un geste. La figure de Henry était apparue à côté du tableau, illuminée par le feu vacillant de son briquet. Anthony Maple comprit le premier ce qui allait se passer, et se jeta en avant vers Henry avec un cri étranglé. Dans l'obscurité, on entendit des cris, l'écho d'une empoignade futile. L'un des gardes de Henry avait maîtrisé Maple. Dans le silence, il gémissait comme un animal. Tout alla alors très vite.

Aucun des spectateurs n'avait réagi. Chacun tentait de se convaincre qu'il s'agissait d'une mise en scène de mauvais goût. Puis la flamme du briquet toucha le chevalet, et l'essence prit feu.

La salle ne broncha pas. Nous tentions tous de nous persuader qu'il s'agissait d'une supercherie, d'un happening grand-guignolesque. Alors Anthony Maple hurla. Dans la lueur des flammes, ce cri de terreur et de rage mêlées distendit ses traits en un rictus inhumain. Cette vision dissipa les derniers vestiges de notre aveuglement. Autour de moi des hommes se levèrent, mus par un même instinct. Les gardes s'étaient dressés entre le podium et nous. Devant nos yeux, le cadre se fendillait, la peinture se craquelait. Rembrandt agonisait. Des cris naquirent dans la foule, cris de douleur, de haine, cris de peur. Le temps s'arrêta dans la suite 101, et le blasphème s'accomplit sous nos yeux, tandis que, pétrifiés, impuissants, nous tentions de graver dans notre mémoire

les moindres nuances orchestrées par la main de Rembrandt. La voix de Henry résonna à nouveau, vibrante d'une extase mystique malsaine :
– Voyez... voyez mourir tout un monde !
Des vagues de chaleur nous parvinrent, et l'odeur nauséabonde de la peinture brûlée. Sur la toile, les couleurs bouillaient, les formes explosaient dans une obscène gestation. Anthony Maple s'arracha à l'emprise de son gardien et, après trois pas titubants, s'affaissa devant les restes du tableau. Le cadre éclata avec un bruit sec, et tandis que le chevalet tombait à terre dans une gerbe d'étincelles, Henry leva les bras une dernière fois :
– Allez !
Son hurlement couvrit le tumulte de la foule :
– Sortez d'ici et dites ce que vous avez vu. Tant que l'un de vous vivra, ce tableau survivra. Vous portez en vous maintenant les derniers vestiges de ce miracle. Sachez vous en montrer dignes.
Les portes de la suite s'ouvrirent sur un vacarme épouvantable. L'un des gardes guida Henry vers une sortie sur le côté du podium, et il réussit à s'éclipser au milieu de la confusion et de la fumée. Autour de moi, des gens pleuraient, toussaient, hurlaient de rage. Je restai debout, immobile, les yeux fixés sur Anthony Maple. Il était tombé à terre et ne se relevait pas. Je me frayai péniblement un chemin jusqu'à lui, nageant à contre-courant de la foule. La fumée avait déclenché les systèmes d'arrosage au plafond dans toute la salle, et les gens fuyaient le désastre sous une bruine d'eau tiède. Je me dégageai finalement de la masse et me mis à genoux à côté d'Anthony Maple. Les journalistes pénétrèrent dans la salle et je l'aidai à se relever. Les flashes crépitaient autour de nous, les questions fusaient. Je soutins Maple jusqu'à la sortie de l'hôtel et hélai un taxi. Nous démarrâmes alors que les équipes de télévi-

sion arrivaient sur les lieux. À l'extérieur de l'hôtel, sur le trottoir, des gens vociféraient, sanglotaient… Anthony Maple s'était laissé aller sur le siège et fixait le plafonnier d'un œil mort. Je posai ma main sur la sienne.

Le dernier mardi

Eivind Lindström ne s'était confié à personne. Il ne pouvait pas y croire. Il avait soixante-huit ans, un passé chargé derrière lui. Il était abasourdi de découvrir soudain qu'il avait aussi un avenir, un avenir dangereux, incertain mais terriblement attirant. Il n'avait pas quitté Londres depuis cinquante ans. Pourtant, en un sens, il n'avait jamais cessé de courir. Certains hommes sont des réfugiés permanents, des transfuges, pensa-t-il.

L'Austin rampait sur la voie de dégagement de la M 25, en direction de Lakeview Hospital, au sud-est de Londres. Lindström revenait d'un rendez-vous avec son avocat, maître Forbes, et celui-ci l'avait rassuré sur le sort d'Agnieshka. Enceinte, la jeune femme n'avait plus à craindre une éventuelle procédure d'expulsion, même en l'absence de mariage. C'était incroyable, inespéré. Lindström n'appréhendait l'avenir que par bribes, et il en était déjà ivre.

Sans doute n'était-ce pas un hasard si Agnieshka avait débarqué dans la vie du professeur Lindström.

Son mariage de vingt-deux ans avec Iris était devenu inconfortable, mais pas suffisamment pour le décider à partir. Pourtant il avait suffi que la jeune Polonaise croise un jour la route de Lindström, traînant derrière elle son cortège de larmes, de souvenirs, pour que l'édifice qu'il avait construit méticuleusement autour de lui s'écroule. Il ne pouvait plus fuir. Il portait quelque part en lui une valise bosselée et l'odeur tragique des quais de gare.

Lindström avait cru, à l'approche de la mort d'Anna Freud, que cette partie de sa vie était révolue, que la vieille dame emporterait avec elle les derniers vestiges de Vienne, de la Berggasse, de l'homme au cigare… À l'époque où il rencontra Agnieshka, Lindström voyait encore Anna deux fois par mois au moins, mais leur conversation esquivait depuis longtemps déjà l'ombre familière de Freud. Ils savaient tous deux qu'ils n'oublieraient jamais, mais ne cherchaient pas à reconstituer ce monde qui disparaîtrait avec eux. Il n'était pas besoin de parler de lui. Il était partout autour d'eux. Sa présence habitait Maresfield Gardens, terre de son exil.

Pendant des années, Anna Freud et Eivind Lindström s'étaient affrontés, leurs doctrines respectives les séparant malgré un respect mutuel.

Eivind reprochait à Anna de suivre trop servilement l'ombre du père, tandis qu'elle voyait d'un mauvais œil ses innovations analytiques, et son confort intellectuel de psychiatre et de notable. Pourtant ils restaient attachés l'un à l'autre, à travers leur amour pour Freud et les épreuves endurées. Cinquante ans après la fuite de Vienne, leur secret les unissait encore.

Quand Lindström parla à Anna de la jeune Polonaise, la vieille dame lui fit comprendre qu'il essayait ainsi de payer sa dette, à une génération d'intervalle. Avant même de tomber amoureux d'Agnieshka, Eivind Lindström avait perçu en elle cette opportunité.

Et maintenant Agnieshka allait lui donner un enfant. Lindström se sentait soulevé par une vague d'émotion, une pulsion irraisonnée d'agir… l'envie enivrante d'une action d'éclat. Il réalisait combien il s'était laissé affaiblir par les ans et la routine de la vie quotidienne. La notion de plaisir, naguère primordiale, avait peu à peu disparu de sa vie. Les choses s'étaient fixées dans leur sillon, et Lindström s'était convaincu de vivre sa vie selon un scénario écrit à l'avance.

Déjà il laissait à Sylvia Fuchs la plus grande partie du travail purement médical du service, malgré les grincements de dents du personnel infirmier. Lindström s'était convaincu qu'il pourrait rétablir la situation à tout moment, si Sylvia venait à craquer sous le poids des responsabilités. Mais il se rendait compte maintenant qu'il n'avait jamais réellement envisagé cette éventualité. Les signes annonciateurs d'une prochaine crise dans le service ne l'avaient pas tiré de sa torpeur d'autosatisfaction. Il était encore temps, heureusement, de se reprendre en main. Lindström jubilait d'avance à l'idée de se mesurer à nouveau à Sutcliffe, et il était sûr que son vieil ennemi se montrerait à la hauteur.

Kennaway, Fuchs, Sutcliffe... il se sentait prêt à affronter cette tempête-là. Une énergie nouvelle l'avait saisi. Agnieshka disait de lui qu'il était un vieux lion, et Lindström pensa en souriant que ce vieux lion sortait enfin d'une trop longue hibernation.

Un bouillonnement de jeunesse, de passion, avait jailli en lui. Il se sentait fort, capable d'affronter les dangers – car il sentait que l'avenir était dangereux à nouveau. Il les sauverait. Tous. Il n'était pas certain de savoir précisément qui, ou comment, mais il sentait que, autour de lui, comme par le passé, des hommes et des femmes allaient tendre la main dans sa direction. Enfin il allait pouvoir oublier l'âge, la maladie, et pénétrer à nouveau dans sa propre légende.

– J'ai refait le rêve du désert, l'autre nuit..., dit Sylvia. Elle était allongée sur le divan de Lindström.

Le professeur ne broncha pas. Il savait d'expérience que, dans l'état d'épuisement où se trouvait Sylvia, elle risquait de se renfermer sur elle-même s'il intervenait trop tôt, comme il aurait pu être tenté de le faire.

– Je pense que c'est à cause d'un disque, d'une musique que j'ai entendue avant de m'endormir. La *Sinfonia Antarctica*... de Vaughan Williams. C'est le premier disque que j'ai acheté, à seize ans, parce que ça signifiait beaucoup de choses pour moi... l'expédition Fuchs... et mon père...

Sylvia n'avait pas mentionné ses parents depuis deux mois. Lindström pressentait la crise. Il valait mieux, à tout prendre, que Sylvia craque dans son bureau plutôt que dans le service. Il n'était plus temps depuis longtemps de désamorcer la situation. Ce rêve récurrent, sur la signification duquel elle bloquait depuis trois ans, en était la preuve.

– Tu connais la théorie de Faraday sur les rêves récurrents ? demanda-t-il doucement.

– Le signe d'un schisme profond dans ma personnalité ?... Je sais bien, en théorie, mais... j'ai beau prendre ce rêve dans tous les sens, aucune explication ne me convient. Je ne sais même plus s'il représente le deuil de mon père ou... quelque chose de totalement différent.

– Par exemple ?

– Je ne sais pas, Eivind, c'est trop vague... Ce n'est pas tant un cauchemar qu'un rêve initiatique, un rêve de découverte.

– La plupart des rêves initiatiques naissent d'un cauchemar, Sylvia. Tout rêveur est un nouvel Ulysse, et le prix de la connaissance...

– ... est l'affrontement des démons de l'inconscient. Je sais, professeur, je sais. Ce que je veux dire, c'est... comment l'exprimer... je ne ressens aucun malaise à la mort du voyageur dans le désert, parce que ce n'est pas mon père, justement. L'homme dit clairement : je ne suis pas ton père, et c'est dans la logique du rêve. Il ne s'agit pas d'un substitut, sinon j'aurais utilisé inconsciemment le docteur Fuchs de l'expédition Antarctique... Et pourtant... pourtant je sens que cet homme existe, représente dans ma vie quelque chose d'important. À partir du moment où le voyageur tombe, blessé, dans le désert, le rêve prend une dimension... initiatique, comme vous l'avez dit. Mais plus encore, presque mystique... Comment savoir ? Je l'ai fait tant de fois... Ce rêve est tellement ancré en moi que je ne sais même plus si, à force de le revivre, je ne l'ai pas détourné de sa source, si je n'en ai pas modifié le sens.

– Tu devrais savoir que c'est impossible, Sylvia. Un rêve qui t'a suivie pendant tant d'années a des racines si profondes dans ton inconscient que tu serais incapable de le déloger. Tout au plus peux-tu y intégrer des bribes du présent...

Sylvia sourit.

– Justement, c'est ce qui a achevé de me convaincre. Faraday conseille d'utiliser des équivalences pour démasquer les personnages mystérieux de nos rêves... Dans la plupart de mes rêves, la notion du père est représentée par... vous, professeur. Or je ne peux en aucune façon vous superposer au voyageur dans ce rêve.

– Nous tournons en rond, Sylvia. Ce n'est pas dans le rêve que nous trouverons une clef, mais dans le vécu qui l'a accompagné, qui l'a incrusté en toi...

– Par où commencer... ?

– Par le début. Raconte-moi encore les circonstances du premier rêve...

Sylvia soupira, puis se lança pour la trentième fois dans l'évocation de cette matinée de mars 1958 où, enfant, elle avait couru du bureau de poste jusqu'à la maison, serrant contre son cœur le *Sunday Telegraph* avec sa manchette : « *FUCHS CROSSES ANTARCTIC !* »... Elle revécut pour Lindström le rite magique qu'elle avait instauré autour de l'expédition antarctique pour dédramatiser la mort de son père. Mort au Yémen, en 1957... disparu dans le désert du Rub El-Khali... Sylvia se revoyait monter l'escalier, arpenter sa chambre en pestant silencieusement, parce que maman et Herbie dormaient encore, et que le poste de TSF trônait au pied de leur lit. Épuisée par une nuit de veille, elle s'était assoupie. Et le rêve qui allait hanter ses nuits s'était déroulé, pour la première fois, derrière ses paupières closes. La caverne humide, noire... puis le désert... et la mort du voyageur dans ses bras...

– Et ensuite ? demanda Lindström.

– Ensuite j'ai dû me réveiller, réveiller maman et l'oncle Herbie. Je me souviens qu'ils m'ont laissée écouter la radio toute la matinée.

– Mais tu n'as pas de souvenirs plus vivaces de ce qui s'est passé ce jour-là ? Quelque chose qui aurait pu marquer ce rêve en toi ?

Sylvia hésita :

– Non... sinon... je crois que l'oncle Herbie m'avait promis de m'emmener à Londres avec lui pour fêter ça.

– Qu'est-il arrivé à Herbie, Sylvia ?

– Il a quitté maman... peu de temps après, je crois.

– À cause de toi ?

Sylvia répéta la question, songeuse, détachant chaque mot, puis :

– Non... je ne vois pas pourquoi je l'aurais fait fuir... je l'aimais bien.

Sa voix était devenue lointaine. Lindström se pencha discrètement sur le côté pour l'observer au-dessus de la monture de ses lunettes. Sylvia, allongée sur le divan, avait fermé les yeux. Elle semblait dormir.

– Pourquoi ta mère t'en aurait-elle tant voulu, si c'était le cas ?

Sylvia se raidit.

– Je ne sais pas. Je ne l'ai pas revue depuis si longtemps... Je crois... Je sais qu'il n'y a jamais rien eu d'équivoque entre Herbie et moi. Il était très gentil, mais jamais il n'a eu le moindre geste déplacé. En plus j'étais une vraie gamine à l'époque. Ma mère n'aurait pas pu voir en moi une rivale.

Lindström ne dit rien. Il sentait que Sylvia était mal à l'aise, s'empêtrait dans un mensonge, ou, à tout le moins, une demi-vérité.

– Ma mère était très belle à l'époque. Même Noël Coward était un de ses admirateurs. Herbie disait souvent qu'elle était la plus belle femme qu'il ait rencontrée. Et comme Herbie était propriétaire d'un night-club dans Soho, je suppose qu'il a dû en voir, des femmes.

Puis-je la forcer à affronter ses mensonges maintenant ? songea Lindström. Sylvia avait fait dévier la séance vers l'anecdotique, les probables conquêtes féminines de Herbie. Lindström imaginait quelque gangster aux allures de dandy... un patron de boîte aux fréquentations louches... À supposer que Herbie ait eu des relations sexuelles avec Sylvia (elle avait neuf ans à l'époque, mais Lindström avait vu pire), cela pourrait expliquer non seulement son rêve (la caverne représentait les terreurs pré-adolescentes de sa féminité, l'homme mourant après l'acte sexuel rappelait la fuite de Herbie ou sa répudiation par la mère de Sylvia), mais aussi l'animosité mal dissimulée que Mme Fuchs vouait encore à sa fille.

Il était impossible cependant, avec si peu d'indices, de forcer Sylvia à se livrer. Mais où trouver confirmation de cette hypothèse ? Mme Fuchs n'habitait plus Londres. Herbie avait disparu de la scène. Ne restait que Sylvia, avec son rêve comme un manuscrit indéchiffrable. Sylvia, et une date, le 2 mars 1958.

Cette date en rappela une autre à Lindström, de vingt ans antérieure, toujours aussi douloureusement présente à sa mémoire. Le déclic se fit dans son esprit. C'était le même genre d'intuition irraisonnée qu'il avait eue, quatre ans auparavant quand, piochant au hasard parmi les photos de famille de Sylvia qu'elle lui avait apportées en vue d'une photo-analyse, Lindström était tombé en arrêt sur un cliché datant de 1954 où figurait Alex Fuchs, le père de Sylvia, alors étudiant à Londres, avec quelques-uns de ses camarades. Lindström avait reconnu, d'après les photos d'époque, John Orton, le dramaturge homosexuel, parmi les membres du petit groupe. D'abord troublé par la coïncidence avec le cas de Francis Kennaway, dont Sylvia commençait à s'occuper à l'époque, Lindström avait ensuite été frappé par la ressemblance physique entre le père de Sylvia et Kennaway. Le même sourire, la même carrure… Il ne fallait pas chercher trop loin les raisons de l'attachement de Sylvia à son patient-fétiche. Mais ce que lisait Lindström dans cette photographie, dans le jeu des regards entre Orton et Alex Fuchs au milieu de leurs camarades – la photo avait été prise dans un pub célèbre de Hampstead –, c'était une connivence, une complicité évidente. De là à penser qu'Alex Fuchs avait été bisexuel, il y avait un pas que Lindström franchissait sans peine. Cela aurait expliqué beaucoup de choses quant au comportement de Mme Fuchs envers Sylvia.

Lindström termina la séance sans laisser transparaître son excitation, puis appela sa secrétaire. La mission qu'il lui confia sembla étrange à Mrs Vanberg, mais elle avait suffisamment confiance en son patron pour ne pas s'en étonner. De retour à son bureau, elle compulsa l'annuaire et téléphona au *Sunday Telegraph* pour commander les numéros de mars 1958.

Le dernier mercredi

– Vous êtes au domicile de Gabriel et Lindsey Byrne. Je suis de garde à l'hôpital de Lakeview. Vous pouvez laisser un message ou me rappeler à l'hôpital. Ceci est un répondeur automatique que je peux appeler à distance. Après le bip sonore, c'est à vous. À bientôt.

Les cliquetis de l'appareil firent place à une sonnerie métallique. Puis le silence.

Byrne n'avait sans doute jamais attendu aussi longtemps au téléphone. Longtemps après que tout espoir raisonnable d'entendre la voix de Lindsey se fut évanoui, il garda encore l'écouteur en main, assis sur le lit de la chambre de garde, déchiffrant sans les lire les instructions de l'imprimante de l'ordinateur du service. Puis il appuya sur le bouton de renvoi de son répondeur téléphonique.

Le matin même, avant de partir, Gabriel Byrne avait enregistré un message à l'intention de Lindsey, message qu'il avait ensuite effacé. Il craignait que Higgins ou Sutcliffe ne téléphone chez lui et ne tombe sur cette preuve de son désarroi. Il avait recouvert ses «je t'aime» douloureux par ce message terne, insistant seulement sur le « À bientôt » final. En vain. Il était seulement dix-huit heures. Sa garde était à peine entamée, et pourtant il n'avait pu s'empêcher d'appeler une nouvelle fois chez lui. Byrne reposa le combiné et se laissa retomber sur le lit de la chambre de garde. Des phantasmes de violence agitèrent un instant son esprit. Il les chassa.

La revoir… Simplement la revoir une fois encore. Parler. S'expliquer. Lui voler un baiser peut-être. Lindsey ne reviendrait pas. Il en était maintenant certain. Mais il ne pouvait faire face à un abandon total, définitif. Il voulait la revoir. Pouvoir l'aimer à distance. Qu'importe le fait qu'elle dorme dans d'autres bras, s'il pouvait lui tenir la main de temps à autre et l'entendre rire. C'était un rêve, un rêve au-dessus de ses forces. Mais c'était tout ce qui lui restait.

La veille au soir, il avait fini une bouteille de Glenlivet et s'était endormi sur le divan du salon, le slip autour des genoux, après s'être caressé en pensant à elle.

Sylvia Fuchs avait hésité à descendre directement dans le service de réanimation. Mais le souvenir de sa malchance passée et la crainte de retrouver Higgins ou Sutcliffe au bout du fil l'avaient dissuadée de téléphoner. Tout l'après-midi, elle avait attendu dans son bureau que Byrne monte la trouver. En vain. Sylvia s'était procuré la liste de garde en début de semaine, et avait attendu ce mercredi pour pouvoir s'entretenir avec Byrne en l'absence de son patron.

Tout dépendait maintenant du soutien du réanimateur. Francis s'était plaint aux infirmières de vertiges et de nausées, et avait été mis sous perfusion d'antiémétiques. Pour l'instant il était calme, mais s'il commençait à souffrir, elle ne pourrait tenir sa promesse et le garder dans le service sans l'aide d'un clinicien. Et jour après jour, l'éventualité d'une aide de Byrne semblait plus faible. Les infirmières avaient signalé à Sylvia le passage du médecin dans la chambre de Francis pendant le week-end, et elle avait espéré une réponse rapide de sa part, d'autant qu'il avait emprunté le dossier médical. Mais trois jours plus tard, Byrne ne s'était toujours pas manifesté. Soit il avait oublié la requête de Sylvia, soit il avait décidé de ne pas l'aider et préférait l'éviter.

Lindström n'avait fait aucune allusion à Francis depuis le début de la semaine. Un oubli ? Ou un répit qu'il avait décidé d'accorder à Sylvia ? Lors de la séance du mardi après-midi, elle avait failli mentionner le rêve de Francis, la vision de son père agonisant venu le visiter dans le train... Mais elle n'avait pas osé. Comment expliquer à Lindström ce rêve sans lui parler de la confession de Francis ? Et que penserait son chef de service et analyste de tous ces mensonges accumulés ? Lindström avait correctement diagnostiqué les velléités d'écriture de Sylvia comme un moyen d'échapper à la servitude de son poste à Lakeview, et une manière de refuser l'analyse. Sylvia avait menti, lui avait affirmé qu'elle avait abandonné l'idée d'un livre sur Kennaway et Childs. Quelle serait la réaction de Lindström s'il perçait ce mensonge ? Que dirait-il si elle lui avouait qu'elle continuait à voir maman, régulièrement, tous les dimanches midi... alors qu'elle lui avait dit que maman avait déménagé pour Manchester depuis trois ans pour rejoindre ses cousines ? Et pourquoi ce tissu de mensonges ? Sylvia ne le savait pas elle-même. C'était sans doute là le plus terrible. La seule pensée que Lindström puisse un jour voir à travers ce fatras de mensonges accumulés la rendait malade. Physiquement malade. Elle avait envie de vomir. Ses mains devenaient moites. La panique s'emparait d'elle. Lorsque cette pensée lui venait à l'esprit, elle se sentait littéralement paralysée de terreur. Sylvia se lançait alors dans le travail pour ne plus y songer. Mais ces derniers temps, avec la confession de Francis à portée de sa main, la peur grandissait, devenait plus prégnante. Peut-être était-elle folle, après tout ? Puisqu'elle n'hésitait pas, lors de ses séances d'analyse, à tenter de percer malgré tout les secrets refoulés dans son inconscient... Peut-être était-ce cela, la folie ? Besart, au moins, s'était créé un monde à l'abri des souffrances extérieures... En ce sens, il était plus sain qu'elle.

Sylvia attendit jusqu'à dix-neuf heures afin d'avoir la certitude que Sutcliffe et Higgins avaient quitté l'hôpital avant de descendre en réanimation. Elle avait pris soin de revêtir une blouse pour diminuer son sentiment de vulnérabilité. Une infirmière la guida jusqu'à la chambre de garde. Elle trouva Byrne assis devant une imprimante, le dos à la porte. Il se retourna brusquement et la dévisagea un instant avant de l'inviter à entrer.

Il attendait quelqu'un d'autre, pensa Sylvia.

Byrne se replongea pendant quelques secondes sur son programme d'ordinateur, tapota sur le clavier puis se leva et lui offrit la chaise.

– Je serai aussi bien sur le lit, dit-il.

Elle s'assit à la place laissée vacante et jeta un coup d'œil au programme qui défilait sur l'écran.

– Qu'est-ce que c'est ?

– Les résultats préliminaires d'une étude comparant la chirurgie et l'héparinisation dans le traitement des embolies artérielles...

– Je vois, dit Sylvia. C'est intéressant.

– Oui, enfin, ça fait passer le temps. Vous avez l'heure ?

– Dix-neuf heures. Dix-neuf heures quinze...

Byrne hocha le menton avec un air entendu, comme si elle venait de lui livrer une information capitale. Sylvia ne dit rien.

– Vous venez au sujet de Kennaway..., demanda-t-il finalement.

– En effet. J'ai attendu votre réponse et...

Byrne secoua la tête.
– Autant vous dire la vérité. Mon cher patron est très intéressé par le cas de Francis Kennaway et m'a prié d'accélérer son transfert chez nous.
Sylvia acquiesça et demanda d'une voix blanche :
– Et qu'avez-vous décidé ?
Byrne détourna le regard.
– Ce n'est pas à moi de décider, docteur Fuchs. Si nos chefs de service respectifs ne peuvent arriver à un accord...
– Justement, l'interrompit Sylvia, c'est une raison de plus pour le faire nous-mêmes.
– Il m'est très difficile, docteur Fuchs, de passer outre les consignes de mon patron et d'aller organiser la réanimation d'un patient dans un service de psychiatrie.
Byrne tremblait.
– Je vous en prie, docteur Byrne. Ne me prenez pas pour une gamine. Il arrive fréquemment qu'un malade mourant soit laissé dans son service d'origine, et que vous soyez consulté par les résidents pour les prescriptions d'antalgiques et autres...
– C'est vrai, admit Byrne, mais il s'agit de vieillards, de malades grabataires. Kennaway est jeune, il peut nécessiter une réanimation plus sophistiquée...
– Vous l'avez vu, vous avez vu son scanner. Vous savez qu'il va mourir. Ici ou chez nous, ça ne change rien.
– Si, justement.
Sylvia le dévisagea, guettant son prochain mensonge. Byrne hésita, puis hasarda :
– Kennaway est jeune. Sa pathologie peut évoluer plus ou moins lentement.
– Vous mentez, Byrne. La vraie, la seule et unique raison, c'est que sa *pathologie*, comme vous dites, intéresse Sutcliffe, et qu'il est trop orgueilleux pour venir dans le service de psychiatrie examiner Francis

et tenter de l'aider. Ce qui vous intéresse, c'est de faire de nouvelles radios, un nouveau scanner, de lui faire suivre un petit protocole d'études en double aveugle… Ce que veut Francis, vous vous en foutez !

– Je ne suis pas d'humeur à écouter vos insanités, docteur Fuchs. Cette conversation n'a aucun sens.

– C'est vous qui n'avez aucun sens commun ! Qu'est-ce que c'est que ce service, bon Dieu ? Pourquoi Sutcliffe vous fait-il si peur ?

– Vous vous égarez, docteur Fuchs. Je vous parle d'une procédure médicale établie, et vous me lancez des insultes à la tête.

– Vous avez vu Francis ? Vous lui avez parlé ? Pourquoi est-ce que vous ne nous aidez pas ?

– J'ai vu Kennaway, oui… Il est courageux, il est par bien des points admirable. Mais ce problème le dépasse, de même qu'il dépasse votre compétence. Excusez ma franchise, Fuchs, mais soyons bien clairs. C'est vous qui êtes venue me chercher. Je ne vous ai rien demandé. Si vous saviez comment vous débrouiller avec Kennaway, tout irait autrement. Mais votre rôle n'est pas de mener à bien une réa, Fuchs, de même que je ne pourrais vous remplacer dans votre service. Vous n'êtes pas prête à accompagner sa mort. C'est votre patient depuis trop longtemps. Vous n'avez pas le détachement ni l'habitude nécessaires. Passez-nous la main, et je vous promets que Francis sera traité le plus humainement possible.

Sylvia se leva en poussant un soupir.

– Rendez-moi son dossier, s'il vous plaît.

Byrne la regarda, étonné.

– Rendez-moi son dossier, répéta-t-elle. Nous nous débrouillerons sans vous.

– Je ne l'ai pas. Qu'est-ce que vous voulez que j'en fasse ?

Sylvia l'étudia un instant. Elle savait qu'elle avait

échoué. Après son éclat de colère, les forces l'abandonnaient rapidement.

– C'est vrai... vous ne l'avez pas ?

Sa voix était plaintive maintenant.

– Je vous assure. Je l'ai consulté sur place. Peut-être est-il resté en consultation d'ophtalmologie, Kennaway devait avoir un fond d'œil, je crois.

– Non, non, ça a été demandé dans le service. Je ne sais pas. Ce n'est pas grave. Bonsoir.

Elle se dirigea vers la porte.

– Je suis désolé, vraiment... balbutia Byrne.

– Ce n'est pas la peine. Je me suis emportée. De toute façon, c'était couru d'avance.

Byrne ne trouva rien à répondre.

Pendant trois jours, Colin Clive avait assisté sans grande émotion à la conférence de littérature fantastique patronnée par la British Science Fiction Association. Un ancien camarade de collège, fanatique de science-fiction, l'avait reconnu dans le bar de l'hôtel, et apprenant qu'il n'avait pas de réservation, lui avait proposé de partager sa chambre.

Colin avait poursuivi avec assiduité les trois écrivains invités d'honneur, et avait réussi à soutirer à chacun d'eux une interview d'une demi-heure. Ceci, avec quelques photos et un article d'ambiance, suffirait à justifier son déplacement vis-à-vis du magazine.

Longtemps Colin Clive avait rêvé de devenir écrivain. Plus que de talent, il avait manqué de sens critique. À l'époque où il rencontra Sylvia, il avait déjà écrit deux romans que les éditeurs londoniens avaient refusés. L'un d'entre eux avait renvoyé le manuscrit avec une courte liste de suggestions concernant la correction et la révision du texte, mais Colin, ayant accouché de son grand œuvre, n'avait eu aucune envie de se livrer à la moindre retouche. Il n'avoua jamais à Sylvia sa conviction profonde d'avoir été méconnu par des lecteurs incompétents, et se drapa dans sa dignité blessée.

Un ami lui avait permis d'utiliser ses talents en entrant dans un groupe journalistique important du nord-ouest, et il avait laissé de côté ses velléités littéraires au profit d'articles à scandales. Petit à petit, la rancœur l'avait envahi.

La nuit était maintenant tombée sur Londres. Dans les couloirs de l'hôtel, des congressistes éméchés erraient en quête d'une room-party. Leurs exclamations d'ivrognes parvenaient à Colin à travers la porte. Son compagnon lui avait laissé la chambre pour la dernière nuit de la convention, et était rentré à Glasgow. Seul, assis face à la coiffeuse dont il avait retiré le téléviseur, Colin évita son propre regard dans la glace. Une obscurité familière s'était emparée de lui ce soir. Il aurait pu poser sa tête sur les feuilles blanches devant lui et se laisser aller à pleurer. Mais ce serait trop conventionnel, pensa-t-il, ce serait vraiment le comble…

Pour la énième fois, il reprit son stylo en main et chercha dans son esprit la phrase… Je n'ai aucun talent, murmura-t-il à voix basse. Des rires explosèrent dans le couloir.

Je n'ai aucun talent, et je n'en ai jamais eu… L'image de Sylvia revint à son esprit, et il serra les dents. Il se souvenait de tous les détails de leur dernière soirée, comme d'un mauvais film qui le hanterait encore plusieurs jours après. Que lui avait-il dit ? Pourquoi l'avait-il ainsi perdue ?

Elle lui avait déclaré, des années auparavant : « Tu es l'homme le plus vivant que je connaisse… Personne n'a autant de désirs que toi »… Ils étaient amants alors, et il avait été fier de ce compliment. Qu'en restait-il maintenant ? Il eut l'impression de les avoir trahis tous deux.

Je n'ai aucun talent… Amy le sait… Mon frère le sait… Seule Sylvia croit encore en moi, voit encore l'image de l'écrivain que j'ai rêvé d'être… Comment avait-il pu la retrouver pour la perdre aussi vite ? D'abord Amy, et puis Sylvia…

Il aurait désiré des cataclysmes, des bouleversements… Tout plutôt qu'avoir à faire face à ce qu'il était devenu, à la trahison de son idéal.

Qu'est-ce que je fais à pondre ces articles de merde ? J'ai pensé au début, sincèrement, que ça m'aiderait à vivre, que l'argent me donnerait le calme et le confort nécessaires pour écrire mon grand œuvre. Je me suis répété ce mensonge pendant six ans… Je n'ai aucun talent, et pas le courage nécessaire pour y faire face.

Du fond de son désarroi, il pensa à Sylvia, et ressentit une pulsion violente qu'il prit pour de l'amour.

Puis ses yeux se posèrent à nouveau sur la feuille blanche, sur le stylo immobile. Avoir tant désiré, et si peu accompli.

Son corps se souvint d'elle, une vague de chaleur embrasa son bas-ventre, mêlée à une profonde sensation de pitié. Pourquoi n'avait-elle pas cessé de croire en lui ? Pourquoi, de tous ceux qu'il avait connus, de tous ses amis, des femmes qu'il avait aimées, pourquoi avait-elle continué à l'attendre ? Alors que lui-même avait fini par accepter de jeter son masque d'écrivain. Pourquoi l'aimait-elle encore ? Le pouvoir qu'il savait avoir sur elle, dix ans après leur rupture, s'insinuait dans son esprit comme un poison insidieux. Il voulait la protéger, et la faire souffrir. La faire souffrir parce qu'elle faisait renaître l'amertume de l'échec… Et parce qu'elle l'aimait.

Et qu'il ne pensait pas pouvoir résister longtemps à cette folie-là.

Le téléphone sonna dans l'obscurité. Byrne se dressa dans son lit et décrocha le combiné. Il était couvert de transpiration. Sa bouche était pâteuse.

– Le réanimateur de garde ?

– Oui, c'est moi.

Il se rallongea dans le noir, essayant de se calmer. Lindsey n'avait toujours pas appelé.

– Ici l'infirmière de garde au deuxième. J'ai un petit problème avec un de mes malades. Il s'est levé pour uriner, il est tombé et il ne peut plus bouger le côté gauche.

– OK, OK, j'arrive…

Byrne alluma la lumière. Il consulta sa montre, fit une grimace amère et resta immobile quelques instants, les yeux perdus dans le vague. Il se leva, remit sa blouse sur son pantalon de garde et avala une rasade d'eau qu'il recracha dans la cuvette du lavabo. C'est le moment d'être un héros, ladies and gentlemen, songea-t-il.

Il était minuit passé quand il signa le cahier de prescriptions. Lindsey dormait sans doute.

L'hôpital dormait. Byrne arpenta le couloir, cigarette éteinte aux lèvres, se retrouva devant le secrétariat. Sans réfléchir, il sortit sa clef et pénétra dans le bureau d'Emmy. Il referma silencieusement la porte du secrétariat derrière lui et s'orienta dans le noir. Il glissa à tâtons jusqu'à la porte du bureau de Sutcliffe et l'ouvrit. À cette heure tardive, il n'osait pas appeler le standard pour demander un numéro extérieur, et il savait que son patron bénéficiait d'une ligne directe. Il alluma la lumière et se dirigea vers le téléphone. Mécaniquement, il composa son propre numéro et attendit. Le répondeur égrena le début de son message. Il appuya sur son moniteur et la voix de Lindsey perça le silence.

« Bonjour, Gaby. C'est moi… Je pense qu'on

devrait se rencontrer pour discuter. Vendredi soir, vers dix-neuf heures, au Enkel Arms, sur Holloway Road. Ne viens pas en avance, je serai juste à l'heure. Je t'embrasse. Au revoir. »

Le combiné tomba sur le bureau. Byrne porta les mains à son front, se laissa glisser du fauteuil de cuir. Il atterrit sur les genoux et posa sa tête sur le bureau. Il resta prostré, pendant plusieurs minutes, puis se rassit, tremblant, vidé. Il raccrocha le combiné, ferma les yeux et s'efforça de respirer calmement.

Lorsqu'il rouvrit les yeux, il remarqua pour la première fois, étalés sur le bureau de Sutcliffe, les clichés du scanner de Francis Kennaway.

Dans la pénombre de sa chambre, Francis Kennaway voyait clignoter l'alarme de sa seringue électrique. Il retira la cassette du magnétophone et la rangea dans son étui. Ce serait bientôt fini. Il arrivait au bout de son dernier roman. Il était quatre heures du matin. Kennaway ferma les yeux. Sa mort rôdait dans le couloir, essayant subrepticement les poignées de porte.

LES RETROUVAILLES

En juin 1981, j'ai entamé un roman que je n'ai jamais achevé, docteur Fuchs. Un roman dans lequel je tâchai de tirer un trait sur les années passées. J'ai même hésité pendant un temps à en faire une œuvre autobiographique, avant de comprendre que la mémoire de mon père m'empêcherait d'aller jusqu'au bout de ce que je voulais décrire. Mais c'est ce qui m'a permis d'évoquer jusqu'ici mes souvenirs, sinon avec facilité, du moins sans déchirement. Voyez-vous, docteur Fuchs, je croyais alors avoir échappé à l'emprise de Henry…

Je ne vous l'ai encore jamais avoué, mais j'éprouve un certain plaisir à retracer pour vous ce que fut ma vie, allongé la nuit dans la solitude de ma chambre avec pour seul témoin l'œil blanc du magnétophone. Parfois ce n'est plus moi qui parle. Tout effort conscient cesse et j'ai l'impression d'être mon propre lecteur.
Alors me vient l'idée absurde que ma vie est comme suspendue au fil de mon témoignage, que, nouvelle Schéhérazade, je ne mourrai pas avant la fin de ce récit… Mon père me reprochait souvent, et je balayais sa remarque d'un hochement de tête amusé,

de ne jamais laisser la moindre chance à mes personnages…
Ces hommes, ces femmes engendrés par mon esprit ; peut-être aurais-je pu leur rêver un destin moins sombre… mais ils étaient issus de moi-même, et sans que je le sache à l'époque, ils préfiguraient ma fin. J'ai ressenti de la compassion, de la tendresse pour eux, pour l'enfant détruite de *La foudre au ralenti*, pour les héros désabusés de *Soupçon d'innocence*, pour le vieillard avide de vengeance de *La transition* comme pour le père alcoolique des *Enfants de la nuit*. Mais sans me trahir, je ne pouvais les mener sur un autre chemin, quoi qu'ait pu en penser mon père. Par moments, je sentais leur présence physique à mon côté, et je ressentais leur tristesse à la vision de l'obscurité naissante dans laquelle nous nous enfoncions, leur accablement mais aussi l'acceptation de leur destinée…
Pour tout vous dire, docteur Fuchs, mes personnages m'aident à mourir, comme ils m'ont aidé à vivre. Sans Roy, sans Abel Nimsgern, sans Enrique de Juaregui, je ne serais rien. Rien qu'un homme rongé par la peur de la déchéance, et par l'intuition terrible de ce qui m'attend derrière le rideau, derrière le suaire.
Mais de les avoir voulus dignes, lucides, j'ai acquis auprès d'eux quelque chose qui m'aide à tenir bon. Je sais que Roy ne pleurerait pas à ma place, qu'il n'a pas pleuré pendant ses derniers jours à l'hôpital. Je sais que le père Schröder a accepté sa mort sans broncher, sans plus poser de questions qu'un animal dont la tête explose sous les balles du chasseur. Et mon père aussi, certainement, est mort les yeux ouverts, se battant au seuil du tombeau avec une énergie féroce, indomptable, pour me passer le flambeau de son amour.

Les années passèrent, et la renommée de Henry ne cessa de croître. En 1978, il eut droit, suprême reconnaissance, à la couverture de *Time Magazine*...
Après la destruction de *L'Adoration des Bergers*, la Tate Gallery tenta de faire aboutir une action en justice contre lui, sans succès. Son avocat fit valoir que le titre de propriété du tableau appartenait à Henry, et que seul le propriétaire était habilité à déposer plainte.
Anthony Maple mourut d'une overdose en 1979, sans que l'enquête puisse déterminer de façon certaine s'il s'agissait d'un suicide. Sa mort lui valut quelques lignes nécrologiques dans une obscure revue artistique. Pendant trois ans, nous avions survécu ensemble. Ce que Henry avait détruit en Anthony, j'avais essayé de le faire renaître. En vain. Un jour, j'ai dû me rendre à l'évidence. J'ai compris que je ne retrouverais jamais en Anthony cette grâce que j'avais aperçue quelques instants lorsqu'il était monté sur le podium. Mais je n'ai pas voulu l'abandonner. J'ai tenté de le porter comme on porte une croix. En essayant de ne pas le haïr. Il était tout ce qui me restait de Henry.

J'avais disparu du milieu de la littérature et de l'édition. L'échec commercial retentissant de mon dernier recueil de nouvelles, jugées « trop introverties » par un critique perspicace du *Times*, avait mis fin à mes relations avec mon éditeur. Je vivotais en acceptant des travaux de correction ou de réécriture de manuscrits, en publiant sous un nom d'emprunt quelques romans de gare de soft-porn. Rien de très reluisant, mais j'étais loin de la déchéance. Une compagnie de radio française envisageait une série de dramatiques d'une demi-heure basées sur mon premier recueil de nouvelles. On parlait d'adapter *La Condescendance des dieux* au Festival d'Édimbourg. Je n'avais pas revu Henry depuis cinq ans, quand, en 1981, il m'adressa une invitation au vernissage de sa nouvelle exposition. Dans l'enveloppe, il avait glissé un petit mot :

« *Francis,*

« *Bien des années ont passé, sans que l'un d'entre nous se sente le courage de confronter le témoin de sa jeunesse. Je n'ai pas oublié pour autant l'auteur de* La Condescendance des dieux. *Tu es sans doute celui qui m'a approché de plus près.*

« *Aujourd'hui, j'atteins enfin au sommet de mon art. Pour la première fois, j'ai l'impression de m'être réellement totalement exprimé.*

« *Le vernissage a lieu mercredi 16 décembre. Je serais heureux de te voir, vendredi 11, vers dix-neuf heures, à la même vieille adresse. Je pense que ma nouvelle collection de tableaux ne te laissera pas indifférent.*

« *Amicalement,*
« *Henry.* »

Je ne saurais décrire ce que je ressentis à la lecture de cette lettre. L'incrédulité, l'espoir, la honte… Pourquoi, au faîte de la gloire et de la fortune, Henry me rappelait-il à lui ? Et par quel obscur sortilège étais-je encore lié à lui, corps et âme, malgré ce qu'il m'avait fait endurer, malgré l'écart aujourd'hui infranchissable entre nos conceptions artistiques ? Autant de questions qui resteraient sans réponse si je refusais ce rendez-vous…

L'hiver 1981 fut l'un des plus terribles que l'Angleterre ait connu. En l'espace de quelques heures, ce vendredi 11 décembre, la température accusa une baisse de quinze degrés Celsius, et dans la nuit, une tempête de neige s'abattit sur le sud du pays, paralysant progressivement toutes les voies de communication. Je m'éveillai ce matin-là dans un désert de blancheur. Du haut de mon dix-septième étage, je pouvais à peine deviner la ville engloutie dans la tourmente. Le vent hurlait contre la façade, pénétrant par les interstices des fenêtres. Aussitôt levé, je fis couler un bain et allumai toutes les lumières de l'appartement. Comme cela ne suffisait pas à masquer ma sensation d'isolement, je mis un disque et allumai la télévision. La matinée passa ainsi, et je commençai à me réfugier derrière le prétexte du mauvais temps pour éviter de sortir quand, vers quinze heures, la bourrasque cessa. Pris d'un soudain agacement devant mes hésitations, je m'habillai en hâte et décidai de sortir me promener avant de rencontrer Henry.

La radio diffusait à intervalles réguliers depuis le début de l'après-midi un communiqué enjoignant aux habitants de la banlieue de regagner immédiatement leur domicile avant l'heure de fermeture des bureaux. La plupart des autoroutes étaient déjà coupées, ainsi que les lignes de train au départ de Victoria. Les rues regorgeaient de monde. Passants surpris pendant leurs courses de Noël, hommes d'affaires à la recherche d'un taxi, toute une foule harassée, déboussolée, se pressait sur les trottoirs. Je descendis à pied jusqu'à Piccadilly Circus, séduit par l'ambiance festive de cette déroute organisée. J'observai avec une curiosité amusée cette atmosphère de tranquille hystérie si propre au caractère britannique. Vers dix-sept heures, la neige se remit à tomber, et je pris la Piccadilly Line pour Finsbury Park, non sans un pincement au cœur. À la station de métro de Covent Garden, mon wagon fut pris d'assaut, et je restai collé à cette masse d'humanité jusqu'à King's Cross. Le reste du voyage se passa sans encombre, et

vers dix-huit heures, je me retrouvai enfin près de mon but.
Le quartier avait changé. Façades éventrées, bennes à ordures pleines de neige devant des immeubles en reconstruction permanente. Au fil des années, les petits-bourgeois d'Islington avaient cédé le terrain aux nouveaux pauvres du gouvernement Thatcher et aux rastas. Les ombres des années soixante semblaient loin. Pourtant, lorsque je sonnai chez Henry, ce fut l'une d'entre elles qui m'ouvrit la porte, en la personne de Viktor Kowalski.
Je ne sais pas comment décrire Kowalski, docteur Fuchs. Il m'est aisé, aujourd'hui, de ressentir pour lui une certaine pitié. Mais je me souviens parfaitement combien, alors, je le méprisais, et comme je m'acharnais à le lui faire sentir, sans équivoque aucune.
Cheveux gras, teint blafard, la quarantaine pitoyable, Kowalski était l'un de ces intermédiaires, ni agents, ni écrivains, ni éditeurs véritables, qui pullulent dans le monde de l'édition. Comment aurais-je pu ne pas le détester ? Plusieurs fois déjà, j'avais adressé une nouvelle à telle ou telle maison d'édition pour recevoir un mot de sa main, m'expliquant en termes désolés qu'il regrettait de ne pouvoir accepter mon manuscrit, qui ne correspondait pas aux normes du marché actuel…
L'une de ses seules remarques constructives avait consisté à me suggérer de retravailler « Quand la musique s'arrêta », l'une de mes nouvelles, en ne reprenant qu'une idée de base pour en faire un thriller qu'il me promettait de placer chez Sang Noir, une collection de romans policiers de quai de gare noyés d'hémoglobine et de sévices corporels plus ou moins raffinés…
Kowalski représentait pour moi tout ce que j'avais refusé d'être. Une larve consentante, cent fois écrasée sous le talon, mais renaissant de ses cendres

comme un phénix obscène… Le retrouver à la porte de Henry me troubla profondément. Quelle était cette nouvelle mise en scène ? Quelle perversion augurait-elle ? Imaginer un lien sexuel entre Kowalski et Henry me donnait la nausée…
Viktor me pria d'entrer et, avec la familiarité née de notre mépris commun l'un pour l'autre, me proposa un verre. Il m'expliqua que Henry avait été gêné par le mauvais temps, et ne saurait tarder. Je refusai son invitation, et nous attendîmes dans un silence contraint l'arrivée de Henry.
Mon regard errait dans le salon, reconnaissant avec un douloureux pincement au cœur ici une coupure de presse, là un livre oublié… À travers ses objets familiers, je ressentis combien la proximité de Henry me bouleversait toujours autant.
La porte d'entrée s'ouvrit enfin. Henry pénétra dans le living et déposa son manteau sur le sofa. Les années avaient à peine entamé son visage. Il m'adressa un sourire pensif, sans dire un mot, avant de s'avancer au centre de la pièce. Nous restâmes plusieurs secondes ainsi, muets, à nous dévisager sans complaisance, mus par le même sentiment d'irréparabilité, la même souffrance.
– Je suis heureux que tu sois venu, Francis. Je suppose que vous vous connaissez… Viktor s'est occupé de la publication prochaine du catalogue de l'exposition… Francis est mon premier témoin…
Henry vint se placer devant moi.
– Je suis heureux que tu sois venu ce soir, Francis, répéta-t-il… Toi seul peux comprendre, je pense… Viens, je t'ai déjà fait attendre trop longtemps.
Il traversa le living et ouvrit la porte de ce qui avait été son atelier. Dans la pénombre, je vis que la pièce avait été transformée en mini-galerie. Henry alluma la lumière et fit un pas de côté pour nous laisser passer. Son expression n'avait pas changé. Il ne s'était

pas départi depuis son arrivée de ce petit sourire discret qui me glaçait et m'enflammait à la fois. Je pénétrai à la suite de Kowalski dans la galerie. En enfer.

Dans les rues pétrifiées par la neige et le givre, j'avance comme un automate incertain, accroché aux devantures des magasins, aux vitrines criardes de Noël. Dans Upper Street, un taxi freine et monte sur le trottoir, terminant sa course molle dans un amas de sacs poubelle noirs qui déversent leur contenu dans la neige. Feux silencieux qui passent au rouge, halètements sourds de rares piétons, silence mortel de cette ville prisonnière du froid et de la nuit.
J'ai tout oublié lors du long périple qui m'a amené de la villa de Henry à mon immeuble sur Goswell Road. Tout s'est réduit aux seules nécessités du moment. Avancer. Poser le pied. Inspirer à travers des dents serrées. Poser l'autre pied. Garder l'air gelé à l'intérieur des poumons avant de souffler. Avancer. Oublier Henry. Oublier son invitation à passer la nuit ensemble. Oublier la terreur sans nom qui trône dans cette galerie, qu'il va infliger au monde des hommes. Avancer dans la nuit et le froid et la glace. Avancer seul, avec l'idée omniprésente de la mort se superposant aux regards des passants, au sourire d'un enfant, comme un mur entre eux et moi. Un mur de dégoût. Et l'odeur... ah, Seigneur... jusqu'à l'odeur suave et intime de leur pourrissement qui se dépose dans mes narines, qui tapisse le fond de ma gorge, qui m'imprègne comme un viol de l'âme sans cesse recommencé.
Je me suis perdu du côté du Grand Union Canal. L'eau noire était recouverte d'une pellicule brillante qui reflétait la lune. Je crois que je suis descendu sur la glace. J'ai marché pendant une heure à travers Londres endormie, en n'utilisant que les parcs, les

ruelles désertes, refusant les taxis et l'agitation colorée du métro...
Je n'ai reconnu le quartier d'Angel qu'en voyant enfin se dessiner sur le ciel la flèche de l'église Saint Luke. J'ai marché jusqu'aux grilles du presbytère, et ai tenté de pénétrer à l'intérieur. C'était inutile. Saint Luke est fermée depuis des années. Les fondations s'enfoncent lentement, et une partie du toit s'est déjà effondrée dans la nef. Je ne sais pas quel secours je comptais trouver dans cette église déserte. Certainement le souvenir de mon père y était-il pour quelque chose...
Cette fois, Henry Childs a atteint au génie. Et, implacable, se dresse le constat de mon échec. Je sais que je ne pourrai jamais le convaincre. Alors... alors la chambre 101 de l'hôtel Belgravia n'aura été que l'antichambre du désespoir.

Êtes-vous là, docteur Fuchs ?
Comprenez-vous ce que j'essaie de vous dire à mots couverts ? Pourquoi l'ai-je tué ?... C'est la question qui vous hante depuis cinq ans. La question à laquelle votre livre est suspendu, en attente, sa gestation interrompue par mon silence.
Pauvre docteur Fuchs, qui ne pouvez admettre que dans cette réponse-là se trouvent les germes de votre damnation...

Le dernier jeudi

Agnieshka s'éveilla juste avant le réveil. Elle neutralisa la sonnerie puis se retourna doucement pour ne pas réveiller Eivind. Elle resta plusieurs minutes à le regarder dormir, comme chaque matin. Le sommeil rendait à sa figure de vieillard une candeur enfantine.

Les minutes s'égrenèrent, voluptueuses, magiques. Agnieshka ne bougeait pas. À moitié découverte, elle ressentait un frisson à la caresse de l'air froid de la pièce, et au contraste saisissant avec la chaleur du corps de Lindström. Tout le monde lui avait dit que les hommes refroidissaient en vieillissant. Si ce n'était pas une simple légende, Eivind avait dû être un vrai poêle à mazout à trente ans. Agnieshka fit la grimace... Voilà une précision qu'elle n'irait pas demander à la femme d'Eivind. Le souvenir des insultes d'Iris et d'une scène particulièrement humiliante dans un restaurant indien revint à sa mémoire.

Elle se blottit contre Eivind. Il ouvrit les yeux immédiatement et sourit :

– Bonjour, glaçon de la Vistule...

– Ce n'est pas ma faute si j'ai froid, mon amour..., murmura-t-elle en se réfugiant contre lui.

– Je couche dans les bras de ma mort ce matin... Tu n'as pas pitié de mes vieilles artères ?

– Réveille-les, tes vieilles artères…

Agnieshka lui mordilla l'oreille et guida la main de Lindström entre ses cuisses.

– Viens, amour, réchauffe ta mort…

Byrne entendit le chariot du déjeuner rouler dans le couloir. Il ouvrit les yeux et éternua violemment, s'essuya avec le revers de la main et renfonça la tête dans l'oreiller, étouffant un gémissement. Tout son corps lui faisait mal. Il avait dormi moins de trois heures, d'un sommeil agité, entrecoupé de cauchemars et de demi-réveils.

La chambre de garde était glaciale et sentait le tabac froid. Il se redressa sur le lit et chercha sa montre dans la poche de sa veste. Il était sept heures trente, et la réunion médicale allait commencer dans un quart d'heure. Byrne se leva, passa dans la salle de bains et fit couler la douche. En attendant que l'eau soit chaude, il se planta devant le miroir du lavabo, rasoir en main. Il se dévisagea dans la glace. Ses yeux étaient rouges, ses paupières bouffies de fatigue. Il secoua la tête et s'aspergea la figure d'eau, puis se couvrit le menton de savon à barbe.

Lindsey ne reviendrait pas. Cette certitude acheva de le réveiller. Trois fois cette nuit, il avait rappelé son domicile. Chaque intonation du message de sa femme était gravée dans son esprit. Lindsey ne reviendrait pas.

Demain soir, il allait la revoir, peut-être pour la dernière fois avant longtemps. Il était épuisé, et n'avait plus aucune stratégie, aucun espoir. Il avait l'impression d'être un mort en sursis.

L'eau de la douche avait commencé à chauffer, et la pièce exiguë se remplissait de vapeur. Il ouvrit son rasoir et en inspecta la lame. Le métal se recouvrit presque instantanément de buée. Il porta la lame à sa bouche et la déposa sur ses lèvres. Les murs de carrelage, la glace, ses yeux, tout s'embuait. Il ferma les yeux et savoura la sensation de fraîcheur de l'acier dans sa bouche. Ce sera tellement simple, pensa-t-il.

La poire de douche se décrocha et tomba dans la cuvette, aspergeant le rideau d'eau bouillante.

Le temps n'existait plus. Lindström était en elle depuis une éternité. Il sentait battre son cœur dans chacun de ses membres, dans sa tête... Il ruisselait de sueur, et la sueur coulait sur Agnieshka, la collant au drap. Ils étaient cloués en travers du lit, deux insectes surpris par un entomologiste.

Le sang coulait dans leurs veines à l'unisson. La pièce était silencieuse maintenant. Lindström retenait son souffle, et Agnieshka avait cessé de gémir. Il se releva sur les coudes et plongea son regard dans celui d'Agnieshka. Il se perdit dans ses yeux. Elle sourit. Ils n'avaient pas bougé depuis cinq minutes, et pourtant, il avait du mal à se retenir de jouir. De temps en temps, l'un d'entre eux amorçait un mouvement que l'autre achevait, infiniment lentement.

Chaque pouce de sa peau se souvenait d'elle. Il buvait Agnieshka. Un jour pourtant, elle partirait. Il faudrait renoncer à elle, comme à tout ce qui avait compté pour lui dans sa vie. Mais aujourd'hui, Agnieshka était là, et chaque mouvement de ses reins était le dernier.

Elle murmura :

– Maintenant, viens.... et ses yeux se mirent à briller.

Il courut à côté d'elle le long de la dernière pente, sûr qu'ils allaient mourir tous les deux, et ils arrivèrent ensemble, les yeux grands ouverts, riant et pleurant à la fois.

Ils parvinrent à l'hôpital vers neuf heures. Lindström déposa Agnieshka à la consultation de gynécologie et monta dans le service. C'était jeudi matin, le jour de sa visite, et Sylvia Fuchs l'attendait dans le box des infirmières avec les résidents. Elle détourna le regard quand il entra dans la pièce et éteignit nerveusement une cigarette.

Toute la matinée, Lindström évita de penser à Francis Kennaway, et à la décision qu'il allait devoir prendre si Sylvia n'avait pas réussi à obtenir l'aide d'un réanimateur médical. Il se concentra sur les péripéties de la visite, conscient de son aura et de l'ambition des deux résidents. Il n'essaya même pas de leur expliquer à quel point la psychiatrie était devenue pour lui un divertissement, au sens noble du terme. Un plaisir de l'esprit à peine mâtiné par son apprentissage de la souffrance humaine.

Lindström savait d'expérience qu'ils ne comprendraient pas. À leur âge, ils étaient empreints de la dignité de leur mission, comme lui-même l'avait été. Plus tard, ils apprendraient à prendre plaisir au miracle chaque jour renouvelé du décryptage des hésitations, des lapsus, des gestes involontaires de leurs patients. Ils s'amuseraient à dépasser le quotidien pour s'immiscer avec humilité dans les coulisses de la conscience habituelle.

La matinée passa comme un rêve. Il se trouva soudain devant la porte de la chambre de Kennaway, sans s'y être préparé. Il pénétra à l'intérieur, talonné par sa suite. Sylvia referma la porte derrière eux, et les sons du couloir furent coupés net. Lindström ne put détacher son regard du lit, et pendant quelques instants, personne n'osa bouger dans la pièce.

Kennaway dormait, assommé par les tranquillisants. Sa respiration s'était faite rauque, impressionnante. Ses orbites semblaient avoir fondu, et la peau de son visage s'était rétractée. En l'espace de quelques jours, il s'était métamorphosé en moribond.

Un des résidents toussota pour cacher sa gêne, et

se retira vers la fenêtre. Lindström secoua la tête et demanda à Sylvia d'une voix neutre :

– Avons-nous des nouvelles de la réa ?

– Ils sont montés le voir, monsieur, répondit Sylvia. Le docteur Byrne refuse de prendre en charge Francis dans le service... Pour des raisons de procédure médicale...

Lindström acquiesça.

– Je voudrais voir ses prescriptions, s'il vous plaît.

L'infirmière lui présenta le cahier. Lindström s'assit dans le fauteuil et chaussa ses lunettes. Il étudia le dossier et demanda :

– Qui a prescrit les antalgiques ?

– C'est M. Lynch, à ma demande, répondit Sylvia.

Lindström se tourna vers le résident. Le jeune homme essaya un sourire, puis se pencha en avant, attentif.

– C'est vous qui avez calculé les posologies de morphiniques ?

– Oui, monsieur, je prends des gardes en réanimation médicale, et j'ai un peu l'habitude...

– Vous croyez que c'est suffisant, pour un mourant, d'avoir un peu l'habitude ? demanda Lindström d'un ton volontairement neutre.

Le résident hésita un instant et reprit :

– Je suis désolé, monsieur. Ce n'est pas ce que j'ai voulu dire. Je voulais... enfin, j'ai pensé aider le docteur Fuchs.

Lindström haussa les sourcils et sourit.

– Je comprends... Ne soyez pas sur la défensive. Il n'y a aucune ironie dans mes paroles. Je voulais simplement savoir si vous pensez que votre « habitude » est suffisante pour assurer à M. Kennaway... des soins adéquats.

– Tant qu'il s'agit de prescrire des antalgiques, certainement. Mais s'il fait un problème respiratoire, ce qui est probable vu l'emplacement de la tumeur...

– Oui ?

– Il faudra l'intuber ou l'endormir.

– Et ?

– Je ne pourrai pas l'intuber sans matériel.

Lindström fixa Simon Lynch dans les yeux et hocha la tête.

– Merci, dit-il simplement.

Il jeta un regard sur Francis, puis se leva et se dirigea vers la porte.

– Prévenez-moi s'il reprend conscience, marmonna-t-il.

Les infirmières et les étudiants le suivirent. Sylvia resta un instant encore à regarder Francis dormir. Dans les poches de sa blouse, ses mains étaient comme mortes.

Agnieshka avait été surprise par la sollicitude de l'obstétricien. Pendant l'examen proprement dit, le médecin s'excusa de lui faire mal avec le spéculum, et lui conseilla à l'avenir de ne pas faire de toilette vaginale avant un examen gynécologique. Agnieshka fut prise de fou rire en songeant à la tête qu'il aurait faite si elle n'avait pas fait de toilette ce matin.

Le médecin s'était d'abord attardé sur son interrogatoire, ses antécédents médicaux. Agnieshka avait fait une fausse couche en Pologne en 1984, à vingt et un ans, et n'avait dû sa survie qu'à sa robuste constitution et à la présence d'Eivind. Son ami d'alors, Jaroslaw, avait tenté de la forcer à avorter à trois mois de grossesse, et l'avait quittée en essuyant un refus. Deux semaines plus tard, dans la rue, elle avait été prise de violentes douleurs abdominales et avait perdu connaissance. Transportée à l'hôpital Madalinskiego de Varsovie, elle s'était réveillée dans une chambre commune, sans savoir où elle était ni ce qui lui était arrivé. Un médecin passa dans l'après-midi et lui expliqua qu'elle avait perdu son bébé. Il lui fit une piqûre pour la calmer et s'en alla, la laissant face à son angoisse.

La chambre commune avait été conçue pour recevoir quatre lits. Dix personnes y avaient été entassées, certaines sur des brancards de fortune. Lorsqu'elle voulut aller uriner, elle dut, malgré la douleur, enjamber le montant du lit pour poser le pied à terre. Elle s'agrippa aux lits de ses voisines pour se traîner jusqu'aux toilettes. L'odeur était infecte. Elle voulut mourir et maudit Jaroslaw, maudit tous les hommes qui l'avaient amenée là. Les fenêtres de la chambre étaient scellées, sans doute pour éviter les suicides. Elle marcha jusqu'au couloir, décidée à en finir. Un homme âgé l'aborda, un homme bien habillé, un étranger certainement. Il lui expliqua qu'il l'avait ramassée dans la rue et l'avait transportée ici, qu'il venait prendre de ses nouvelles. Agnieshka le regarda, incrédule.

Il ressemblait aux autres, à tous les autres, et en plus il était riche. Elle se mit à l'invectiver en polonais, et à sa grande surprise, il la laissa faire. Alors elle s'assit dans le couloir, sur un banc, et l'homme commença à lui parler, sur le ton de la confidence, lui expliquant qu'il était psychiatre en Angleterre, qu'il était venu en Pologne pour tenter d'organiser une entraide pour ses collègues polonais, qu'il était stupéfait des carences en matériel médical et en médicaments qu'il avait constatées... Agnieshka l'écoutait, fascinée.

Elle s'était attendue à ce qu'il lui fasse des propositions, à ce qu'il mette en avant le fait qu'il l'avait sauvée. Au lieu de quoi l'homme discutait avec elle d'égal à égale. Lorsque les horaires de visite furent passés, il lui donna le numéro de téléphone de son hôtel et lui promit de revenir la voir.

Le lendemain, elle avait de la fièvre. Les médecins se succédèrent à son chevet, sans résultat. Elle resta plusieurs heures à délirer, réclamant sans cesse à boire. Une seule pensée lui permettait de tenir. L'homme allait revenir, allait la secourir.

Lorsqu'une de ses voisines lâcha dans une conversation que les visites n'étaient autorisées que trois jours par semaine, elle se mit à pleurer. Comme par enchantement, l'homme apparut. Il lui expliqua, un peu gêné, que les dollars américains élargissaient considérablement les horaires de visite. L'homme parut très préoccupé par son état et se mit en quête d'un médecin. En l'espace de quelques heures, elle avait été transférée dans un bloc opératoire, et deux chirurgiens grassement rémunérés l'avaient tirée d'affaire.

Eivind passa encore quatre jours avec elle, la ramena chez elle avant de repartir. Deux mois plus tard, elle obtenait un visa de sortie pour un stage de puéricultrice dans la clinique privée d'un ami d'Eivind, au nord de Londres. Il vint la chercher à l'aéroport. Elle s'accrocha à son bras, perdue dans le monde bigarré de Londres. Le soir, elle lui fit l'amour pour la première fois dans une petite chambre d'hôtel proche de l'aéroport. Chaque avion qui décollait faisait vibrer tout l'immeuble. Agnieshka n'en avait cure. Elle avait posé sa valise, et elle savait qu'elle ne prendrait plus l'avion avant longtemps.

Agnieshka sortit de la consultation de gynécologie vers onze heures et se rendit dans le bureau d'Eivind, comme il le lui avait demandé. Mrs Vanberg n'était pas au secrétariat, aussi entra-t-elle directement s'asseoir au bureau de Lindström. Elle se reposa dix minutes puis commença à s'ennuyer. Elle savait que la visite durerait au moins jusqu'à midi et elle n'avait rien apporté à lire. Elle pianotait du bout des doigts sur les accoudoirs quand elle aperçut le courrier du jour, posé sur le bureau. Agnieshka hésita un instant puis reconnut un quotidien. Elle le retira de la pile de courrier et commença à lire. Une référence à Churchill en page 3 lui fit vérifier la date. Elle resta un instant interloquée. Qu'est-ce que Eivind pouvait faire avec un journal vieux de trente ans ? Elle se mit à lire les titres de tous les articles, pensant y trouver une réponse.

– Alors, ils ne veulent pas le transférer ?

Nigel Sutcliffe se cala dans son fauteuil et dévisagea Byrne, furieux.

– Le docteur Fuchs refuse.

– Pourquoi ?

– Je ne sais pas. Une question d'affection, je suppose...

– Vous vous foutez de ma gueule, Byrne ! Ce n'est pas plutôt pour m'emmerder qu'ils font ça ? Ou pour se couvrir...

Byrne ne répondit pas. Qu'y avait-il à répondre ?

– Je vous préviens, Byrne. Je vous considère comme un bon élément dans le service... (Le ton se fit paternaliste.) Mais j'espère que vous comprenez que je n'accepterai pas que vous vous rangiez dans cette affaire du côté de Lindström...

La menace resta en suspens. Byrne baissa la tête et inspecta ses chaussures. Sa tête se mit à trembler. À son poignet, une goutte de sang perla.

Je suis un lâche, pensa-t-il, et tandis que Sutcliffe se perdait en invectives haineuses contre Lindström, Byrne répéta cette phrase comme une litanie en serrant les poings sur ses genoux.

Si seulement ils pouvaient le laisser tranquille, tous... Fuchs, Lindström, Sutcliffe, Kennaway... Si seulement il pouvait oublier Lindsey un instant... La question maintenant était simple : quelle mort choisir ?

Lindström regagna son bureau vers treize heures. La visite avait duré plus longtemps que prévu. Il espérait qu'Agnieshka ne s'était pas trop ennuyée à l'attendre. Il avait décidé de déjeuner avec elle dans un restaurant français des environs avant de la ramener à la maison. Il pénétra dans le bureau et la trouva assise dans son fauteuil. Agnieshka était très pâle, visiblement défaite. L'angoisse le saisit.

– Ils ont trouvé quelque chose d'anormal ? demanda-t-il.

Agnieshka le regardait sans comprendre. Lindström répéta, d'une voix pâteuse :

– Les gynécologues, ils ont trouvé quelque chose d'anormal ?

Agnieshka secoua la tête.

– Non, non, dit-elle, et elle tendit les bras vers lui.

– Tu as reçu un nouveau coup de téléphone, dit-il en la serrant contre lui.

Ç'aurait été une coïncidence désastreuse, mais il avait appris à se méfier de la ruse haineuse de sa femme.

– Non, non. C'est le journal, Eivind... Ce vieux journal.

Lindström la relâcha doucement, s'assit sur le bras du fauteuil et regarda le journal étalé devant lui, déconcerté. Puis il se souvint de son intuition.

– Qu'est-ce que tu as vu là-dedans ?

Agnieshka serra très fort sa main et dit, hochant la tête comme une enfant certaine d'être moquée :

– J'ai trouvé quelque chose de terrible...

L'après-midi du jeudi passa lentement. Lindström avait raccompagné Agnieshka à la maison puis était revenu s'enfermer dans son bureau. Il avait ressorti le dossier de Sylvia, un amalgame de notes prises au cours de ses séances d'analyse, et en avait extrait suffisamment d'indices pour voir se dessiner une ébauche de vérité, à la lueur du vieil article qu'Agnieshka avait déniché.

Pour la dixième fois, Lindström se demanda s'il aurait trouvé la solution sans l'aide de sa compagne. Il était probable qu'obnubilé par le lien avec l'expédition antarctique, il aurait épluché les articles des journaux du 2 et du 3 mars 1958 sans trouver le moindre indice. Alors que la clef des cauchemars de Sylvia, de la haine que lui vouait sa mère, de sa névrose enfin, était là, enfouie en page 16 dans les faits divers.

Il ressentit pour Sylvia une pulsion amoureuse brutale, incontrôlée. Il aurait voulu la prendre dans ses bras et faire fuir les songes du passé. Sa prochaine séance aurait lieu le lendemain. Il faudrait à Lindström beaucoup de doigté pour l'amener à affronter ce cauchemar.

Le pire était qu'une fois acculée à la vérité, il était impossible de savoir si elle se sentirait libérée, ou si le poids des souvenirs déchirerait la pauvre carapace qu'elle s'était façonnée, la laissant vulnérable, abattue.

Il en était là de ses pensées quand on frappa à sa porte. Lindström glissa le journal et le dossier de Sylvia dans un des tiroirs du bureau et alla ouvrir. C'était Lynch.

– Vous aviez demandé à être prévenu, monsieur. Francis Kennaway a repris connaissance.

Francis ouvrit les yeux dans la clarté d'après-midi finissant de sa chambre et vit Lindström assis dans le fauteuil, le regard perdu à sa fenêtre. Du dehors ne venaient que les bruits de la cuisine, et un rire de femme qui s'arrêta trop brusquement.

Kennaway resta plusieurs minutes à dévisager l'homme assis, sans oser bouger de peur de réveiller la douleur. Il ne ressentait rien à part un léger engourdissement dans la jambe gauche qui l'empêcha de se rendormir tout de suite. L'immobilité de son visiteur le mettait vaguement mal à l'aise. Il se souvint de la vision de son père entrant dans le compartiment, et fut frappé par la ressemblance des deux hommes. Le même cou de taureau, le nez fort, des yeux clairs renfoncés sous d'épais sourcils, l'impression d'une violence intérieure totalement maîtrisée.

Lindström tourna la tête vers le lit et croisa le regard de Francis. Il se redressa dans le fauteuil :

– Quel jour sommes-nous ? demanda Francis.

– Jeudi soir…

– Merci.

Francis Kennaway se redressa lui aussi sur ses oreillers et fixa Lindström.

– Vous êtes venu me dire au revoir, professeur ?

– En quelque sorte. Je voulais surtout vous exposer la situation dans laquelle nous nous trouvons…

Francis ne dit mot.

– Les réanimateurs médicaux refusent de vous assurer des soins dans le service. Le prétexte est que nous ne sommes pas suffisamment équipés… La raison relève plus de l'inimitié personnelle que de la médecine…

Francis écoutait attentivement chaque mot, guettant chaque intonation de Lindström. Depuis ce matin, son esprit butait sur des phrases extrêmement simples. Il ne savait pas si c'était l'effet de la morphine ou de la tumeur. Quelle importance ? Les rares mots qu'il prononçait encore en avaient pris plus d'importance. Il était trop tard pour le superflu. Lindström marqua un silence, puis reprit :

– Je veux savoir si vous préférez toujours rester dans le service, en sachant que nous ne disposons d'aucun matériel de réanimation proprement dit, et que seul M. Lynch semble manier avec quelque habitude les drogues dont vous risquez d'avoir besoin…

ou si vous souhaitez être transféré dans le service de réanimation médicale.

– Je reste.

– Bien. Vous comprenez que nous ne sommes pas à même de corriger les éventuelles erreurs de posologie...

– Je ne crois pas que M. Lynch aura le temps de me rendre dépendant de la morphine, professeur...

Francis esquissa un sourire, et Lindström l'imita.

– Je voudrais vous demander une dernière chose, professeur.

Lindström acquiesça, et Francis continua sa phrase, articulant chaque mot avec peine :

– Quand je serai mort...

Lindström se pencha en avant.

– ... prenez soin du docteur Fuchs.

Le professeur hésita un instant puis hocha la tête, sans quitter Kennaway des yeux.

– Vous êtes un homme étrange, Francis...

Kennaway ne répondit pas. Lindström se leva et marcha jusqu'à la fenêtre. Le ciel rougeoyait.

– Qu'est-ce que vous voyez ?... murmura Francis.

– Je vois...

La voix de Lindström se brisa, et il toussa dans sa main pour cacher son émotion.

– Je vois le soleil se coucher au-dessus de la ville. Un ciel rouge. Il a plu cet après-midi et l'asphalte est encore trempé. Toutes les flaques de pluie semblent renvoyer la lumière du soleil... Dans la cour intérieure, des patients en robe de chambre embrassent leur famille. Je vois passer un autobus dans la rue... Avec une publicité pour des jeans sur le côté...

– Et quand vous fermez les yeux ?

Lindström resta un instant interdit puis obtempéra. Une image se dessina devant lui, et il continua d'une voix rêveuse.

– Je vois une chambre comme celle-ci. Ou à peine

un peu plus grande. Il est tard aussi. Trop tard. Un homme est allongé dans un lit derrière moi. J'entends sa respiration comme j'entends la vôtre. Tout est feutré. Les murs sont tapissés de couleurs douces, les fauteuils sont lourds, muets... Bien que nous soyons à Londres depuis à peine six mois, nous sommes déjà chez nous. Le ciel s'embrase au-dessus de Maresfield Gardens. Je voudrais ouvrir la fenêtre pour dissiper l'odeur de pourriture qui imprègne la pièce, mais je crains que l'homme ne soit réveillé par les bruits de la rue. Et je ne veux plus le voir souffrir.

Lindström toussa dans sa main pour cacher son trouble et se tourna vers le lit.

– Maresfield Gardens..., murmura Francis, partagé entre l'incrédulité et l'émerveillement.

Lindström fit oui de la tête.

– Racontez-moi, professeur...

Lindström hésita, puis s'assit sur le rebord du lit. Sa voix, d'abord mal assurée, devint plus sûre. Francis, rivé à ses paroles, se sentit transporté des années en arrière. La chambre d'hôpital, la douleur, la mort même reculèrent. Il n'y avait plus que la voix de Lindström.

« Je suis né en 1918 à Berlin. Mon père et ma mère étaient médecins. Ma mère était une très belle femme, monsieur Kennaway, une Juive grande, fière, avec de longs cheveux noirs qu'elle portait en natte dans le dos. Elle avait fait ses études de médecine à Zurich et avait choisi de venir à Vienne en 1911 pour y apprendre la psychanalyse... Elle se maria en 1912 et quitta Vienne pour s'installer à Berlin, où mon père possédait déjà un cabinet médical. Nous étions deux enfants, ma grande sœur Renata et moi. Ma jeunesse se passa sans heurts.

En janvier 1938, mon père et ma mère furent exclus des caisses d'assurance maladie allemandes, en application des lois de Nuremberg. Depuis deux ans, nous avions tous entendu parler des camps de Buchenwald, Dachau, Sachsenhausen... mais chacun refusait de croire l'indicible. Je devais partir en Autriche faire du ski en février. Ma mère et ma sœur m'accompagnèrent à la gare. Ma mère me dit de faire attention et m'embrassa sur la bouche. Renata était partie m'acheter le journal, et ne revint pas avant le départ du train. Je n'ai pas dit au revoir à ma sœur, à ma Renata, monsieur Kennaway.

J'ai passé des vacances de ski merveilleuses, je suis tombé amoureux d'une jeune Anglaise le jour de mon départ... Et je suis rentré à Vienne le 2 mars.

Je n'avais pas reçu de courrier de mes parents ou de ma sœur, et j'envoyai un télégramme de Vienne. Pas de réponse. Inquiet, je décidai d'écourter mon séjour en Autriche et passai à la gare pour retirer mes réservations. L'employé me tendit une enveloppe et m'expliqua qu'une amie de mes parents m'attendait en ville, à l'adresse indiquée : 19, Berggasse. Je m'y suis rendu, et j'ai descendu cette rue en pente, bordée de part et d'autre de maisons bourgeoises respectables. J'étais inquiet, redoutant je ne sais quel malheur : un incendie, la maladie, un décès dans la famille. Puis je vis que, sur le trottoir, quelqu'un avait dessiné à la craie des croix gammées. Elles jalonnaient ma descente comme si on les avait tracées à mon intention. Elles m'amenèrent à destination, devant la porte d'un immeuble massif, dont la façade Renaissance s'ornait de guirlandes et de lions aux étages supérieurs. J'ai poussé la porte, le cœur serré, et je suis monté à l'étage, comme le stipulait le mot de l'enveloppe. Je sonnai à la porte et une jeune femme m'ouvrit. Une domestique portant un petit tablier autour de la taille me fit entrer dans une salle d'attente vide. Je m'assis, tâchant de me calmer, mais incapable de faire taire mon angoisse. Il se mit à pleuvoir, et le vent fit voler une des fenêtres laissées entrouvertes. Je me levai pour la refermer. La porte du cabinet s'ouvrit alors, et je me retrouvai coincé dans un renfoncement contre la fenêtre. Je toussai pour signaler ma présence, et le médecin, un vieillard, se retourna vers moi, l'air surpris.

– Bonjour, me dit-il. Je ne crois pas que vous ayez rendez-vous ?

– Je suis Eivind Lindström, le fils de Paul et Sabina Lindström, de Berlin.

Le médecin me dévisagea un instant, puis murmura le nom de jeune fille de ma mère avec étonnement et une grande douceur. Je hochai la tête, et il me fit entrer dans son bureau. Je le précédai dans une pièce pleine de tableaux et d'objets d'art, où je ne reconnus aucun des instruments familiers du cabinet de mon père. Comment ce vieillard pouvait-il connaître mes parents ? Il me fit asseoir sur un divan et s'assit à côté de moi en repoussant quelques coussins.

– Je suis le docteur Freud. Un ami de votre mère. Un très, très vieil ami. J'ai de mauvaises nouvelles pour vous, Eivind. Vos parents ont été arrêtés par la police allemande, et emmenés… nul ne sait où.

Je réussis à balbutier :

– Et ma sœur, Renata, ma sœur…

– Vos parents et votre sœur, Eivind.

Tout s'est arrêté pour moi, monsieur Kennaway. Tous les détails de cette pièce me reviennent en mémoire, les gravures, les reproductions d'art égyptien, le poêle de faïence qui ronflait près du divan, les volutes de cigare dans la pièce et la trace enivrante d'un parfum de femme. Tout s'est arrêté, et j'ai écouté le docteur Freud m'expliquer, doucement, que ma mère avait réussi à lui téléphoner avant d'être arrêtée, et lui avait demandé de me prévenir. Je n'avais qu'une idée, prendre le premier train pour Berlin et aller rejoindre mes parents. Il a fallu toute la persuasion de Sigmund Freud pour m'empêcher de partir sur-le-champ. Ma mère avait publié dans un mensuel médical de réputation internationale un article sur les thèses raciales du Reich, ridiculisant la notion de race aryenne. C'était là le motif de leur arrestation, et j'étais moi aussi recherché. Ma mère avait fait promettre à M. Freud de ne pas me laisser repartir en Allemagne. Lorsque j'ai compris qu'ils étaient perdus pour moi, je suis tombé dans les bras de ce vieillard, et nous sommes restés ainsi enlacés, à pleurer en silence. »

Lindström passa une main sur ses yeux. Francis Kennaway retint son souffle.

« Vous vous rendez compte, Francis, que je n'ai jamais raconté cela à personne… Je ne savais même pas qui était Freud… Il avait quatre-vingt-deux ans à l'époque… Il m'a expliqué que sa fille, Anna, était aussitôt partie à la gare déposer une lettre au guichet des réservations. Ils avaient essayé de me joindre dans mon petit village de montagne, sans succès… J'étais perdu, à la dérive. Ils m'ont accueilli chez eux. J'avais à peine pu m'habituer à cette nouvelle famille que, le 11 mars, mon univers bascula à nouveau. Von Schuschnigg, le chancelier autrichien, annonça sa démission dans la soirée, précisant qu'il n'agissait que sous la menace des nazis. Le lendemain, les Allemands entrèrent dans Vienne. Tous les amis de la famille Freud vinrent le supplier de partir. Une femme en particulier attira mon attention. Grande, énergique, Marie Bonaparte, l'une des plus ferventes disciples de Freud, arriva de Paris le 17 mars pour discuter âprement avec lui de la nécessité de fuir pendant qu'il était encore temps. Il refusa. Le 22 mars, je me souviens, c'était un mardi, la Gestapo vint perquisitionner dans l'immeuble. Ils emmenèrent sa fille,

Anna. Freud me cacha dans l'écurie, où je vécus avec le cocher jusqu'au retour d'Anna. J'appris alors que Marie Bonaparte, « la Princesse », comme l'appelait Freud, et le psychanalyste Jones, un de ses amis de longue date, avaient réussi à obtenir l'accord des autorités anglaises pour accueillir la famille Freud. La Gestapo, moyennant une véritable rançon, l'autorisait à quitter Vienne, mais en l'obligeant à laisser derrière lui une bonne partie de ses objets personnels. Freud essayait de me couvrir, de me faire quitter le pays, mais le piège s'était refermé sur la Berggasse, et sur ce Juif insolent qui était une vivante insulte à la pureté du Troisième Reich. De vexations en menaces, de fouilles à corps en perquisitions nocturnes, la vie de la famille Freud devint infernale. La vigilance de l'ambassadeur américain et de ses amis outre-Manche interdisait une attaque de front, mais tout était bon pour tenter de détruire cet octogénaire acharné… Fin mars, alors que nous vivions tous dans la crainte d'une nouvelle arrestation, je résolus de fuir la Berggasse pour ne pas mettre en danger mon protecteur. Il eût suffi que les SA découvrent un jeune Juif allemand recherché par la police de Berlin au domicile de Sigmund Freud pour que le frêle paravent tissé par Marie Bonaparte et ses rares protecteurs autrichiens soit réduit à néant. Je profitai de l'absence de Marie Bonaparte et d'Anna. Elles étaient parties à la banque Rothschild remettre à l'ambassadeur danois une partie de la correspondance privée de Freud, sous le contrôle de la Gestapo, afin de l'acheminer vers Paris. Précaution sage, alors que dans toutes les librairies, ses ouvrages étaient saisis pour être détruits par le feu. Pendant la sieste de Freud, je ramassai quelques affaires et filai par le jardin. Inutile de dire que je n'allai pas loin. Je tombai dans Thom Grun Gasse sur un groupe de SA, jeunes voyous à l'air suffisant armés de revolvers qu'ils déchargeaient en l'air à la moindre occasion en signe d'intimidation. Ils m'emmenèrent au quartier général de la Gestapo. Je refusai de donner mon nom ou celui de mon protecteur, espérant simplement que tout finirait très vite. J'avais assez de haine envers mes tortionnaires pour mourir sans avouer. Du moins je le crois. Vers onze heures, au bout d'une séance interminable de questions agrémentées de passages à tabac, je fus conduit devant un officier supérieur. Dans son bureau, je me trouvai face à face avec Freud, très digne, et Marie Bonaparte, qui cherchait visiblement à cacher son angoisse. À peine fus-je entré dans la pièce que Freud commença à m'invectiver, me traitant d'imbécile, de fou, allant même jusqu'à faire mine de vouloir me frapper avant de se retourner vers l'officier allemand et d'implorer sa clémence d'une voix brisée, entre deux sanglots, comme un mauvais acteur de cabaret. Marie Bonaparte semblait totalement décontenancée. Moi-même, je ne savais plus très bien si je rêvais, ou si j'avais bien vu Freud se livrer à cette pantomime hallucinante. L'officier toisa Freud du regard pendant quelques instants, avec mépris, puis, avec un sourire mauvais, lâcha :

– Vous pouvez le remmener, votre petit-fils. Veillez bien sur votre famille, Herr Freud. Ce serait dommage de partir là où vous allez en oubliant quelqu'un derrière vous. La Gestapo serait obligée de se charger du ramassage de vos ordures…

Freud remercia l'officier et nous sortîmes sous les ricanements des gardes. Marie Bonaparte trouva un taxi. Tout le long du trajet, Freud ne dit rien, mais je sentis qu'il était bouleversé. Nous arrivâmes enfin à la Berggasse, après avoir passé un cordon de soldats en armes. Je remerciai Marie de son aide, et elle me répondit :

– C'est moi qui devrais vous remercier. C'est

grâce à vous et à votre escapade d'aujourd'hui qu'il s'est enfin rendu compte du danger. Maintenant, avec un peu de chance, je vais pouvoir le sortir d'ici.

Elle m'embrassa et donna au chauffeur l'adresse de son hôtel, le Bristol. J'aidai Freud à monter à l'étage, et tandis que la bonne nous faisait du café, il s'enferma avec moi dans son bureau. Il me tourna le dos, faisant face à la fenêtre, et me dit :

– Nous partons. Dès que j'aurai réussi à convaincre mes sœurs, nous quitterons Vienne pour l'Angleterre. Et tu viendras avec nous. Pour l'instant, il n'y a plus d'Eivind Lindström, que ta mère me pardonne... Je suis un vieillard gâteux, et un vieillard gâteux a besoin de s'appuyer sur son petit-fils. Mon petit-fils s'appelait Heinz-Rudolf, il aurait ton âge s'il avait vécu. Tu ne ressembles pas à ton frère Ernst, mais pour les SA, un Juif ressemble à tous les autres Juifs. Marie Bonaparte s'occupera de faire tamponner tous nos laissez-passer. Toi, Heinz, tu t'accrocheras au bras de ton grand-père gâteux et tu marcheras à son côté entre ces rangées d'assassins en uniforme.

Il se tourna alors vers moi et il ajouta :

– Me pardonneras-tu cette mise en scène devant les Allemands, mon petit-fils ?

Je suis tombé dans ses bras.

Les sauf-conduits ont fait l'objet de tractations infamantes de la part des autorités allemandes. Voir s'échapper toute cette famille de Juifs devait les ulcérer. Freud ne réussit pas à convaincre ses sœurs, très âgées, de la nécessité de le suivre, et les autorités françaises refusèrent de leur accorder le droit d'immigration. Le 4 juin, nous devions quitter Vienne par l'Orient-Express en direction de Paris. Comme l'avait prédit Freud, les SA nous firent une haie d'honneur dans la gare... Nous étions vissés l'un à l'autre. Anna et Paula soutenaient Mme Freud, et le reste de la famille suivait, tâchant de ne pas céder à la panique.

L'ambassadeur américain avait tenu à nous accompagner pour vérifier que les Allemands ne nous réservaient pas une surprise de dernière minute. Il fut retenu au contrôle des billets. Nous allions monter dans le train lorsqu'un agent de la Gestapo nous barra le passage.

– Monsieur Freud, je vous serais obligé de remplir une petite formalité.

Freud resta très calme, mais je sais qu'il eut la même pensée que moi. S'il nous demandait nos papiers d'identité, nous étions perdus. Marie Bonaparte avait réussi à m'obtenir un sauf-conduit au nom de Heinz-Rudolf Halberstadt, le petit-fils de Freud, mais nous n'avions pas pu nous procurer une fausse pièce d'identité. L'agent de la Gestapo sortit un porte-documents et ajouta :

– Monsieur Freud, je vous serais reconnaissant de bien vouloir apposer votre signature sur ce document.

Le document en question certifiait que M. Freud et sa famille avaient été bien traités par la Gestapo, qu'il avait pu vivre et travailler à Vienne jusqu'à son départ en parfaite liberté, bref, qu'il n'avait aucune raison de se plaindre. Freud n'hésita pas un instant. Il sortit son stylo Mont-Blanc et signa, en ajoutant au bas du document : « Je puis recommander chaleureusement la Gestapo à tous. » L'agent de la Gestapo empocha le document sans sourciller, et nous souhaita bon voyage.

– Si cela ne tenait qu'à moi, vous prendriez un train dans une autre direction, et vous seriez bientôt « Nacht und Nebel », comme tous ceux de votre espèce.

« Nacht und Nebel », monsieur Kennaway, veut dire « Nuit et Brouillard » en allemand. Je pâlis en recevant ainsi la certitude que mes parents avaient été envoyés eux aussi dans ces camps de concentration sur lesquels déjà couraient des rumeurs atroces.

Je sentis mes jambes flancher, et ce fut Freud qui me hissa dans le compartiment.

Ensuite, tout alla très vite. Paris, où nous retrouvâmes pour quelques heures « la Princesse », Marie Bonaparte… Puis la traversée de nuit jusqu'à Douvres. Nous fûmes fêtés comme des héros à notre arrivée à Londres. Freud nous demanda de garder le secret sur ma véritable identité pour éviter que les Allemands n'exercent des représailles sur ses sœurs et son médecin personnel, retenu en Autriche par une malencontreuse crise d'appendicite. Freud ne pouvait se douter que ses quatre sœurs mourraient toutes en camp de concentration ou sous les balles allemandes…

Nous nous installâmes à Maresfield Gardens, mais la fatigue de ce dernier voyage avait été trop grande pour Freud… Anna et moi veillâmes sur lui à tour de rôle pendant ses ultimes mois de souffrance. Son cancer de la mâchoire avait atteint un stade incurable, et ses soins étaient de plus en plus pénibles. À la fin, il était défiguré par la maladie et la douleur. Le cancer avait atteint la joue et le plancher de l'orbite, et l'odeur était devenue tellement insupportable que même sa petite chienne refusait de l'approcher… »

La voix d'Eivind Lindström se brisa.

– Excusez-moi, monsieur Kennaway, de vous parler de cela…

Pour toute réponse, Francis sortit sa main de sous les draps et la posa sur le bras de Lindström.

– Quand j'ai compris, reprit Lindström, quand j'ai compris que la mort, même pour un homme aussi remarquable et aussi bon que lui, était cet océan de souffrance indescriptible… j'ai cessé de croire en Dieu, monsieur Kennaway. Il était inadmissible que le dieu de mes ancêtres ou le dieu des chrétiens ait toléré la mort de mes parents, la mort de Freud dans des conditions aussi atroces, la mort de millions d'hommes au nom d'une idéologie grotesque... Alors, quand le docteur Schur a administré à Freud la dernière piqûre, je me suis assis à côté de lui avec Anna et sa femme, et j'ai remercié Freud de m'avoir prouvé que les hommes pouvaient prendre la place laissée vacante par les dieux... Je suppose que je n'arrêterai jamais de payer cette dette.

Lindström serra les mains de Francis dans les siennes puis se leva, comme s'il s'éveillait d'un songe.

Sylvia Fuchs alluma une cigarette. Les notes éparses de son livre jonchaient le bureau. Elle avait posé le magnétophone en équilibre sur une pile de documents afin de pouvoir en manipuler les touches plus facilement.

Et ce jeudi soir, elle avait, pour la première fois, réécouté la confession de Francis Kennaway en entier, se reportant aux maigres notes de ses entretiens passés avec lui, et aux coupures de presse qu'elle avait archivées pendant et après le procès.

Il lui apparaissait clairement que Francis avait simulé la folie pour éviter la prison. Mais pourquoi ? Et comment ? L'idée même que Francis ait pu commettre un meurtre était absurde. Et pourtant, il s'en accusait formellement à présent.

Le motif semblait se dessiner avec plus de netteté, et Sylvia en ressentait quelque fierté. Elle avait toujours pensé que si crime il y avait eu, ce n'avait pas été un crime de jalousie au sens usuel, mais bien un crime d'envie, signant l'impuissance créatrice de Francis face au génie de Childs.

La confession de Francis était émaillée de références à son sentiment d'infériorité vis-à-vis de Henry Childs, sentiment renforcé par le rapport de domination que Childs exerçait sur son entourage. Et la chute de Francis en tant qu'écrivain avait coïncidé avec sa mise à l'écart par Henry. Pourtant, là encore, un mystère subsistait. De tous les hommes qui avaient approché Henry Childs, Francis était le seul à avoir gardé une certaine dignité, à ne pas avoir été totalement détruit par le Maître.

Écartelé entre son amour fortement teinté de masochisme pour Henry, et le souvenir d'un père rigide, dont l'affection était indissociable de sa religiosité, Francis avait survécu en se réfugiant dans la névrose. La notion de sacrifice, de rituel imprégnait son œuvre et sa confession. À plusieurs reprises, il avait mentionné qu'il s'était senti investi d'une mission, que le meurtre de Childs était une purification.

Purification de ses propres péchés, de son homosexualité devenue insoutenable ? Les tableaux de Childs avaient-ils mis en scène ses rapports avec Kennaway de manière trop crue ? Sinon, pourquoi le provoquer en lui offrant en avant-première la vision de ces tableaux, qui avait acculé Francis à la panique ? Quel pitoyable secret Francis avait-il essayé de cacher en détruisant la galerie de tableaux et Henry Childs ?

L'affection de Sylvia pour Francis était chose récente. Au fil des années, elle avait ressenti une irritation parfois mal déguisée pour lui. Francis Kennaway détenait sans le savoir la clef de la prison de Sylvia, mais n'avait jamais voulu la lui donner. Et maintenant qu'elle approchait du but, elle était forcée de se rendre à l'évidence. Son livre sur Francis n'avait été qu'un prétexte pour tenter de repousser la nécessité de sa propre analyse. En jouant le rôle du thérapeute face à Francis, elle avait, malgré ses échecs répétés à le faire se confier, pris la place d'Eivind Lindström. Et vis-à-vis de Lindström, elle avait freiné la progression de son analyse, se battant pied à pied pour ne pas se dévoiler. Maintenant, Francis allait mourir, et n'avait de cesse que sa confession fût entendue. Sylvia se retrouvait seule à mentir, à fuir…

Sans même savoir ce qu'elle avait enterré si profond pendant toutes ces années.

Le téléphone sonna, et Sylvia décrocha, perdue dans ses pensées.

– C'est Lynch, docteur Fuchs... je suis de garde aux urgences. Je suis passé voir Kennaway et il demande à vous voir.

– Il est conscient ?

– Oui, oui, j'ai diminué les doses d'antalgiques parce que je crains une inhibition respiratoire... et il s'est réveillé cet après-midi. Il a vu le professeur Lindström, et il demande à vous parler.

– Merci, Simon. Tenez-moi au courant... Je vais passer le voir...

Sylvia reposa le téléphone et tenta de se calmer. Une vague de panique l'avait saisie quand Simon Lynch lui avait annoncé que Kennaway et Lindström s'étaient parlé. Elle avait beau se raisonner, rien ne parvenait à effacer la sensation infantile de culpabilité qui s'était emparée d'elle. Lindström savait-il qu'elle avait obtenu la confession de Francis ? En avait-il tiré les mêmes conclusions qu'elle ? Francis avait-il appris qu'elle avait manqué à sa promesse ? Que Byrne avait refusé de le soigner dans le service, qu'il allait être transféré en réanimation ?

Il fallait qu'elle voie Francis, qu'elle lui explique...

– Une autre nuit, docteur Fuchs...

– Pardon ? demanda Sylvia. Lorsqu'elle était entrée, Francis somnolait. Une part d'elle avait souhaité qu'il ne se réveille pas, qu'elle n'ait pas à l'affronter. Mais elle s'était assise et avait attendu.

– Je disais : encore une autre nuit.

– Vous souffrez ?

– C'est supportable. Par contre, j'ai de plus en

plus de mal à trouver mes mots par instants. C'est pour ça que je voulais vous voir.

Sylvia ne répondit pas. Elle attendait le verdict.

– J'ai terminé mon dernier roman cette nuit... Tenez...

Il retira la main de sous les draps et fouilla dans la table de nuit pour en extraire une cassette qu'il confia à Sylvia. Elle ne put s'empêcher de fixer son bras recouvert de fines cicatrices.

– Vous allez rentrer chez vous et lire... enfin, écouter ceci... Vous me le promettez ?

– Oui, Francis. Je vous le promets. Je suis désolée pour Byrne, pour...

Francis sourit. Un sourire las, fatigué, exsangue.

– Ce n'est rien, Sylvia... J'ai toujours voulu vous appeler Sylvia... C'est ma dernière chance de le faire, n'est-ce pas...

Sylvia acquiesça.

– Ne vous tracassez pas pour Byrne. C'est un bon médecin. Il a agi selon sa conscience.

Sylvia n'osa pas l'interrompre.

– Quant à moi, M. Lindström m'a rassuré cet après-midi. Je peux mourir maintenant.

Sylvia leva les yeux, stupéfaite :

– Il vous a...

– Il me garde dans le service. Mais ce n'est pas cela que je voulais vous dire, et je suis fatigué, Sylvia, excusez-moi.

Francis soupira, ferma les yeux un instant et continua :

– Vous allez écouter ce que je vous ai donné. Vous ne tenterez pas de me revoir, quoi qu'il arrive, avant ma mort. Promettez-le-moi.

– Mais pourquoi, Francis ?

– Parce que vous devrez faire face à certaines choses... terribles. Ce n'est pas par hasard que j'ai parlé de damnation, Sylvia. Il est des choses... Vous comprendrez, je l'espère. Lorsque vous aurez écouté ce qu'il y a là-dessus, quoi qu'il arrive, ne revenez pas me voir. Ne me demandez pas plus que ce qu'il y a là-dessus. J'ai rempli ma mission, et je veux pouvoir vivre ma mort en tâchant d'oublier ce que j'ai fait, ce que j'ai vu. Ces drogues... peuvent être un don du ciel ou un cauchemar. Je ne veux plus penser.

Sylvia fit oui de la tête. Francis leva lentement la main vers elle et caressa sa joue. Elle ne bougea pas, mais ses yeux s'emplirent de larmes.

– Ne pleurez pas, Sylvia. Il y a longtemps que personne n'a pleuré pour moi. Faites simplement ce que je vous ai demandé. Lorsque vous saurez, vous aurez deux solutions. Si vous refusez ce que je vous ai dit, si vous tentez de l'analyser, de l'interpréter, j'aurai perdu. Mais si vous me croyez, alors ne venez pas. Attendez qu'on vous appelle.

Sylvia secoua la tête doucement et murmura :

– Mais que voulez-vous que je fasse, Francis ?

– Vous saurez, Sylvia. Vous saurez. Quand vous saurez, tâchez de me pardonner.

– Vous êtes pardonné, Francis.

– Alors je peux dormir. Je vais retrouver mon père. Bonne vie, Sylvia.

TÉNÈBRES

Il neigea toute la nuit. Je m'éveillai au matin comme d'un mauvais rêve. Une lumière blafarde enveloppait Londres. Un couvercle de nuages gris surplombait la ville. La banalité de cette matinée maussade éclipsa les horreurs de la veille. Je m'enfonçai dans la tranquille sérénité d'un week-end morose, prenant presque plaisir à la bruine neigeuse sur les carreaux, aux aléas du chauffe-eau et à la nullité hebdomadaire des programmes de télévision. Je ne suis pas sorti ce samedi 12 décembre, invoquant le froid et le ciel gris pour ne pas m'aventurer au-dehors.
Par moments, les bruits des appartements voisins venaient troubler ma quiétude.
J'avais mangé quelques sandwiches dans le courant de l'après-midi, pendant trois heures infertiles où j'avais arrangé et réarrangé mes crayons et mes livres de références autour de ma feuille blanche. La nouvelle que, la veille encore, j'avais éprouvé tant de plaisir à écrire me laissait froid. Je n'éprouvais pour mes personnages qu'un sentiment de malaise indéfinissable. Je ne connaissais plus leurs pensées, leurs vices. Ils m'avaient été arrachés, et je me retrouvais seul avec ma machine à écrire.
Vers vingt-deux heures, après avoir tourné en rond en tâchant de trouver un prétexte pour ne pas me

rendre à une soirée où j'étais invité de longue date, je m'assis face au téléviseur et entrepris de m'oublier dans une énième vision de *Rebel without a Cause*. Je suivais les atermoiements amoureux de James Dean et de Nathalie Wood depuis une heure quand je fus pris d'un malaise soudain. Une sensation de faiblesse m'envahit. J'eus peur de perdre connaissance. J'étais couvert de sueur, je respirai avec difficulté. À l'autre bout de la pièce, James Dean continuait de crier. Ma vision s'obscurcit, et une image se superposa à l'écran, comme une intuition fugitive de ce qui nous attendait tous. Je fermai les yeux, révulsé, et appuyai sur la télécommande de l'appareil. Un présentateur de la BBC donnait les dernières nouvelles d'un air sombre. Ses paroles étaient couvertes par le martèlement sourd du sang dans mes tempes. La caméra filait le long de rues couvertes de neige. Des êtres informes y erraient, hagards, emmitouflés dans des manteaux luisants de pauvreté. Je me levai sur des jambes flageolantes et arrivai juste à temps dans la salle de bains pour y vomir ma peur. Je restai immobile, cramponné au lavabo, la tête sous le robinet d'eau froide. Le malaise s'estompa lentement, et, revenant à la réalité, j'appris par la voix tendue du présentateur que la Pologne venait de tomber aux mains des militaires.
Je ne dormis pas de la nuit, préférant rester assis devant l'écran gris de mon téléviseur allumé, à grand renfort de tasses de café, plutôt que d'affronter le sommeil et les rêves que je redoutais d'y rencontrer. J'étais dans un état de demi-torpeur, ce «*minuit de l'âme*» cher aux auteurs romantiques, où la réalité extérieure disparaît derrière un voile pour laisser place à la conscience intime de notre corps.
Il me semblait percevoir, lent, régulier, le flot du sang dans mes artères, comme un fleuve immense, torpide. J'eus des visions plus terribles que des rêves…

J'assistai, hébété, à la mort lente de tout un monde. C'était une apocalypse sourde, pleine de désespoir, de nausées, faite du dégoût de l'homme pour lui-même. Je n'étais pas en état de raisonner mes craintes ni de les affronter en terrain découvert. Tout au plus pouvais-je vivre et revivre, comme sous l'emprise d'une fièvre malsaine, l'agonie d'une civilisation confrontée pour la première fois à ses plus anciennes terreurs.

Au long de cette nuit interminable, cette agonie devint la mienne, menaçant d'annihiler mon âme, de me faire basculer dans la folie. Je fus secoué de sanglots qui résonnaient à mes oreilles comme autant de râles, parcouru par des spasmes atroces qui me tordaient sur le divan. Jamais de toute ma vie je n'avais atteint une telle extrémité dans l'horreur, et jamais je n'aurais pensé qu'un homme pût y survivre. Mais cet ultime refuge m'était désormais interdit. Vivre me répugnait, et l'idée de la mort était devenue insoutenable.

L'exposition de Henry devait ouvrir ses portes trois jours plus tard, dans la soirée du mercredi 16, lors d'un vernissage organisé par Kowalski dans une galerie dont il était propriétaire, sur Regent Street. Je savais pertinemment que je ne pourrais pas convaincre Henry de renoncer à cette exposition. Pourtant il me fallait essayer.

Tout au long de ce dimanche, je ressassai les arguments les plus absurdes, conscient de la futilité de mes efforts. Henry était un artiste, un visionnaire. La violence de ses dernières toiles, leur implacable leçon étaient gravées en moi, au plus profond de mon âme, et détruisaient lentement toute velléité d'opposition.

Henry m'appela vers dix-sept heures, alors que la neige s'était remise à tomber sur Londres. Je sus qu'il me fallait saisir cette opportunité unique. Kowalski devait aider Henry à disposer les toiles dans la galerie, mais il était injoignable. Personne ne devait voir les tableaux avant l'exposition, et Henry me demandait de le rejoindre pour terminer avant la nuit. D'une voix tremblante, je lui dis que j'arrivais. Je reposai le combiné et restai immobile, pris d'un brusque accès de faiblesse.

Je hélai un taxi à l'angle de Goswell et de City Road et me blottis à l'arrière, dos tourné au chauffeur, après lui avoir donné l'adresse de la galerie. Nous roulâmes lentement. Par la vitre, je voyais se dérouler dans la lueur des feux arrière la trace grisâtre de notre passage sur le linceul blanc qui enveloppait la ville. Arrivé à destination je me forçai à croiser le regard du chauffeur, à le dévisager. Je lui tendis un billet de dix livres. Autour de ses yeux étonnés, je vis ses chairs se flétrir, éclore en de hideuses excroissances. Je sortis du taxi et le vent me frappa de plein fouet, envoyant mon chapeau voler dans l'avenue, m'asphyxiant par sa force. Je fermai les yeux et avançai, courbé en deux, vers l'entrée de l'immeuble. Je pris l'ascenseur jusqu'au troisième étage, évitant de fixer trop longuement mon reflet dans le miroir. J'avais toujours détesté le teint blafard que me donnaient les néons, sans imaginer de quelle horreur il était l'avant-goût.

Henry avait baissé les lumières de la galerie, et lorsque je pénétrai dans le loft, je vis les toiles déjà accrochées aux murs. Il m'entendit entrer et me salua sans se retourner, en achevant de réaligner le portrait de James Dean. Je détournai mon regard et survolai le fatras de planches, de cordages et de cartons qui avait servi à transporter son grand œuvre.

– Alors, que penses-tu de ma collection ?

Les paroles de Henry me tirèrent de ma torpeur et

je lui fis face, décidé à lui avouer mes hantises. Je lus alors dans son regard, avant même d'avoir proféré le moindre son, sa satisfaction. Il savait d'avance ce que j'allais dire. En fait, il m'avait amené jusqu'ici pour me donner une dernière chance de m'humilier totalement. Je me lançai en avant avec la certitude intolérable de l'échec.

– Ils sont sublimes... ils sont sublimes, Henry. Mais c'est pour cette raison que tu dois les détruire. Si cette galerie ouvre mercredi... ce ne sera même pas une victoire, Henry, parce que plus personne ne s'en souviendra.

Henry m'écoutait, impassible.

– Je les ai vus, Henry, je les ai vus cette nuit... fuyant comme des bêtes lépreuses, s'emmurant dans la solitude. Depuis deux jours, je ne dors plus, je ne sors plus. Le corps est une plaie, Henry, que ta vision a rouverte. Tu ne dois pas le faire. Finalement, tu es allé plus loin qu'aucun autre peintre avant toi. Il faut les détruire, Henry.

Ma voix s'était faite suppliante.

– Tu es le plus grand. Tu n'as pas à le prouver. Il suffit qu'ils aient existé... Henry... ils resteront dans la mémoire silencieuse de Dieu... je témoignerai, si tu veux. Comme pour *L'Adoration des Bergers*... Je serai le témoin, le gardien de ton œuvre... et Kowalski aussi témoignera... nous dirons ce que nous avons vu...

– Kowalski est mourant.

Je tentai de parler, mais c'était comme si dans ma tête les rouages s'étaient soudain bloqués. Je fis un pas en arrière et m'affaissai dans un sofa, terrassé par l'excitation et la fièvre.

– J'ai réussi à joindre sa femme au téléphone. Il a fait une hémiplégie en début d'après-midi. Exit Kowalski... Cela va retarder un peu l'édition du catalogue, mais...

– C'est un signe, Henry ! C'est un signe !
Les yeux de Henry s'enflammèrent de haine et de mépris :
– Tu es prodigieux, Francis ! Prodigieux dans ta folie. Pour un peu, je me demanderais si ce n'est pas toi qui as supprimé Kowalski ! Nous serons les témoins de ton génie !… Non, Francis, il n'y aura pas besoin de témoins. Mes tableaux parleront d'eux-mêmes. Ils parleront à ce qu'il y a de plus profond en l'homme. Le dégoût, Francis. L'instinct de mort. Je leur donnerai enfin la vérité à regarder, Francis. Tu m'as toujours fait vomir avec tes velléités de rédemption, tes relents messianiques. Pense donc à ton père, et à ce qu'il aurait dit en voyant mon œuvre. Pense à eux tous, ces hommes d'Église pourris de bondieuserie… Quel carnage, Francis ! Quelle hécatombe !
Je secouai la tête en signe de négation, incapable de répondre. Henry continua :
– Mort, c'est mort, Francis. Je vais leur offrir les mystères des vers, tu entends. Je vais leur faire toucher l'indicible. Fini l'horreur romantique, les nostalgiques du gothique. Ton père est mort, Francis. Mes parents sont morts, ton Dieu est mort. Et nous-mêmes portons en nous les germes de notre pourriture. Nous sommes vermine, sanie, ulcères… Mort, c'est mort, Francis. Je les verrai s'effondrer comme tu t'écroules devant la vérité, comme Kowalski s'est écroulé…
Je pris ma tête dans mes mains, Henry se tut, et je n'entendis plus que sa respiration, rauque, malsaine. Je tâchais de maîtriser mon tremblement. Je le connaissais suffisamment pour savoir qu'à me voir ainsi avili à ses pieds, il devait être trop aveuglé par l'orgueil pour se méfier de moi. Je me redressai péniblement dans le fauteuil et lui demandai de l'alcool. Il eut un sourire méprisant et me désigna la cuisine. Je titubai jusque-là et me mis à chercher des verres

parmi les caisses d'alcool et d'apéritifs prévus pour le vernissage. Ma décision était prise. Henry devait être mis hors d'état de nuire. J'ouvris le placard à balais. Parmi les flacons de détergents et les produits de nettoyage, je trouvai ce que je cher-chais. La bouteille était là où je l'attendais, avec son emballage noir, rouge et or, comme un cognac millésimé.

Lorsque je pénétrai dans la galerie, Henry, le dos tourné, regardait la neige tomber sur Londres, à travers la baie vitrée. Du troisième étage, on pouvait voir les toits de Soho, jusqu'à la colonne de Piccadilly Circus, émergeant péniblement de la brume. La ville semblait retenir son souffle.

Je posai le plateau sur le bras du sofa et tendis un verre en direction de Henry. Il se retourna et me dévisagea. Ma détermination vacilla... Je sentais son regard, et autour de moi les regards de sa galerie de portraits fixés. Il savait... Ils avaient su dès mon entrée... Sans mot dire, Henry s'avança vers moi, et, évitant mon bras tendu et le verre que je lui offrais, prit le second verre sur le plateau. Il le fit tinter contre le mien.

– À ta santé, Francis.... murmura-t-il, et, guettant ma réaction, il porta le verre à ses lèvres. Je fis de même et, soudain conscient du froid qui régnait dans la pièce, je vidai mon verre d'un trait. Le visage de Henry se détendit et il m'imita.

Pendant d'interminables secondes nous restâmes face à face, silencieux, et je sentis, au centre de ma terreur et de ma confusion, une bouffée d'affection pour lui. C'était plus primal encore, d'ailleurs, le souvenir de notre amour, de la longue route parcourue ensemble. Puis, au moment où je commençai à penser que j'avais dû commettre une erreur, il desserra ses lèvres, contracta ses mâchoires comme un animal qui montre les dents. Ses yeux s'exorbitèrent. Henry

poussa un hurlement de rage et de douleur, un hurlement abominable. Des postillons sanguinolents m'éclaboussèrent le visage.
Tandis que je le regardais, atterré, incapable même de fuir, Henry se tint debout devant moi, immobile, lançant ce cri terrible qui emplit la pièce et me paralysa d'effroi. Un flot ininterrompu de sang et de glaires se mit à sourdre de sa bouche ouverte et de ses narines. Il esquissa un pas dans ma direction, étendit les bras, les paumes tournées vers le ciel, ses doigts tétanisés par la souffrance... Alors, tandis que sa voix se brisait en un gémissement liquide, tandis que ses cordes vocales rongées par la soude se désagrégeaient en un jaillissement de mucus, le hurlement fut repris autour de moi par trente voix différentes, amplifié, soutenu encore pendant quelques instants alors que Henry s'écroulait en avant, délogeant le plateau dans sa chute.
Je sentis mes jambes parcourues de tremblements et j'eus peur de tomber à mon tour, dans cette mare de sang et de whisky. Henry gisait sur le côté. Son œil gauche semblait me fixer encore à travers un film de sang. Je n'y décelai aucune peur, aucune haine. Mourant à mes pieds, il devait encore se sentir invincible. J'attendis un instant, puis son corps se détendit, et sa tête roula sur le sol avec un bruit mat. Alors seulement je levai les yeux sur les tableaux qui m'entouraient. Vers ces visages déformés qui avaient hurlé à la mort de leur Maître.
Je tombai d'une hauteur vertigineuse. Chacun de ces cadres renfermait un abysse, un gouffre où l'âme risquait de se perdre à jamais. Les affrontant pour la première fois depuis que j'avais pénétré dans la galerie, je pus constater que leur pouvoir de corruption était resté intact. Mon regard s'arrêta sur les portraits de Marilyn Monroe, de Hemingway, de Kennedy... Je luttai contre ma nausée et retournai à la cuisine

pour en revenir avec une bouteille d'alcool. J'aspergeai les murs de la galerie, puis terminai avec le contenu de quelques bouteilles de whisky que je sabrai contre les murs. Une intense sensation de faiblesse m'envahit. Drogué par les effluves de l'alcool, je me laissai tomber sur le sofa, évitant le corps de Henry. La douleur me transperça. Qu'avais-je fait ? Pourquoi l'avais-je tué ? Pour qui ?
Dans ma tête se bousculaient les visions des nuits précédentes, le souvenir de ma traversée nocturne de Londres, du dégoût viscéral que m'inspirait maintenant la vue, la simple présence d'un être humain.
Je les avais vus, docteur Fuchs. J'avais vu leurs visages décharnés où sous des orbites creuses, la peau en raidissant avait craqué, dessinant sur l'argile de leur chair des sourires obscènes. J'avais vu leurs narines béantes, d'où coulaient en sanies les restes de leur cerveau, leurs souvenirs enfouis. J'ai vu l'œil révulsé de Lennon, sous sa paupière torve, le grouillement organique des larves dans l'orbite vide de James Dean, la langue de Marilyn, offrande noirâtre et turgescente jaillissant entre des dents éclatantes, j'ai vu Kennedy, son crâne comme un puzzle oublié, son sourire mangé par les blattes et les champignons... Je les ai vus, docteur Fuchs, comme Henry Childs les avait peints dans l'orgueil de sa démence et de son génie. J'ai vu ce que les hommes ont toujours refusé d'affronter, le visage hideux et quotidien de nos corps faillibles, voués à la pourriture. Et derrière ces faces rongées de fungus, noires de lividités cadavériques, je voyais l'écho de leur âme capturée par l'artiste, enfermée dans la noirceur du tombeau et le flétrissement des chairs liquéfiées. Je les ai vus, docteur Fuchs, et j'ai entendu les hurlements de leur âme acculée à la folie, leurs cris de souffrance et de terreur. Chacun de ses tableaux semblait être doué d'une vie propre, d'un mouvement organique. Com-

ment décrire cela, docteur Fuchs ? Comment, avec mes mots d'écrivain raté, approcher même un instant l'intensité de cette révélation, qu'aucun dogme, aucune religion, aucune philosophie ne peuvent réduire au silence ? Il n'existe rien, en littérature, en peinture, qui atteigne la perfection de cette négation... Une éternité de souffrance... Pour déchirer le voile, il fallait le génie noir de Childs. Ce que le héros de Conrad aperçut *Au cœur des ténèbres*, Henry Childs l'avait rendu perceptible aux hommes. Non pas fugitivement, au moment de leur agonie, mais de façon tellement éclatante que personne n'aurait pu s'y soustraire. Ces tableaux seraient reproduits dans des journaux, des magazines, de par le monde. C'était un cauchemar plus puissant que les rêves de bonheur dont nous nous abreuvons quotidiennement, un cauchemar atroce, frisant la démence. Et une fois que je les eus vus, docteur Fuchs, je sus qu'au plus profond de moi-même j'avais perdu toute innocence, tout espoir de vivre comme avant. Le fardeau de cette révélation était trop monstrueux. Ils étaient morts, Fuchs, morts depuis des années, et pourtant leurs gémissements, leurs sanglots, leurs hurlements emplissaient la pièce, renvoyés de tableau en tableau comme dans une caverne pleine d'échos. Je sentais qu'ils me suivraient éternellement, que nous serions les protagonistes d'un supplice sans fin orchestré par le génie de Childs. Mais je voulais épargner aux hommes la souffrance morale qui avait pris possession de moi. Et surtout, docteur Fuchs, surtout, je voulais les faire taire.

L'odeur d'alcool emplissait la pièce, enivrante, nauséeuse. L'émotion de mon crime commençait à s'estomper pour laisser place à une lassitude extrême. J'avais envie de mourir. Il s'en fallut de peu que je

m'asperge d'essence pour parachever mon œuvre et disparaître avec Henry.
Je me laissai tomber à genoux et sortis de ma poche une boîte d'allumettes. Il me fallut plusieurs tentatives avant de réussir à mettre le feu aux rideaux. Les flammes léchèrent la moquette, coururent en zigzag le long des traînées d'alcool. Les toiles de Childs s'enflammèrent simultanément.
Je tentai de me relever, sans succès, et m'affalai en avant sur le sofa. Quelque chose glissa entre mes jambes. Aveuglé par la chaleur et la fumée, je tâchai de reprendre mes esprits. À travers la toile de mon pantalon, je sentis sur mes genoux l'humidité poisseuse du sang et des déjections de Henry. J'ouvris les yeux. Il avait disparu.
Au même instant, les vitres de la verrière explosèrent sous l'effet de la chaleur et des flammes. Des milliers de fragments de verre fondu tombèrent en pluie dans la pièce. Je sentis des flammèches acérées tomber sur ma nuque, mon dos. Je poussai un hurlement et me redressai.
L'incendie, ravivé par l'appel d'air, s'amplifia.
Au milieu de la galerie, Henry, arc-bouté sur ses jambes, semblait osciller dans la chaleur des flammes. Son visage se boursouflait. Ses cheveux avaient pris feu. Avec une lenteur exagérée, il agrippa le cadre de sa *Marilyn* encore indemne, et l'arracha du mur avec un cri rauque de souffrance. Il partit à la renverse, emporté par le poids du tableau qui s'abattit sur lui. Je vis alors, à la manière dont il se relevait, en se servant du cadre comme d'une béquille, que la peau de ses mains avait fusionné avec le métal rougi. Son visage souillé de sang séché et de bave se tordit en une hideuse grimace. Mû par un sentiment de pitié mêlé de révulsion, je hurlai son nom à travers le crépitement de l'incendie. Henry se dressa maladroitement et fit trois pas vers la baie vitrée avant de

retomber violemment sur le côté. À moitié suffoqué, je me mis à ramper vers lui sur la moquette parsemée d'esquilles de verre. Je balbutiai le nom de Henry, pleurant des larmes qui moururent en grésillant sur mon visage. La baie vitrée explosa à son tour. Henry s'était relevé. Il s'approchait du vide, traînant le tableau avec lui. Je réussis à agripper une de ses chevilles et levai les yeux vers lui, implorant son pardon. *Marilyn* s'abattit sur ma figure offerte, sans résistance, comme une masse. Mon nez et ma joue éclatèrent sous le choc. je voulus hurler, mais ma bouche s'emplit de sang, d'esquilles d'os et de dents. Aveuglé par le sang et la terreur, je tentai de m'accrocher à la jambe de Henry. Il abattit le cadre sur moi une nouvelle fois, de toutes ses forces, pour me faire lâcher prise. Des côtes se brisèrent sous l'impact. Une poigne de fer fouailla ma poitrine. Dans un dernier soubresaut, je lançai mon poing à travers le portrait. Mon avant-bras s'y engouffra entièrement, semblant s'enfoncer dans des entrailles molles, fumantes. L'espace d'un instant, le visage de Henry m'apparut à travers la toile détruite, comme superposé au visage de Marilyn, copie conforme et déchirante, chairs détruites et calcinées où se lisaient le tourment et l'approche de la mort. Puis Henry se jeta dans le vide. Entraîné par sa chute, je donnai de la tête dans l'encadrement de la fenêtre. Avec un bruit ignoble, la chair de ses mains calcinées se déchira du cadre, et Henry Childs sombra dans le tourbillon des flocons de neige, emportant dans la mort son secret et ses visions.

Le dernier vendredi

L'homme prit la tête de Sylvia entre ses mains et approcha ses lèvres de la bouche de la jeune fille. Le sable continuait à courir sur sa peau, à s'infiltrer dans ses narines, ses yeux, mais il ne semblait pas souffrir. Il entrouvrit les lèvres, et Sylvia crut un instant apercevoir quelque chose bouger à l'intérieur de la bouche de l'homme. Elle eut un mouvement de recul, mais les mains du voyageur enserraient sa tête. La langue de l'homme toucha ses lèvres…

Le téléphone sonna dans l'obscurité. Sylvia s'éveilla en sursaut. La sonnerie retentit à nouveau, toute proche. Elle décrocha le combiné et retomba sur le lit. Dans un demi-sommeil, elle murmura d'une voix terne :

– Allô ? C'est… c'est l'hôpital ?

– Je t'ai réveillée. Excuse-moi. C'est Colin…

Sylvia secoua la tête, fronça les sourcils. Le rêve se dissipa par bribes.

– Colin ?

– C'est moi, mon amour. Je sais qu'il est tard, mais il fallait que je t'appelle.

Sylvia resta silencieuse, interloquée.

– Je voudrais m'excuser pour la dernière fois. J'ai

hésité à te rappeler. Mais il fallait que je te parle... Dis-moi quelque chose, je t'en prie, murmura Colin.

– Colin, c'est vraiment toi ? demanda Sylvia. Ses doigts coururent sur la table de nuit, glissèrent le long du fil de la lampe jusqu'à l'interrupteur. Elle alluma. Ses vêtements étaient jetés à même le sol, tout comme elle les avait laissés en s'endormant.

– C'est moi, Sylvia. Je voulais te rappeler pour te dire... Mon cœur a besoin de toi, mon corps a besoin de toi, mon âme a besoin de toi. Je t'aime, Sylvia, j'ai envie de toi.

– Colin... (Sylvia gémit son nom), Colin, tu es soûl ?

– J'ai bu, mais ça n'a aucune importance. J'ai bu pour avoir le courage de t'appeler. C'est ridicule de s'être quittés comme ça. Tu m'obsèdes. J'ai besoin de toi. Je veux te voir jouir.

Sylvia sentit des picotements dans son bas-ventre. Ce qu'elle entendait en ce moment, elle l'avait attendu pendant plus de dix ans. Il va me revenir, songea-t-elle. Elle se mit à trembler.

– Colin ? Qu'est-ce que tu veux ? Je t'ai attendu si longtemps...

– On peut tout recommencer à zéro. Effacer nos erreurs... Si tu le veux...

– Oui... Oui... Je t'aime, tu sais... Pourquoi... pourquoi ce soir ?

– Je ne peux pas répondre, Sylvia. Je ne dors plus depuis l'autre nuit, j'ai besoin de toi.

– Oui. Oui. Je veux dire, c'est merveilleux.

– Je suis dans une cabine. Je peux être là dans une heure...

– Oui... Oui... Quelle heure est-il ?

– Deux heures du matin.

Sylvia resta silencieuse.

– Tu ne veux pas que je vienne ? demanda Colin.

– Non, non, ce n'est pas ça. C'est juste... c'est tellement inattendu... Mais viens, viens, je t'attends.

– J'arrive tout de suite.

Il raccrocha.

Sylvia reposa l'écouteur, éteignit. Elle somnola pendant quelques minutes et se réveilla, désorientée. Colin avait-il réellement appelé ? Elle ralluma, se leva et fit couler un bain pour lui, se brossa les dents. En attendant que la baignoire se remplisse, elle fit chauffer du café dans le percolateur.

Sylvia résista au désir d'allumer une cigarette et retourna dans sa chambre avec une tasse de café noir afin d'y mettre un peu d'ordre. Elle ramassa ses vêtements, les jeta pêle-mêle dans le panier de linge sale et arrêta l'eau du bain. De retour dans sa chambre, elle débrancha le mini-cassettes et le rangea. Elle ne s'était pas décidée à parler à Colin de la confession de Francis. Elle ressentait le besoin de partager son émotion avec quelqu'un, et Colin aurait été tout indiqué, mais une intuition l'en empêchait. Pourtant Colin aurait pu éclaircir des points sombres, la renseigner sur la véracité des dires de Francis…

Sylvia avait éprouvé un malaise intense à certains passages de la confession de Francis. La description des tableaux de Childs, en particulier, l'avait amenée au bord de la nausée. L'idée en était insoutenable, comme une photographie de charnier. Il était difficile de savoir si l'horreur tenait plus à l'image elle-même qu'à la notion de l'artiste, assis devant son chevalet, calculant ses effets, ses couleurs, à la lueur d'une inspiration morbide… Francis avait-il réellement vu cela ? Ou avait-il investi la peinture de Childs d'une puissance démoniaque qu'elle était loin de posséder ?

L'inspiration de Francis s'était tarie après sa rupture avec Henry Childs, tandis que celui-ci accumulait une œuvre aussi géniale que malsaine. Sylvia Fuchs avait du mal à admettre que Henry Childs ait représenté l'Antéchrist… L'écrivain ne s'était-il pas fabriqué un prétexte de toutes pièces pour expliquer sa déchéance ? Un prétexte aux connotations mystiques, fortement influencé par l'ambivalence de Francis vis-à-vis de la religion de son père ? Certains détails de la confession de Francis la faisaient cependant douter de cette explication. Son accent de vérité, et l'absence de propos discordants.

La seule chose que Francis lui avait demandée était de ne pas tenter d'analyser le discours d'un malade, mais simplement de s'ouvrir au désespoir d'un homme. Un homme qui allait mourir, et pour lequel elle avait ressenti une réelle tendresse. Pouvait-elle faire moins que d'accéder à cette dernière requête ? Mais pourquoi moi ? murmura-t-elle dans le silence de son appartement désert. Pourquoi moi ?...

Vers trois heures, Colin frappa à la porte. Sylvia jeta un rapide coup d'œil dans sa chambre puis alla lui ouvrir. Il se tenait adossé à la porte de l'ascenseur, son sac de voyage entre les jambes, les yeux mi-clos.

– Bonjour, dit-il d'une voix douce... ou plutôt bonne nuit...

Sylvia ne répondit pas. Elle sourit et s'effaça pour le laisser entrer.

– Tu m'as manqué, Sylvia. Si tu savais comme tu m'as manqué...

Colin déposa son bagage dans l'entrée. Il se tourna vers elle et, prenant la tête de Sylvia dans ses mains, embrassa son front, puis ses yeux, son nez, sa bouche... en poussant de petits gémissements de plaisir. Sylvia se laissa faire. Elle se détendit, savourant la lenteur et l'expérience de Colin, oubliant le passé. Ses baisers se posèrent sur ses seins, son ventre. Sylvia ouvrit les yeux. La porte du couloir était restée ouverte. Elle se mordit les lèvres pour ne pas gémir. La minuterie du palier s'éteignit. Colin laissa glisser ses mains le long des bras de Sylvia puis, l'agrippant par les poignets, se mit à genoux devant elle. Elle baissa son regard vers lui. La figure de Colin était couverte de sueur. Il était parcouru de tremblements.

Un instant, le souvenir de Byrne revint à l'esprit de Sylvia. Puis Colin colla sa bouche sur son slip et, fouillant comme un petit animal, sa langue s'enfonça en elle. Crucifiée contre le placard du couloir, Sylvia se laissa aller au plaisir.

Sylvia se réveilla vers sept heures, rompue de fatigue. À ses côtés, Colin dormait, allongé en travers du lit. Elle se redressa sur un coude, avec précaution, et le regarda dormir. Puis elle se leva, emporta le téléphone dans le couloir.

Elle composa le numéro du service de psychiatrie, demanda des nouvelles de Francis aux infirmières. Il dormait. Lynch avait augmenté les doses de morphiniques la veille au soir. Sylvia prévint les infirmières qu'elle arriverait vers onze heures et raccrocha. Elle se brossa les dents, se recoiffa, puis alla faire du café dans la cuisine.

Colin entendit claquer le placard de la cuisine. Depuis un moment, il oscillait entre veille et sommeil. L'odeur de Sylvia emplissait la pièce. Il glissa sa main droite sur son sexe durci et sourit dans la pénombre.

Sylvia entra dans la chambre, posa le plateau à terre. Elle ôta son tee-shirt et se glissa sous les draps. Colin gémit. Sa main ballotta entre les cuisses de Sylvia. Il était maintenant totalement éveillé. Il se colla contre elle en marmonnant et sa bouche effleura l'oreille de Sylvia. Il en dessina les contours avec sa langue, puis se mit à lécher à l'intérieur. Sylvia sourit et se lova contre lui.

Ils étaient assis tous deux à la table de la cuisine. Il était neuf heures trente, et les bruits de la circulation leur parvenaient de la rue.

– Tu es là jusqu'à la fin du week-end ? répéta Sylvia.

Colin eut un sourire complice :

– Nous avons trois jours devant nous. Je ne rentre à Manchester que lundi. Mon papier est prêt. Je l'ai fait parvenir par un ami.

Il prit la main de Sylvia et la porta à ses lèvres :

– Tu dois vraiment aller à l'hôpital ?

Sylvia fit la moue puis hocha la tête.

– Un de mes patients va très mal.

La main de Colin pressa doucement celle de Sylvia.

– Je comprends... Il doit être terrible de perdre quelqu'un auquel on s'est attaché.

Sylvia sentit monter les larmes. Elle serra les dents. Elle pleurait pour Francis. Elle pleurait pour la désinvolture avec laquelle Colin avait résumé sa propre situation. Il se méprit sur la cause de sa tristesse et se leva pour la serrer contre lui. Il n'aurait pas supporté de la voir pleurer maintenant. Pas avec ce qu'il allait faire.

– C'est quelqu'un que tu soignes depuis longtemps ?

– Oui, depuis cinq ans maintenant.

Sylvia renifla. Elle hésita puis rajouta :

– Rassieds-toi, ça va aller. Rassieds-toi, je t'en prie.

Colin obéit.

– Tu veux m'en parler ?

Sylvia fit un signe négatif de la tête.

– C'est une histoire très longue, très complexe...

Colin fronça légèrement les sourcils, en attente.

– Tu te souviens de Francis Kennaway, l'écrivain... ?

Elle lui raconta tout.

– Avant tout, je voudrais vous remercier pour Francis.

Lindström hocha la tête sans répondre.

Sylvia traversa la pièce jusqu'au divan et s'allongea. Il était près de quinze heures, et elle ne put s'empêcher de penser qu'elle perdait une heure précieuse de son temps avec Colin. Mais elle s'était sentie obligée de venir à sa séance d'analyse, ne serait-ce que pour remercier son chef de service. Elle tenta de faire le vide dans son esprit. Elle ne voulait pas parler à Lindström du retour de Colin. Pas encore. Eivind Lindström déplaça son fauteuil et vint s'asseoir à côté d'elle.

– Aujourd'hui, Sylvia, nous allons changer de méthode. Nous allons revenir en arrière, dans ton passé, mais aussi dans la pratique psychanalytique. Tu ne m'en voudras pas, j'espère, d'utiliser un accessoire aussi préhistorique que l'hypnose ?

Sylvia se sentit mal à l'aise, mais continua à sourire.

– Tu sais que Freud a utilisé l'hypnose au début de ses recherches pour tenter de vaincre certaines défenses de ses patients. C'est un moyen jugé aujourd'hui totalement inefficace, mais qui garde, à mon sens, une utilité ponctuelle... Dans ton cas, nous sommes confrontés à un mystère bien précis. Celui qui entoure le jour où, pour la première fois, tu as fait ce rêve récurrent. Je vais te demander de te détendre, de te relaxer, et je vais te faire remonter le temps, jusqu'à ce jour-là...

Sylvia hocha la tête. Elle sentait poindre en elle une panique incompréhensible.

– Je ne pense pas que nous aurons besoin de pendule...

Lindström sourit et se pencha vers elle.

– Ferme les yeux et écoute-moi...

Colin Clive referma le dernier tiroir de la commode. Exaspéré, il se laissa tomber dans une chaise et secoua la tête.

– Elle me fait chier, merde !

Il se redressa et donna un violent coup de pied dans un coussin. Il était près de quinze heures, et Sylvia n'allait pas tarder à rentrer. Il voulait simplement vérifier ses confidences, lire la confession de Kennaway. Il y avait sûrement un moyen de convaincre Sylvia de l'utilité de leur association… Mais pour cela, il lui fallait d'abord lire ses notes…

Lindström se retenait de faire le moindre bruit.

– Herbie me console… Il me prend dans ses bras et m'amène dans la chambre de maman. Il me dit que ce n'est qu'un mauvais rêve… Maman descend à la cuisine, et Herbie m'allonge sur le lit. Il allume la radio pour moi et nous écoutons la fin des informations. Le présentateur parle de l'expédition Fuchs. La reine a été réveillée par la nouvelle de la traversée à une heure du matin, et a anobli le docteur Fuchs à trois heures du matin, en direct sur la TSF. Herbie ne dit rien. Ça n'a pas l'air de l'intéresser. Il sent comme mon père. Je veux dire… les draps, la chambre sentent comme si mon père était encore là.

Sylvia sourit légèrement, les yeux fermés.

– Nous prenons le petit déjeuner dans la chambre. Maman me demande de lui raconter mon rêve. Maman est très superstitieuse. Herbie lui explique que ce n'est rien. Il lui propose de passer la journée à Londres, mais maman a trop de repassage à faire. Alors Herbie m'emmène. Il dit qu'il déteste faire la route seul.

Eivind Lindström déglutit péniblement.

– Nous partons pour Londres au cours de l'après-midi. Je m'endors dans la voiture à l'aller. Herbie me réveille quand nous passons sur la Tamise. Il me montre des bateaux, une église. Nous arrivons devant son bureau. Une rue de Soho. Il y a beaucoup de monde, c'est près d'un grand cinéma. Herbie m'amène dans une pâtisserie et demande à la dame de s'occuper de moi pendant qu'il va chercher ses affaires. Je prends un chocolat et des bonbons à la réglisse. Quand Herbie revient, il fait de gros yeux. Il me dit de ne rien dire à ma mère, qu'elle n'aimerait pas que je mange des trucs qui me gâtent les dents.

La voix de Sylvia était détendue, rêveuse. Pour la dixième fois, Lindström se demanda s'il avait raison de continuer.

Dans l'armoire de la salle de bains, Colin trouva un album de photos de Sylvia, et quelques-unes de ses lettres, à l'époque où ils s'étaient rencontrés, avant qu'elle vienne habiter à Londres avec lui. Il les parcourut avec une certaine amertume. Tant de choses séparaient l'expéditeur de ces lettres d'amour et l'homme qu'il était devenu.

– Pauvre con sinistre, pensa-t-il.

Il ne savait pas au juste à qui il s'adressait.

– Herbie dit que nous sommes en avance, et me propose de rentrer par un autre chemin. Nous roulons le long des quais, et il me montre plein de bateaux, me donne le nom de tous les ponts. Puis il me dit que nous allons faire un concours, tous les deux. Il me dit d'ouvrir grand la fenêtre et de respirer très fort. Il fait la même chose. Je ris, parce qu'il gonfle les joues et devient tout rouge. Nous prenons de la vitesse, et Herbie referme sa fenêtre, parce qu'il fait très froid. Nous approchons d'un grand tunnel sous la Tamise. Herbie m'explique que personne sauf lui ne peut retenir sa respiration tout le long de la traversée du tunnel.

Colin s'était assis par terre dans la salle de bains. Le parfum de Sylvia embaumait la pièce. Il ouvrit une boîte de photographies en vrac, à la recherche de nus de Sylvia qu'il avait réalisés dix ans auparavant. Il fut intrigué par une petite enveloppe brune, vierge. Il en sortit des coupures de journaux et commença à les parcourir. La plupart évoquaient une expédition en Antarctique, mais l'une d'elles attira son attention.

– Nous approchons de l'entrée du tunnel, et Herbie me dit de ne pas tricher. Au moment où la voiture commence à descendre, il prend une énorme inspiration, et moi aussi. Nous roulons très vite, et je regarde Herbie pour savoir s'il tient aussi bien que moi. D'abord, ça a l'air très facile, et puis je me rends compte que j'ai la tête qui tourne, et que la voiture ne remonte toujours pas...

Eivind Lindström observait Sylvia, guettant ses réactions. La voix de la jeune femme était plus sourde, comme semblant venir de très loin.

– J'ai des étoiles dans la tête, et le tunnel devient noir devant mes yeux. Herbie me regarde, l'air inquiet. Il arrête de jouer. Il ouvre la bouche et me dit quelque chose, mais j'ai des bourdonnements dans la tête, comme si j'étais dans du coton. Tout devient noir, et j'ai l'impression que nous sommes en train de rentrer dans mon rêve de cette nuit, dans la caverne. J'ai peur. Herbie met sa main sur ma joue.

Sylvia se crispa brusquement sur le divan et hurla :

– La lumière ! La lumière ! Maman, maman, la lumière !...

... dans le Blackwall Tunnel, dimanche après-midi aux alentours de dix-huit heures. Le trafic était encore fluide à cette heure, et l'accident semble dû à une défaillance humaine. Le conducteur de la Porsche,

monsieur Herbert Danforth (quarante-trois ans), de Dean Street, Soho, a perdu le contrôle de son véhicule à la sortie du tunnel sur la A 102. Le véhicule est venu percuter à pleine vitesse un camion de livraison de légumes et s'est encastré sous le châssis. Le conducteur du camion, monsieur Michael Carson (trente-deux ans), de Horseferry Road, Victoria, est sorti de son véhicule avec une légère blessure au visage, et a été confronté à un terrible spectacle. « Je suis descendu et j'ai vu cette masse sous mes roues arrière, comme un gros scarabée retourné. Les gens sortaient de leurs voitures. Quelqu'un m'a soutenu et je me suis laissé guider et asseoir par terre. Je saignais un peu mais pas beaucoup. Il y avait tellement de bruit, de gens qui couraient dans tous les sens, qu'on ne s'est pas rendu compte tout de suite de ce qui se passait. Et puis j'ai entendu des cris, des hurlements qui venaient de cette masse. Je me suis relevé avec l'homme qui m'avait aidé et j'ai marché jusqu'à l'arrière du camion. Je ne pensais pas qu'il pouvait y avoir quelqu'un de vivant là-dedans, vous comprenez ?... Et j'ai vu cette petite fille... Seigneur Dieu... cette petite fille coincée contre la portière du côté passager, qui hurlait, qui hurlait... Il n'y avait plus de pare-brise, il n'y avait plus rien. Cette voiture, c'était comme un chiffon tout plié... Et le conducteur de la Porsche était coincé sur elle, c'était atroce. Il y en avait partout. Cette gosse hurlait, et moi je ne savais pas quoi faire. Les gens criaient qu'il ne fallait pas y toucher. Mais la Porsche a commencé à brûler. Alors j'ai pris la petite fille et je l'ai tirée. Elle était couverte de sang mais c'était son sang à lui... Les flammes commençaient à attaquer l'intérieur, et pendant que je tirais la petite comme je pouvais, le conducteur... Il a ouvert les yeux. C'était... C'était la pire chose que j'ai jamais vue de ma vie... Il aurait dû être mort, vous comprenez ? Il avait la tête broyée, il était écrasé dans le moteur. Et sa main a serré la jambe de la petite fille. C'était affreux. Il ne disait rien. Il tirait sa jambe. Moi, je la tirais dehors. Il y avait les flammes partout. La gamine hurlait, les gens hurlaient. J'ai cru que j'allais devenir fou… C'était un cauchemar… Ce type, il a tenu pendant près d'une minute comme ça jusqu'à ce que j'arrive à le faire lâcher… La gamine, après ça, elle était comme morte. Il y avait cette odeur atroce de viande brûlée. Je vous le dis, moi, il y avait de quoi devenir fou. »

L'enfant, Sylvia Fuchs, de Haywards Heath, âgée de huit ans, a été conduite au Royal Hospital. Ses jours ne sont pas en danger. La circulation a été interrompue dans les deux sens dans le Blackwall Tunnel pendant trois heures.

Gabriel Byrne quitta l'hôpital vers dix-huit heures, après une transmission rapide à Marcus Wade. Il avait hésité à parler à son collègue du cas de Francis Kennaway. Si le service de psychiatrie demandait l'aide d'un réanimateur, Wade prendrait sa décision uniquement en fonction de critères médicaux. C'était sans doute beaucoup mieux ainsi.

Byrne ressentait une certaine amertume envers Sylvia Fuchs de l'avoir entraîné dans cette affaire. Il aurait préféré ignorer ce que son chef de service manigançait dans son bureau. C'était d'ailleurs plus ridicule que vraiment dangereux, même pour Lindström. Aucun de leurs collègues ne prêterait foi longtemps à la mise en scène que semblait préparer Sutcliffe. Quelle farce grotesque, songea Byrne. Il se demanda si Higgins ou Sutcliffe avaient jamais aimé une femme.

À vingt heures, Byrne gara sa voiture dans Roden Street et scruta son visage dans le rétroviseur intérieur. Il avait meilleure mine que la veille. La pensée de revoir Lindsey l'avait suivi toute la journée, de plus en plus envahissante. Puis, curieusement, dans la soirée, il s'était senti moins stressé. Il avait d'abord pensé prendre un tranquillisant léger avant la confrontation, mais en avait abandonné l'idée. Maintenant, il se sentait calme, sûr de lui. Il adressa un sourire à son image et sortit de la voiture.

L'Enkel Arms était tranquille pour un vendredi soir. Quelques habitués discutaient ferme avec la serveuse, et des rires fusaient de temps à autre de la salle de billard. Byrne commanda une Guinness, mit un disque d'Eurythmics sur le juke-box et s'installa dans un coin. Annie Lennox chantait la chanson de Lindsey, leur chanson :

« *I was born an original sinner, I was born from original sin... And if I had a dollar for everything I've done... I'd have a mountain of money piled up to my chin...* »

Lindsey arriva à l'heure pile. Le bar s'était rempli de jeunes gens qui avaient fui dans l'arrière-salle. Le clac sonore des boules de billard résonnait sporadiquement dans le pub, ponctué de sifflements ou d'applaudissements.

À l'instant où Lindsey entra dans le pub, la sérénité de Byrne s'envola. Elle s'était habillée de fringues informes, comme elle aimait le faire à la maison, mais Byrne fut frappé à nouveau par sa beauté. Personne ne pouvait porter avec autant d'allure des souliers noirs usés, un pantalon à carreaux froissé et un pull-over terne. Elle était sa femme. Il avait presque oublié combien il avait besoin d'elle.

Lindsey lui sourit et se fraya un chemin jusqu'à lui. Byrne se leva, puis stoppa son mouvement, se rassit, tandis qu'elle-même, un peu gênée, s'asseyait sur un tabouret en face.

– Bonjour, Gaby.
– Bonjour. Tu prends quoi ?
– Un Bloody Mary, s'il te plaît.

Byrne se leva et lui passa la main dans le cou, doucement, en se dirigeant vers le bar. Il revint avec deux verres.

– Tu as pris la même chose ?

– Oui, ça fait longtemps que j'avais envie de m'y remettre.

Elle sourit. Byrne buvait son visage, son sourire malhabile, se retenant avec peine d'approcher son visage d'elle pour la humer. Lindsey brisa le silence :

– La dernière fois que tu as essayé, ça ne s'est pas très bien passé…

– C'était le mélange… Je ne supporte pas le champagne.

Ils échangèrent un sourire complice, et se saisirent de leurs verres en même temps. Byrne leva le sien :

– Prosit.

– À nos amours, répondit Lindsey d'une voix mal assurée.

Ils burent en se regardant dans les yeux, et Lindsey lui adressa un clin d'œil. Byrne posa son verre et se jeta à l'eau :

– Alors ?

Lindsey joua un instant avec son verre puis dit :

– Je pars, Gaby.

– Je m'en suis rendu compte. Je ne t'arrêterai pas. J'aimerais seulement comprendre pourquoi.

La voix de Byrne était calme, sans reproche. Lindsey continua :

– C'est difficile à dire, Gaby. J'aurais dû partir depuis longtemps. Ces choses-là sont impossibles à raisonner. J'ai besoin d'être seule à nouveau, d'être moi-même.

– Et je t'en empêche ?

– Oui. Ce n'est pas ta faute. Tu as sans doute été le meilleur, le plus compréhensif. Je m'excuse pour ce que je t'ai fait endurer, pour les autres hommes, pour tout. Mais il faut que je parte, sinon ça ne fera qu'empirer. Je te ferai mal, et je finirai par t'en vouloir de souffrir à cause de moi.

Byrne eut une moue fataliste :

– Tu sais, j'ai bien tenu le coup jusqu'à présent. On pourrait essayer de continuer. Je ne m'en prendrai qu'à moi si ça ne marche pas…

Lindsey secoua la tête :

– Combien de fois, Gaby, combien de fois ?… Tu m'as dit ça cent fois, et cent fois, j'ai eu la faiblesse de t'écouter. Il est trop tard, mon chéri. Trop tard pour nous deux. Notre grand amour prolétarien est parti à la dérive. Sans doute par ma faute, mais qu'importe. Le résultat est là… Il est trop tard, Gaby. Tu ferais bien de ramasser ce qui te reste et de faire une croix sur ce que nous avons perdu.

Byrne hocha la tête lentement.

– Je comprends.

Le silence s'installa à nouveau à la table. Warren Zevon hurlait *Sentimental Hygiene*. Lindsey se leva pour aller aux toilettes. Byrne ne disait rien. La gorge serrée, il la regarda, buvant chaque détail d'elle. L'éclat de sa peau juste à la racine de la nuque, la pâleur de ses mains, la grâce enfantine de sa démarche… Lindsey disparut dans l'arrière-salle.

Les larmes vinrent tel un torrent. Byrne resta un moment immobile, stupéfait de l'intensité de sa douleur. Puis il se tassa sur le fauteuil et, conscient d'être ridicule, se laissa aller. Il fut secoué comme par un orage intérieur, incapable de se maîtriser. Ses sanglots étaient à peine couverts par la musique. Levant les yeux pour chercher Lindsey, il croisa le regard inquiet d'une jeune femme, au milieu d'un groupe de gens qui n'avaient encore rien remarqué. Byrne respirait avec difficulté. Il sortit un mouchoir de sa poche et tenta de s'essuyer, réussissant simplement à se barbouiller de larmes et de salive. Il plongea sa figure dans le mouchoir, ferma les yeux.

Il sentit la présence de Lindsey à côté de lui. Elle caressa ses cheveux et, debout, appuya la tête de Byrne contre son ventre en murmurant : « Chut, chut... il ne faut pas... » Autour d'eux, les gens parlaient un peu trop fort, évitaient leur détresse. Petit à petit, Byrne réussit à se calmer. Ils restèrent encore une minute ainsi, désemparés. Puis il leva les yeux vers elle. Dans la chaleur et l'odeur de Lindsey, il murmura :

– Je t'aime. Pars tout de suite, je t'en prie.

Elle fit oui de la tête, glissa une dernière fois sa main sur la joue de Byrne et s'enfuit.

Le serveur se pencha à la table de Colin et de Sylvia.

– Tout va bien ?

Sylvia acquiesça et sourit dans le vague. L'Indien eut un petit mouvement de tête obséquieux et se retira.

– Tu n'as pas faim ? demanda Colin.

Sylvia secoua la tête. Elle aurait voulu pouvoir rassurer Colin, mais trop de choses se pressaient en elle depuis cet après-midi. Elle se sentait comme un surfeur sur la crête d'une vague immense qui roulait sous elle, grondante, pulvérisant sur son passage tous les mensonges du passé. C'était grisant, mais aussi terriblement effrayant. Lindström avait joué à l'apprenti sorcier, pensa-t-elle. Tous les faux-semblants, toutes les impostures s'effritaient. Mais que resterait-il d'elle après ce cataclysme... ?

Colin sourit d'un air navré et fit glisser le plat de Sylvia devant lui.

– Un poulet madras sur un agneau rogan josh... Avec les intestins que j'ai, ça va être une plongée au cœur des ténèbres... Apocalypse Now...

Sylvia resta silencieuse, et le sourire forcé quitta le visage de Colin.

– C'est ma proposition qui te met dans cet état ?

Tu sais, je n'insiste pas. Si tu veux écrire ton bouquin toute seule... moi, je voulais juste t'aider...

– Ce n'est pas ça, Colin, je...

– Parce que, écoute-moi, Sylvia, écoute-moi...

Colin posa ses couverts et prit son air convaincant :

– Écoute. Je sais que tu ne veux pas en faire un bouquin à sensation, et je comprends ça très bien. Mais il y a une grosse différence entre écrire pour un journal médical et pour un éditeur... Et là, je peux t'être utile. Sans compter que ça nous permettra de nous revoir, de travailler ensemble...

– Je sais, Colin, mais ce n'est pas le problème. J'aimerais que nous puissions travailler ensemble. Tu sais que rien ne me ferait autant plaisir. Mais je ne veux plus utiliser la confession de Francis.

Colin hocha la tête, incrédule.

– Je ne te comprends pas...

Sa voix devint sèche, cassante.

– Ça va faire cinq ans que tu cherches à t'échapper de cet hôpital, que tu mûris ton projet, que tu t'occupes de Kennaway... Et tu voudrais abandonner maintenant, alors que tu tiens la plus formidable histoire que l'on puisse imaginer...

– Je n'ai pas le droit, Colin. Je n'aurais jamais dû t'en parler.

– Je te remercie de ta confiance, Sylvia... Franchement, ça me fait très plaisir.

Sylvia ferma les yeux un instant. Je t'en prie, Colin, songea-t-elle, n'utilise pas les mots de maman... Colin but un verre de vin pour se calmer et lui prit la main.

– Excuse-moi, Sylvia. Je ne voulais pas te blesser.

– Je sais, Colin, je suis vraiment désolée.

– Pas autant que moi, Sylvia, pas autant que moi...

Colin emmena Sylvia au Café Pacifico, un cocktail-bar dont ils émergèrent vers une heure du matin.

Ils marchèrent sur Waterloo Bridge pour se dégriser. Colin prit la tête de Sylvia dans ses mains et, debout au milieu du pont, l'embrassa.

– Romantique, non ? dit-il après avoir détaché ses lèvres de celles de Sylvia…

– Romantique et alcoolisé…, pouffa-t-elle.

Elle se sentait légère, vide, heureuse, pour la première fois depuis longtemps. Leur petite altercation était oubliée. Elle sourit d'un air complice :

– Je veux que tu me ramènes à la maison et que tu me fasses jouir…

– Je vais étudier la question, répondit doctement Colin. Ça doit pouvoir se faire…

Ils rirent ensemble et retournèrent à la voiture.

– Je vais te proposer un marché, dit Colin.

Sylvia se tourna sur un coude et le regarda. Ils avaient fait l'amour deux fois, et elle ne sentait plus rien en dessous de la ceinture. Elle mourait d'envie d'une cigarette.

– Je te demande d'attendre demain soir pour prendre ta décision finale au sujet du livre et de Kennaway. OK ?

– Colin…, soupira Sylvia.

– Écoute-moi. Écoute-moi ou je te mords.

Elle rit.

– Écoute… Je ne suis pas insensible à ce que tu m'as raconté de ta relation avec Francis Kennaway. Je pense que tu éprouves un sentiment de culpabilité tout à fait explicable, et tout à fait irrationnel, envers lui. Non pas parce que tu vas publier sa confession, mais parce qu'il va mourir et que toi, tu vas vivre.

Sylvia lui fit signe de continuer.

– Kennaway est écrivain. Quoi qu'il dise de ses délires, ce n'est pas pour rien qu'il a décidé de te faire ces confidences. Surtout d'une manière aussi ouvertement littéraire. C'est un écrivain, et il ne veut pas mourir dans l'oubli. C'est clair. Il t'a séduite avec ses mots, avec son histoire. C'est son chant du cygne, si tu veux…

Sylvia se mordit les lèvres avant de dire, lentement, en cherchant ses mots :

– Tu n'as sans doute pas tort quand tu parles de culpabilité…

Colin l'écoutait dans un silence religieux.

– Je ne m'en suis rendu compte que très récemment. Aujourd'hui, en fait, au cours de mon analyse. Mais ça m'est difficile de t'expliquer tout cela d'un coup. Disons simplement que mes réticences à poursuivre mon métier et mon analyse avec Lindström… sont liées à certains événements de mon passé, et, bien que cela paraisse incroyable, sont très proches des visions de Francis.

– Explique-moi, dit Colin. Il avait posé sa main sur la hanche de Sylvia.

– Je ne sais pas encore pourquoi Francis s'est confié à moi. Peut-être pour s'en libérer, simplement, mais cela m'étonnerait. Par contre, je sais qu'il ne l'a pas fait pour que je le publie. C'était implicite depuis le début. Tu sais, j'ai toujours voulu cette confession de la part de Francis, je me suis accrochée à lui sans savoir pourquoi. Peut-être ai-je senti que nous avions quelque chose en commun… En tout cas, laisse-moi te faire une confidence, et ne ris pas, je t'en prie. Je crois qu'il a réellement vu ce qu'il décrit. Et je comprends qu'il ait tenté de supprimer la vision de Henry Childs… pour toujours…

– Mais c'est de la folie, murmura Colin.

– Je sais. J'ai toujours cru que Francis avait tué Childs pour des raisons que je réussirais à analyser, à décortiquer. Des motifs plus ou moins évidents, comme son impuissance créatrice, ou son attitude ambivalente vis-à-vis des interdits de son père. C'était fin, c'était très freudien. Ça aurait marché du tonnerre dans les milieux psy… Mais ça a l'inconvénient majeur d'être complètement faux. Francis a réellement vu ce qu'il appelle « Le Mal Ultime » dans les tableaux de Childs…

– Évidemment, il l'a vu, Sylvia. Mais enfin, il est évident qu'il l'y a projeté lui-même, enfin, son inconscient…

– Non, Colin. Il l'a vu.

– Tu te rends compte de ce que tu racontes ? Tu es en train de me dire que Francis Kennaway a vu l'Antéchrist… Le nombre de la Bête… 666… C'est du délire…

Colin se pencha sur elle et se mit à la caresser.

– Tu me fais peur, Sylvia. Tu ne vas pas bien. Ce n'est pas normal…

– Je vais très bien, Colin, je vais mieux que depuis… des années. En partie grâce à toi, et surtout grâce à Eivind. Je sais que ce que je te dis est incroyable. Mais j'en ai l'intime conviction. J'ignore ce qu'était la vision de Childs, mais je comprends pourquoi Francis a agi ainsi.

– Pourquoi s'est-il confié à toi, alors ?

La voix de Sylvia se fit songeuse.

– Peut-être parce que je pouvais le comprendre… Parce que j'étais marquée comme lui…

Colin poussa un gémissement.

– Mais c'est dingue, chérie. C'est du délire à deux…

Sylvia l'embrassa pour le faire taire, puis éteignit la lumière.

– Ne dis plus rien, Colin. Nous avons encore tout le week-end pour en discuter. Laisse faire le temps.

Colin soupira et posa son front sur la nuque de Sylvia. Je te donnerai un jour de plus, songea-t-il. Un jour.

Le dernier samedi

– Marcus, il faudrait que je vous parle.

Marcus Wade tourna la tête et se trouva confronté à Gabriel Byrne, hagard. Wade resta interdit un moment puis demanda :

– Ici ?

Byrne fit non de la tête. Autour d'eux, la salle de staff se vidait. Sutcliffe était absent le samedi matin, et la réunion, sous la houlette de Wade, s'était déroulée dans une ambiance de détente inhabituelle. Higgins, assis raide et droit à côté de la place vacante de son patron, avait essuyé sans mot dire les piques de Marcus Wade. Il avait été le premier à quitter la salle. Wade demanda :

– Je dois prendre une douche et être à la clinique dans vingt minutes. Vous me suivez dans la chambre de garde ?

– Oui, ce serait mieux, murmura Byrne.

– Je vous écoute, dit Marcus Wade en commençant à se déshabiller.

– Je ne sais pas comment vous allez le prendre... Je pense que nous avons les mêmes problèmes, parfois, vu la façon dont le docteur Sutcliffe tient le service...

Wade rit doucement :

– C'est la sous-estimation de l'année, mon vieux ! Ce type est un dingue, un paranoïaque de premier ordre. Ne me dites pas que vous avez mis quatre ans à vous en rendre compte ?

– Non. Écoutez, Marcus… c'est très sérieux, c'est très grave… ce que j'ai à vous dire…

Marcus Wade arrêta son mouvement, en équilibre instable sur un pied, et remit son pantalon.

– Bon, je vous écoute. Mais allez droit au but.

Il s'assit sur le rebord de la table de l'ordinateur, et Byrne continua :

– Higgins a été appelé dans le service de psychiatrie, il y a trois semaines approximativement, pour un malade qui a eu une chute sans perte de connaissance, avec traumatisme crânien, causée par un trouble aigu de l'équilibre. Le scanner a montré un glioblastome du cervelet, avec une extension au quatrième ventricule, inaccessible à la chirurgie ou aux thérapeutiques. Les psychiatres ont demandé notre aide pour permettre au patient de mourir dans leur service.

Wade leva un sourcil :

– Plutôt inhabituel de leur part…

– Ce patient, Francis Kennaway, est un écrivain célèbre, interné à la suite d'un meurtre probable, il y a six ans. Il présente des troubles délirants mineurs de type mystique, mais c'est un homme remarquablement intelligent, et je pense que le personnel soignant a dû s'attacher à lui. Je lui ai parlé, c'est lui-même qui a demandé au docteur Fuchs à rester dans le service…

Wade acquiesça.

– Pour des raisons que je n'ai d'abord pas comprises, Sutcliffe s'est opposé formellement à cette démarche, et m'a interdit d'apporter une aide quelconque aux psychiatres.

– Ce type est une merde, Byrne. Une merde cynique et ambitieuse…

– Attendez, ce n'est pas tout. Les psychiatres ont passé outre notre refus, et ont gardé le patient dans le service…

– Je ne regrette qu'une chose, mon vieux… c'est qu'ils ne m'aient pas appelé pendant une garde. Les consignes de Sutcliffe, ça fait longtemps que je n'en ai plus rien à foutre… Vous savez, ça fait sept ans que je prends des gardes ici. Sutcliffe a quelques cadavres dans son placard qu'il n'aimerait pas me voir sortir…

– J'aurais dû venir vous voir plus tôt. En tout cas, les psychiatres se sont débrouillés jusqu'à présent avec leur malade. Un de leurs résidents, Simon Lynch, prend des gardes chez nous de temps en temps. J'ai appris qu'il s'occupait de Kennaway et je me suis arrangé pour lui donner les renseignements qu'il désirait…, posologies, etc.

Marcus Wade secoua la tête et se mit à rire. Byrne s'arrêta de parler, eut un sourire pâle.

– Attendez, ce n'est malheureusement pas tout. Kennaway est encore vivant, mais il a sombré dans le coma depuis hier matin. Sa mort ne passera sans doute pas inaperçue dans les journaux. C'était un écrivain connu, et il y a eu cette histoire avec ce peintre…

– Je me souviens.

– Mercredi soir, pendant ma garde, je suis entré dans le secrétariat pour téléphoner à l'extérieur. Emmy ne ferme jamais le bureau quand elle sait que je suis de garde, malgré les ordres du patron. Trop souvent j'ai dû courir en pleine nuit et réveiller un appariteur de garde parce que le dossier d'un patient était enfermé dans le bureau de Sutcliffe…

– Vous prêchez un converti…

– Le docteur Fuchs avait très mal pris ma décision de ne pas aider son service… Elle m'a demandé de lui restituer les documents du scanner de Kennaway, que j'avais compulsés dimanche dernier… Elle a été très étonnée quand je lui ai dit ne pas les avoir empruntés, mais elle m'a cru. Du moins, je l'espère. Mercredi soir, je suis entré dans le bureau du patron et j'y ai trouvé le scanner de Kennaway, des photocopies de son dossier et de toutes ses prescriptions, ainsi que les notes du patron.

Marcus Wade écoutait Byrne, stupéfait. Il avait toujours apprécié le sérieux un peu terne de son collègue, mais ne l'aurait jamais cru capable d'être passé outre aux ordres de Sutcliffe ou d'avoir fouillé le bureau de son chef de service en pleine nuit.

– Je n'ai pas de preuves formelles, et je vous demande de n'utiliser ce que je vais vous dire qu'en cas de nécessité. Je pense, d'après ce que j'ai vu des notes de Sutcliffe, qu'il a donné des renseignements à un ou plusieurs journalistes afin qu'un scandale éclate dans le service de psychiatrie après la mort de Kennaway.

– Quoi ?

– Je sais que c'est dingue… Sutcliffe veut faire traîner dans les journaux la thèse suivante : Kennaway est atteint d'une tumeur cérébrale d'évolution lente, qui n'a jamais été diagnostiquée par le service de psychiatrie… il avait déjà cette tumeur quand il a tué son amant…

– Et c'est une tumeur cérébelleuse qui l'aurait poussé à tuer ce type il y a sept ans ? C'est du délire ! Ça ne tient pas la route… Pendant sept ans, cette tumeur aurait végété dans un coin sans expression neurologique à part des délires mystiques ? Ce n'est plus de la médecine, c'est du cirque…

– Justement, Marcus, c'est du cirque. Et il y a toutes les chances que ça marche comme au cirque.

– Pardon ?

– J'ai fait comme vous. J'ai d'abord cru que Sutcliffe s'était renseigné sur le cas de Francis Kennaway pour pouvoir faire courir quelques rumeurs plus ou moins dégueulasses sur Lindström dans l'hôpital... Mais j'y ai réfléchi cette nuit... et je me suis rendu compte que ça ne marcherait jamais, et surtout que Sutcliffe est trop malin pour tenter ce genre de coup qui peut aussi bien lui retomber dessus.

– Alors ?

– Dans ses notes, j'avais trouvé un numéro de téléphone. Ça m'est revenu cette nuit, et ce matin, j'ai essayé, au hasard, prêt à raccrocher si je m'étais trompé.

Marcus Wade hocha la tête, impatient.

– J'ai atterri à la rédaction du *Sun*...

– Ce torchon !...

Byrne acquiesça, silencieux.

– Bon Dieu, c'est dingue... c'est dingue... Et vous croyez qu'il aura filé le tuyau à ces pourris...

– Sans se nommer, certainement. Mais dans ce genre de torchon, personne ne vérifie les informations. Un écrivain homosexuel et meurtrier qui meurt d'une tumeur non diagnostiquée par ses médecins...

– Tumeur qui l'aurait poussé au crime, bien sûr... C'est tellement ignoble que ça en serait presque génial... Dites-moi, Byrne, pourquoi me racontez-vous tout ça ?

Byrne hésita, visiblement pris de court :

– Il fallait que quelqu'un d'autre que moi le sache. On ne sait jamais.

– Du calme, ne versez pas dans la paranoïa. Sutcliffe, ce n'est tout de même pas la Mafia. Higgins ne va pas vous descendre dans le parking...

– Je sais. Mais je préfère que vous soyez au courant. Si mes soupçons se confirment, nous ne serons pas trop de deux pour arrêter ça.

Wade regarda sa montre :

– Merde ! Il faut vraiment que je parte. Je n'ai même pas le temps de prendre une douche... Écoutez, Byrne… Je suis vraiment touché que vous m'ayez choisi pour faire la peau de ce salaud. À vrai dire, je n'aurais jamais cru ça de vous… Vous êtes de garde tout le week-end, je crois.

Byrne fit signe que oui. Wade enchaîna :

– Je suis de garde mardi. Si jamais quelque chose se déclenche auparavant, vous me prévenez… D'accord…

– D'accord.

Marcus Wade secoua la tête :

– Vous ne pouvez pas savoir quel plaisir j'aurai à épingler cette ordure…

Il ramassa sa veste et son sac de voyage et s'éclipsa dans le couloir après un dernier regard d'admiration incrédule vers son collègue, qui resta seul dans la chambre de garde.

– J'espère que vous serez de taille, Marcus, murmura-t-il. J'espère que vous serez de taille.

– Qui est de garde en réanimation ce week-end ? demanda Eivind Lindström.

Sylvia, assise en face de lui dans son bureau, répondit :

– Gabriel Byrne.

– C'est toujours ça.

Ils venaient de terminer la visite, ce samedi midi, et ne s'étaient pas attardés dans la chambre de Francis. L'écrivain avait sombré dans le coma vendredi matin, et son état s'aggravait lentement. Lynch avait confirmé leurs craintes. La mort de Francis n'était plus qu'une question d'heures.

– Nous pourrions le transférer maintenant, reprit Lindström… Mais ça n'aurait de toute façon aucune utilité, et nous avons promis, n'est-ce pas ?

Sylvia acquiesça.

– Tu tiendras le coup ? demanda Lindström.

– Ne vous en faites pas. J'ai l'impression de flotter depuis hier, de glisser sur les événements…

– Fais attention à l'atterrissage…

– Je sais, répondit Sylvia. Quand je pense que toutes ces années, j'ai bâti autour de moi un mur de mensonges auquel j'ai moi-même fini par croire… simplement pour oublier la mort de Herbie…

– Sylvia, les traités d'analyse en sont pleins…

– Je sais, Eivind. Mais c'est différent d'avoir à faire face à ce genre de schémas quand ils vous sont propres…

– C'est le but de l'analyse, reprit Lindström. Sylvia passa les mains sur sa figure, soupira :

– Demain, j'irai voir maman. Il faut que je fasse table rase de tout ça…

– Elle n'est pas à Manchester ?

Sylvia sourit :

– Encore un mensonge. Je l'ai vue tous les dimanches ou presque depuis des années. Elle habite toujours en banlieue, à Haywards Heath.

Lindström fit mine d'être horrifié :

– Mon Dieu, Sylvia, tu ne vas pas me dire que tu mentais à ton analyste ?

– Disons que c'était une omission…

Ils se regardèrent en souriant, détendus, et Lindström reprit :

– Que comptes-tu dire à ta mère ?

Sylvia hésita :

– La vérité… que je ne suis pour rien dans la mort de Herbie. Que mon rêve prémonitoire était une coïncidence, et que je n'en suis pas responsable. Qu'elle est maintenant un peu trop vieille pour continuer à me détester, et que de toute façon, je n'accepte plus les règles du jeu… Notre relation pendant toutes ces années a été basée sur mon acceptation de cette culpabilité que je ressentais inconsciemment envers elle. Maintenant je sais que je n'ai rien fait de mal…

Lindström hocha la tête :

– Tu sais, j'ai eu très peur hier d'être allé trop loin, trop brutalement.

– Vous êtes un analyste merveilleux.

– Chapitre numéro deux : le transfert, et comment s'en débarrasser.

Sylvia rit.

– Il va falloir que j'y aille, dit Lindström. Agnieshka m'attend. Nous devons être à Southend à quinze heures. J'ai laissé mes coordonnées à l'hôtel aux infirmières. Si jamais tu as un problème avec Francis, tu peux m'appeler, mais je pense que…

– Ce ne sera pas nécessaire, Eivind.

Lindström hésita un instant, puis :

– Et ton livre ?

– Vous étiez au courant aussi ?

– Tu m'en avais touché quelques mots au début, et quand tu as vu que j'étais réticent, tu as noyé le poisson et tu ne m'en as plus parlé. Mais je sentais bien que ton insistance à garder Francis dans le service était une façon d'échapper à ton analyse…

– Vous aviez raison. J'avais passé une sorte de marché avec Francis.

– Et quelle en est la conclusion ?

– Je ne sais pas. Pas de livre en tout cas. Ça restera entre lui et moi. J'espère seulement lui avoir apporté un dixième de ce qu'il m'a donné.

Lindström se leva et fit le tour du bureau. Il embrassa doucement Sylvia sur le front, lui serra l'épaule et sortit.

Quand Sylvia rentra chez elle, Colin l'attendait en buvant un whisky dans le salon. Il écoutait la *Sinfonia Antarctica*. Sylvia s'assit au pied de son fauteuil, lui enserra les genoux et dit sur un ton de reproche amusé :

– Colin… la musique est trop forte… les voisins…

Colin la regarda, l'air hébété, comme sortant d'un songe :

– Les voisins ? Quels voisins ?… Les Norvégiens auraient-ils planté leur tente pendant la nuit… Amundsen, c'est vous ?

Il se mit à hurler, comme pris dans une tempête, gesticulant avec sa main libre :

– Je ne regrette pas ce voyage ! Certes, nous avons pris des risques ! Nous savions que c'était dangereux ! Le sort s'est retourné contre nous, mais nous n'avons aucune raison de nous plaindre !

Sylvia se tordait de rire sur le tapis, essayant de faire taire Colin. Déchaîné, il continuait à haranguer une foule visible de lui seul :

– Ça, messieurs, mesdames, mesdemoiselles, c'est le caractère britannique dans toute sa pureté ! Garder le front haut et les lèvres serrées devant l'adversité ! Une leçon, mesdames et messieurs, une leçon de courage et d'abnégation qui permet à notre candidat, monsieur Scott, de remporter le prix ultime : une mort glorieuse et solitaire pour l'honneur de la patrie ! On l'applaudit bien fort !

– Tu es vraiment cinglé, sourit Sylvia.

Colin roula des yeux fous, fit semblant de convulser et se laissa tomber sur elle, la couvrant de baisers.

– Une femme, une femme ! Six mois dans les immensités glacées sans voir une femme !

Sylvia fut prise de fou rire et, essayant de lui échapper, lui envoya un coup de genou dans l'entrejambe. Avec un bruit de baudruche dégonflée, Colin glissa sur le tapis, le souffle coupé. Sylvia, désemparée, lui prit la tête dans les mains. Il ahanait, blême, les dents serrées.

– Merde… merde… je vais vomir, merde…

Ils restèrent ainsi quelques instants, puis Colin laissa échapper un râle et se redressa doucement.

– Ça va aller, ce n'est pas grave. Qui a besoin de deux testicules, de toute façon ?

Sylvia se mordit les lèvres :

– Écoute, vraiment, je suis désolée. Je ne l'ai pas fait exprès. Je t'ai fait très mal ?

– Non, non… Je me fais exploser les couilles une ou deux fois par mois pour rester en forme.

Sylvia reprit :

– Tu veux un whisky ?

Colin fit oui de la tête et s'assit dans le fauteuil.

– Quelles nouvelles de l'hôpital ?

– Rien de particulier. Une matinée calme, comme tous les samedis…

– Et Kennaway ? demanda Colin.

Sylvia lui donna un whisky :

– C'est fini.

– Il est mort ? Colin se raidit dans le fauteuil.

– Non… mais il est dans le coma depuis hier. C'est une question d'heures maintenant.

– Et ils te préviendront s'il décède ?

– Oui, certainement…

– Je peux te parler sérieusement ? demanda Colin.

– Vas-y, je t'écoute.

– Tu ne me briseras pas mon dernier testicule, promis ?

Sylvia sourit, et Colin reprit :

– J'ai beaucoup réfléchi à ce que tu m'as dit de Kennaway. Je t'avoue que je ne partage pas tes certitudes sur le caractère messianique de son meurtre… mais je me place uniquement au niveau de sa confession. Je comprends que tu ne veuilles pas le trahir en publiant une confession qu'il voulait garder privée… mais je pense qu'il y a un moyen de te convaincre que ce n'était pas son but.

Sylvia soupira.

– Lequel ?

Colin hésita :

– Est-ce que tu voudrais me lire juste le passage où il est question de la mort de Kowalski ?

Sylvia se leva, agacée, et alla dans sa chambre. Colin resta seul un instant, son verre de whisky à la main. Raté, pensa-t-il. Elle n'ira pas se plaindre que je ne lui ai pas donné une chance.

Sylvia revint avec un magnétophone qu'elle posa sur la table basse. Elle jongla avec trois cassettes, alluma une cigarette et enclencha l'appareil. Elle chercha le passage concerné. Colin, silencieux, écoutait les bribes que crachait le magnétophone.

« *... j'eus des visions plus terribles que des rêves... Ils sont sublimes, Henry, mais c'est pour cette raison que tu dois les détruire...* »

Puis Sylvia revint légèrement en avant, augmenta le volume, et la voix de Francis Kennaway envahit la pièce :

« *... Kowalski aussi témoignera... nous dirons ce que nous avons vu... Kowalski est mourant... Je tentai de parler, mais c'était comme si dans ma tête les rouages s'étaient soudain bloqués. Je fis un pas en arrière et m'affaissai dans un sofa, terrassé par l'excitation et la fièvre... J'ai réussi à joindre sa femme au téléphone. Il a fait une hémiplégie en début d'après-midi. Exit Kowalski... Cela va retarder un peu l'édition du catalogue, mais... C'est un signe, Henry ! C'est un signe !... Les yeux de Henry s'enflammèrent de haine et de mépris... Tu es prodigieux, Francis ! Prodigieux dans ta folie... Pour un peu, je me demanderais...* »

Sylvia avait enclenché l'arrêt de l'appareil.

– Satisfait ?

Colin hésita un instant, esquissant un geste d'impuissance avec la main droite :

– Je ne savais pas que sa confession était sur cassettes. Je pensais qu'il te l'avait écrite. Mais c'est...

c'est encore plus fabuleux… Je veux dire… Sa voix a un pouvoir extraordinaire…

– Je sais ce que tu veux dire, murmura Sylvia.

– Et justement, je ne m'étonne plus du tout que tu l'aies suivi dans son « délire »… N'y vois pas d'ironie… C'est autre chose de le lire et de l'entendre raconter ça… Que diable faisait-il dans un service de psychiatrie ?…

– Il s'y cachait, Colin. Enfin, je crois que c'est ce qu'il a voulu me faire comprendre…

– Je m'excuse, je n'aurais pas dû te demander ça aujourd'hui.

– Ce n'est pas grave, dit Sylvia. Mais pourquoi voulais-tu entendre ce passage-là ?

– Parce que j'ai connu Viktor Kowalski dans le temps, Sylvia, quand je tâchais de faire publier mon roman… Et Kowalski est toujours en vie.

Colin avait ouvert la vitre du côté du passager. Ses cheveux étaient ébouriffés. De temps en temps, il passait la tête à l'extérieur de la voiture pour sécher la sueur qui lui coulait sur le front. Sylvia gardait les yeux fixés sur le trafic. Il était près de dix-sept heures, et ils avaient perdu une heure dans un embouteillage au nord de Gatwick. Elle regrettait de s'être laissé convaincre par Colin. Mais l'idée de voir Kowalski, de pouvoir confirmer la confession de Francis, tout cela l'avait emporté sur sa fatigue. Maintenant, elle avait hâte d'arriver.

– Tu es sûr que c'est ici ? demanda Sylvia.

– Rez-de-chaussée, Clermont Court, Clermont Road. Elle m'a dit que c'était près de la gare de Preston Park. La voie passe juste en haut de la rue.

– Kowalski est marié ?

– Je crois, mais c'est sa mère que j'ai eue au téléphone, répondit Colin.

– Sa mère ? Sylvia se tourna vers Colin dans la voiture. Je croyais que tu lui avais parlé directement...

Colin sourit, visiblement mal à l'aise :

– C'est sa mère qui s'occupe de prendre ses rendez-vous.

Sylvia ne put réprimer une moue dubitative.

– On y va, ou on continue de cuire dans la voiture ? demanda Colin.

La porte s'ouvrit au premier coup de sonnette. Mme Kowalski passa la main dans ses cheveux et fit signe à Sylvia d'entrer. Colin la suivit dans le vestibule. L'appartement était sombre. Tous les volets étaient fermés. Sylvia ôta ses lunettes de soleil, sourit à son hôte. Mme Kowalski rompit le silence :

– Vous êtes la femme médecin, n'est-ce pas ?

Sylvia hésita un instant, et Colin répondit :

– Mme Fuchs est médecin à l'hôpital de Lakeview, à Londres. Et comme je vous l'ai dit au téléphone, je suis moi-même un ami de Viktor.

– C'est étrange, votre nom ne me rappelle rien..., dit Mme Kowalski.

– Oui, je comprends. Malheureusement, dans notre métier, on se perd facilement de vue... Et les mauvaises langues... J'ai cru pendant longtemps que Viktor était mort...

Mme Kowalski tressaillit.

– Viktor est-il là ? reprit Colin après un instant de gêne.

– Je vais voir s'il est réveillé, reprit la vieille femme.

Elle disparut dans le salon, laissant Colin et Sylvia seuls dans la pénombre. Sylvia se retourna vers Colin :

– Qu'as-tu raconté à cette femme ?

Colin haussa les épaules :

– Ça n'a pas d'importance. Je t'expliquerai plus tard.

– Je veux que tu m'expliques immédiatement cette embrouille, reprit Sylvia d'un ton décidé.

– Tu voulais rencontrer Kowalski, oui ou merde ?

– J'ai l'impression que tu m'utilises un peu trop facilement, coupa Sylvia.

Elle se retourna sans lui laisser le temps de répondre, et attendit le retour de leur hôte. Mme Kowalski les appela du fond du salon. Sylvia et Colin traversèrent une pièce encombrée de meubles recouverts de couvertures et de housses avant de pénétrer dans la chambre de Kowalski. Sylvia blêmit.

Mme Kowalski avait entrouvert le store vénitien, et la lumière tombait à travers la pièce en filaments de poussière. Le lit de Viktor Kowalski avait été repoussé et sa mère avait dû l'asseoir seule dans un fauteuil roulant pour leur visite. Un crucifix trônait au-dessus de la commode.

Sylvia reconnut l'odeur d'éther et de pourriture qui flottait dans la pièce. Elle aurait pu être dans la chambre de Francis. Viktor Kowalski était assis, les cheveux gras peignés en arrière, le col de sa robe de chambre relevé pour cacher un pyjama taché. Son bras gauche pendait grotesquement sur le côté du fauteuil, et les traits de son visage semblaient avoir été tirés vers le bas et à moitié effacés. Les séquelles d'une hémiplégie massive, songea Sylvia. Puis son œil détecta une anomalie, et le doute s'insinua en elle.

– Voulez-vous rester seule pour examiner Viktor ? demanda Mme Kowalski.

Sylvia chercha Colin dans l'obscurité de la porte et le transperça du regard. Elle était certaine qu'il n'avait rien remarqué.

– Viktor peut-il s'exprimer, madame Kowalski ?

– Pas vraiment, docteur… Quelquefois, il arrive à me faire comprendre s'il a mal quelque part ou que sa nourriture est trop chaude…

Sylvia porta la main à son front. Elle aurait voulu hurler.

– Oui, madame. Si vous voulez nous laisser seuls quelques instants…

Mme Kowalski hocha la tête et s'éclipsa dans le salon. Sylvia la suivit des yeux puis referma la porte sur Colin avant qu'il ait pu entrer. Elle appuya son front sur le chambranle de la porte. Dans son dos, elle entendait la lourde respiration de Viktor Kowalski.

Elle lui fit face et avança jusqu'à lui. Elle s'agenouilla près du fauteuil et approcha ses lèvres de l'oreille de l'homme.

– Je viens de la part de Francis Kennaway.

Le regard de Viktor Kowalski resta fixé sur le plafond.

– Je veux vous parler de Henry Childs… vous vous souvenez de lui ?

Kowalski resta indifférent.

– Vous êtes le seul homme vivant à avoir vu les tableaux de Henry Childs. Francis Kennaway les a détruits le jour même où vous avez eu une attaque. Et Francis est mourant, monsieur Kowalski…

Sylvia se recula pour observer Kowalski. Il n'avait pas bougé d'un millimètre. Elle continua, au hasard :

– Francis Kennaway m'a parlé des tableaux de Childs. J'ai besoin de savoir si ce qu'il m'a dit est vrai. J'ai besoin de votre aide. Vous m'entendez ?

Kowalski respirait doucement, apparemment inconscient de la présence de Sylvia. Elle insista :

– Viktor, je sais ce que vous avez vu. Je sais comment vous vivez. Je veux vous aider…

Kowalski restait imperturbable.

– Viktor, je veux vous aider. Répondez-moi simplement par un signe… Les tableaux de Henry Childs, vous les avez vus ? Vous étiez censé produire le catalogue de son exposition… Vous les avez vus ?

Le silence pour seule réponse.

– Viktor, écoutez-moi. C'est très important. Il n'y a que Francis et vous, et Francis va bientôt mourir. Je sais que vous m'entendez… Je sais que vous souffrez… Je veux vous aider à en sortir…

Les lèvres de Kowalski frémirent. Une goutte de salive perla à la commissure. Sylvia plongea son regard dans celui de Kowalski. Le souvenir d'Oaklund, et la leçon de Lindström, lui revinrent à l'esprit. Mais là où, six ans auparavant, elle avait plongé dans un abysse, elle ne rencontra cette fois-ci que le désarroi et la souffrance de Kowalski.

– Parlez-moi, Viktor…

Une larme naquit sur la paupière de Kowalski et roula lentement, par à-coups, sur sa joue flasque, avant de se perdre dans les poils de sa barbe naissante. Sylvia prit dans sa main la main décharnée de Kowalski et hocha doucement la tête.

– Je reviendrai, murmura-t-elle.

– Madame Kowalski, j'aurais quelques questions à vous poser à propos de votre fils…, demanda Sylvia.

Colin, assis à la table de la cuisine avec une canette de bière à la main, avait esquissé un sourire complice à son entrée. Il se ravisa.

– Certainement, docteur, répondit Mme Kowalski.

Sylvia désigna du doigt la fenêtre de la cuisine :

– Nous pourrions peut-être discuter dans le jardin, si vous voulez ?

Mme Kowalski hocha la tête et obtempéra. Elle ouvrit la porte du jardin, et une bouffée d'air frais pénétra dans la cuisine. Dehors, l'après-midi sombrait vers le soir dans l'odeur des fleurs. Sylvia jeta un regard à Colin.

– Reste ici, je veux lui parler seule.

Elle sortit, descendit quelques marches et alla rejoindre Mme Kowalski dans le jardin. D'une maison voisine parvenait un air de jazz des années trente. L'air sentait l'herbe fraîchement coupée.

– J'aime bien descendre dans le jardin tous les soirs, dit Mme Kowalski, penchée en avant sur un rosier blanc dont elle détacha une fleur morte.

– Je comprends, dit Sylvia. C'est tellement calme.

Elle ferma les yeux et inspira profondément.

– Madame Kowalski… depuis quand Viktor est-il dans cet état ?

– Six ans, docteur. Depuis son attaque, il n'a rien récupéré. Pourtant, le médecin des urgences m'avait laissé espérer une amélioration avec le temps. Mais rien n'y fait.

– Vous vous occupez de lui depuis six ans ?

– D'abord avec sa femme, mais elle est partie peu après son retour à la maison. Alors, j'ai ramené Viktor ici, chez nous. Mon mari est mort en 1960, vous voyez, alors Viktor est devenu mon compagnon…

Sylvia sourit :

– Il est toujours suivi à l'hôpital ?

– Non, non. Ils disent n'importe quoi pour me cacher qu'ils n'arrivent à rien avec lui. Mais je vois bien le résultat !

Mme Kowalski hocha la tête énergiquement. Sylvia jeta un œil vers la maison, prit sa respiration et se lança :

– Ils disent qu'il n'a rien ?

Mme Kowalski jeta un regard effrayé à Sylvia.

– Ils disent que c'est uniquement dans sa tête maintenant ?

Mme Kowalski acquiesça en silence. Ses lèvres tremblaient.

– Je sais que c'est dur à admettre, madame Kowalski, mais je crois qu'ils n'ont pas tout à fait tort…

– Mais pourquoi ? Pourquoi mon Viktor…

– C'est très long à vous expliquer, madame

Kowalski. Peut-être Viktor a-t-il subi un choc qu'il n'a pas pu affronter, et peut-être sa maladie est-elle un moyen d'échapper à ce choc…

– Comment le savez-vous ?

– Je ne peux pas l'affirmer, madame Kowalski. Je ne sais pas. Mais il suffit à un médecin de regarder Viktor pour se rendre compte que quelque chose ne va pas. Il est paralysé du côté gauche, n'est-ce pas ?… La figure, le bras, la jambe…

Sylvia soupira :

– Vous savez, le cerveau humain est plus complexe que cela. Sa paralysie ne correspond à rien de neurologique. Il a sans doute eu une attaque cérébrale, comme vous dites, mais ensuite, il s'est retranché derrière la maladie en aggravant son handicap…

– Pourquoi, docteur ? Pourquoi ?

Mme Kowalski serrait les poings, perdue dans son tablier gris au milieu des rosiers.

– Parce qu'il a dû faire face à quelque chose de terrible… qui l'a détruit. Mais je ne peux pas vous en dire plus maintenant. Si vous voulez, je reviendrai pour parler à Viktor, et j'essaierai de l'aider à se sortir de là.

– Vous croyez que c'est encore possible ? demanda Mme Kowalski.

Sylvia hésita. Le visage de maman, revêche, fermé, lourd de ressentiment, se superposa un instant au visage de Mme Kowalski, nu dans son impuissance et sa douleur.

– Oui. Oui, maintenant tout est possible.

Tout le long du voyage de retour, Sylvia n'avait pas ouvert la bouche. Colin chantonnait un air de David Bowie, les yeux fixés sur le paysage. Il n'avait pas osé demander à Sylvia ce qu'elle avait conclu de son entrevue avec Mme Kowalski.

La mère de Viktor Kowalski s'était d'abord montrée très réticente au téléphone, malgré les protestations d'amitié de Colin. Elle refusait de rencontrer des journalistes. Viktor ne pouvait pas répondre au téléphone. Il était très fatigué. Colin avait insisté, avait expliqué qu'une de ses amies, le docteur Sylvia Fuchs, désirait voir Viktor. Mme Kowalski avait tout de suite changé de ton. À l'évidence, la perspective de recevoir un médecin à domicile l'avait convaincue.

Colin avait hésité à confier à Sylvia ce qu'il savait de l'état de Viktor Kowalski. Une de leurs anciennes relations lui avait donné les coordonnées de l'ancien conseiller littéraire, sans lui cacher qu'il n'y avait sans doute rien à en tirer. Mais la compagnie de Sylvia était une aubaine, et Colin avait réussi à faire trois photographies de Kowalski pendant que les deux femmes étaient au jardin. Il lui restait maintenant à persuader Sylvia de la nécessité de leur association. Il lui fallait ce livre, Colin le sentait. C'était pour lui l'occasion unique, inespérée, de se faire connaître. Un ouvrage à la limite du documentaire et de la fiction, sensationnel mais non dénué de profondeur. Colin rendrait justice à Francis Kennaway, à sa folie... De nombreux écrivains s'étaient lancés avec succès dans des biographies romancées comme celle qu'il imaginait. Il avait sur eux un avantage inestimable. La confession du principal protagoniste... Il fallait que Sylvia cède.

La Rover approchait du South Circular, le périphérique de Londres, et la circulation devenait plus dense. Il était près de vingt et une heures. Colin jeta un regard furtif vers sa compagne, tout en continuant de faire semblant de s'intéresser au paysage.

Sylvia conduisait, le regard fixe. Autant la laisser se calmer, songea Colin. Sylvia n'avait certainement pas apprécié qu'il lui force la main pour la faire rencontrer Kowalski. Il fallait lui laisser le temps de mettre de l'ordre dans ses idées. Elle se débarrasserait de ses ridicules notions messianiques et réaliserait enfin ce qu'ils avaient entre les mains : une œuvre unique, mémorable...

– Ce soir, c'est moi qui t'invite au restaurant, dit Sylvia, rompant le silence.

Colin acquiesça et tapota une petite gigue à deux doigts sur le tableau de bord.

– Indien, italien, chinois ? ajouta Sylvia.

– Je ne sais pas. On est obligés d'aller chez des métèques ?

Sylvia fit la grimace, sans quitter des yeux la route.

– Il est tard, reprit Colin. On prend le premier qui se présente ?

Sylvia fit oui de la tête. Colin scruta les devantures pendant trente secondes :

– Akash Tandoori Restaurant. Un indien pas trop miteux, d'après ce que je peux en voir.

Sylvia jeta un œil en direction du restaurant, marmonna son assentiment et mit son clignotant à gauche. Elle semblait à la fois passive et étrangement distante. Colin se sentait mal à l'aise. Il n'osait pas aborder le problème de Kennaway tant que Sylvia n'en faisait pas mention. Il était sûr qu'elle réfléchissait à sa rencontre avec Kowalski, à la proposition de Colin, à la mort prochaine de l'écrivain. Il craignait qu'elle ne prenne sa décision sans qu'il puisse intervenir. Il savait intuitivement à quel point elle était vulnérable à ses arguments, et aurait voulu rattraper sa fausse manœuvre chez Kowalski.

Colin ouvrit la porte du restaurant pour Sylvia avec une sollicitude légèrement affectée, conscient d'une certaine gêne. Une bouffée de colère passa en lui. Il se força à se calmer. L'enjeu de la soirée était trop important. Mais il sentit confusément qu'il était prêt à l'aimer ou à la détester suivant la décision qu'elle prendrait.

Le restaurant était plein. Le serveur les installa au bar et leur servit un apéritif. Sylvia s'éclipsa vers les toilettes et en revint cinq minutes plus tard. Elle s'assit sur le tabouret à côté de Colin en se détournant légèrement de lui, comme si elle n'avait pas été accompagnée. Colin jeta un regard vers le miroir derrière le bar, passant rapidement en revue sa coiffure, ses vêtements. Une fine ombre de barbe recouvrait ses joues. Il avait plutôt l'air d'un aventurier que d'un journaliste, ce soir. Il se redressa sur son siège et se décida à ouvrir le feu :

– Alors ?

Sylvia se tourna vers lui, l'air interrogateur. Colin se retint avec difficulté, et reprit :

– Qu'est-ce que tu as pensé de ta visite ?

– Je ne sais pas. Kowalski n'a pas ouvert la bouche...

– Je t'avais prévenue. Mais enfin, il n'a pas l'air plus fou que toi ou moi. Il n'a pas non plus l'air d'avoir été touché par le doigt de Dieu.

Sylvia se retourna complètement vers Colin et le fixa dans les yeux. Il tenta d'échapper à la dureté de son regard par une boutade, sans y parvenir. Une peur irrationnelle, démesurée, s'empara de lui. Sylvia avait changé en l'espace de quarante-huit heures. Il secoua cette pensée défaitiste et se prépara à l'assaut.

– Je n'ai jamais prétendu que Francis a été touché par le doigt de Dieu, scanda-t-elle à voix basse en détachant bien les mots. Je dis simplement qu'il a été confronté à ses propres terreurs, et qu'il n'y était pas préparé. Comme Kowalski n'y était pas préparé. Mais là où l'un d'entre eux s'est retranché hors du monde réel, l'autre a tenté d'agir, de détruire son cauchemar...

– En assassinant son amant...

– Tu es vraiment malfaisant quand tu t'y mets...

Colin resta bouche bée.

– J'aimerais bien savoir ce que tu as raconté à cette pauvre femme pour la convaincre de nous montrer son fils… Que la grande doctoresse de Londres allait lui faire l'imposition des mains ?

– C'est toi qui as voulu voir Kowalski, je te signale. Je suis journaliste, moi. Je vais chercher l'information où elle se trouve. Je n'allais pas te laisser gâcher la chance de notre vie à cause de tes délires sur Kennaway.

À une table voisine, un homme leva les yeux dans leur direction, l'air inquiet. Colin baissa le ton :

– Excuse-moi d'être brusque, mais tu t'es laissé envoûter par ta relation avec Kennaway. Il serait temps que tu prennes un peu de recul par rapport à cette histoire…

– Ce n'est pas par rapport à Francis que je vais prendre du recul.

Colin marqua un temps d'arrêt, puis sourit cyniquement.

– Tu pourrais être un peu plus claire ?

– Tu veux que je te mette les points sur les i ? Depuis deux jours, tu me pousses à te dévoiler tout ce que je sais de Francis. Sans aucun respect ni pour lui ni pour mes sentiments. Cet après-midi, tu t'es servi de moi pour voir Kowalski. Pour quelles raisons, je l'ignore… Mais tu t'es servi de ma présence pour te faire introduire là-bas. Si tu pouvais assister à la mort de Francis en direct, tu aurais déjà acheté ton billet.

Colin repoussa son verre et sortit un billet de cinq livres de sa poche, qu'il posa sur le comptoir.

– Je me tire d'ici.

– Bon vent, murmura Sylvia. C'est moi qui ai les clefs de la voiture.

Colin hésita un instant. Elle reprit :

– Je n'ai pas besoin que tu me fasses la scène du trois dans un restaurant. Je te raccompagne.

Ils sortirent ensemble et marchèrent jusqu'à la voiture. Colin était désemparé. Son esclandre n'avait pas eu l'effet escompté. Il avait espéré que Sylvia faiblirait, comme il y était habitué.

– Je te ramène à la maison. Tu prendras tes affaires et je t'appellerai un taxi pour la gare, dit Sylvia en ouvrant sa portière.

Elle disparut dans la voiture et Colin resta seul un instant avec sa haine naissante.

Ils arrivèrent à l'appartement de Sylvia à dix heures et demie et Colin ramassa ses vêtements, incrédule. Sylvia arpentait la salle à manger en fumant cigarette sur cigarette. Ce n'est pas possible, pensa-t-il. C'est trop con de perdre si près du but…

– Je t'appelle un taxi ? demanda Sylvia de la pièce voisine.

Colin s'assit sur le rebord du lit. Pendant deux ans, après sa rupture avec Sylvia, il avait suivi des cours d'art dramatique dans l'espoir de faire jouer une de ses pièces de théâtre. Il calma sa respiration, appuya sa tête dans ses mains. Les larmes vinrent, d'abord rares, puis plus convaincantes. De la pièce voisine lui parvenait le pas nerveux, saccadé, de Sylvia. Il attendit, silencieux, tassé sur lui-même, qu'elle vienne le chercher.

Le dernier jour

Il avait neigé ce matin-là, Byrne s'en souvenait. Il avait passé la nuit du samedi au dimanche comme infirmier de garde au Whittington Hospital. La nuit avait été rude et il était sorti de l'hôpital avec sa tête des mauvais jours. Pas rasé ni douché. Il avait resserré le col de son manteau pour se protéger du froid et s'était laissé porter au fil des ruelles vers Hampstead Heath.

Il avait décidé de traverser le parc pour prendre le métro à la station de Hampstead, mais la curiosité le poussa, ce matin de dimanche blafard, à pénétrer dans Highgate Cemetery. Le vieux cimetière était silencieux, coupé du monde. Un ange de pierre recouvert de neige dressait sa forme fantomatique au-dessus des tombes blanches.

Byrne laissa errer son regard sur ce fabuleux paysage. Il était en plein centre de Londres, mais à cette heure matinale, il aurait pu traverser un conte des frères Grimm. Loin dans la brume, il apercevait les collines du parc. La neige assourdissait tous les bruits. Quand il aperçut la fille au pied du monument, Byrne crut d'abord à une apparition. Avec sa robe noire et son grand foulard mauve, elle ressemblait à une sorcière elfe.

Byrne s'arrêta. La fille avait le dos tourné. Un

moment, il chercha en vain ses traces de pas dans la neige et fut pris d'un frisson délicieux. Puis sa raison reprit le dessus. Il se dit qu'elle avait dû traverser le cimetière dans l'autre sens.

La fille restait immobile. Seule la vapeur de sa respiration rappelait qu'elle était vivante. Byrne reprit sa marche, les yeux fixés sur elle, étrangement ému. Arrivé à quelques mètres d'elle, il leva les yeux. La tête massive, imposante, de Karl Marx semblait le surveiller. La fille se retourna vers lui sans montrer sa surprise, et Byrne ressentit un coup au cœur. Subjugué, il resta incapable de dire un mot ou d'expliquer sa présence. Lindsey le dévisagea avec un petit sourire. Longtemps après, elle devait lui dire qu'elle l'avait pris pour un poète des rues ou un anarchiste, avec son manteau de garde rapiécé et sa barbe de deux jours. Karl Marx n'osa pas la détromper. Byrne non plus. Leur grand amour prolétarien, comme disait Lindsey, était né.

Il était cinq heures du matin, et Gabriel Byrne oscillait entre le sommeil et les souvenirs dans la chambre de garde de l'hôpital de Lakeview. Le temps des larmes était passé. Sur la table de nuit, il avait disposé le matériel de perfusion et les ampoules d'insuline. Allongé sur le lit, ruisselant de sueur dans l'obscurité, il fixait le rayon de lumière sous la porte du couloir.

Francis Kennaway s'appuya au mur du couloir et reprit son souffle. Il jeta un regard en arrière pour mesurer le chemin parcouru, mais ferma les yeux aussitôt.

Le couloir semblait s'étirer à l'infini, et les portes qu'il avait ouvertes l'une après l'autre s'étaient toutes refermées. Dans l'une d'elles, il avait surpris son père avec l'enfant qu'il avait été, lui apprenant à tenir un rasoir en main, mais n'avait pas osé les interrompre.

Francis étouffa un gémissement.

Je suis Francis Kennaway, écrivain. Je suis Francis Kennaway, écrivain.

La litanie le calma. Il posa sa main sur une poignée de porte au hasard. Elles étaient toutes identiques, et il avait fini par comprendre qu'il ne gagnerait rien à s'épuiser à avancer le long du couloir. Sa destinée viendrait à lui.

Il poussa la porte.

À l'intérieur, Sylvia Fuchs dormait. Elle était nue, et ses seins se soulevaient au rythme lent de sa respiration. Francis fit un pas dans la chambre et s'approcha du lit.

Un homme dormait à côté de Sylvia. Francis sourit légèrement et se pencha sur elle. Il huma le parfum délicat de sa peau. Sa bouche effleura les lèvres de Sylvia. Elle gémit doucement, et ses paupières frémirent.

Francis se releva, contourna le lit. L'homme avait les yeux ouverts. Francis s'approcha de lui, inquiet, et posa sa main sur le poignet de l'homme, avec réticence. Le contact fut bref. Francis recula, saisi de nausée. L'homme était rongé par sa propre médiocrité, sa haine. Il allait tromper Sylvia, Francis en était certain. Il allait lui faire mal. Mais l'écrivain ne pouvait plus rien faire, et il n'avait pas la possibilité de rester plus longtemps. Le temps pressait. Il avait parlé à Sylvia, il lui avait insufflé ce qu'il lui restait de force, d'amour.

Francis sortit de la chambre sans se retourner et parcourut encore quelques mètres dans le couloir, laissant sa main droite courir le long du mur. Ses mouvements étaient de plus en plus lents, de plus en plus pénibles.

La sonnerie du bip arracha Byrne au sommeil. Il alluma la lumière, consulta sa montre : il était cinq heures du matin, et appela le standard.

– Le réanimateur de garde, annonça-t-il d'une voix pâteuse.

– Le service de psychiatrie vous a fait appeler, monsieur, au 265.

Byrne se redressa sur le lit, totalement réveillé, et agrippa sa blouse sur le dossier de la chaise.

Il descendit les escaliers, la trousse de réanimation à la main, et parcourut le couloir du service de psychiatrie au petit trot. Un infirmier sortit de la chambre de Francis Kennaway :

– Je suis désolé de vous avoir fait déranger, mais on a un malade lourd dans le service, et je crois bien qu'il est en train de passer…

– Je sais, répondit Byrne.

Il entra dans la chambre, suivi de l'infirmier.

Francis Kennaway était allongé sur le lit, raide, le visage défiguré par un rictus. Byrne posa sa trousse sur le fauteuil, sortit de sa poche un stylo lumineux et braqua le faisceau sur les yeux de Francis. La pupille, totalement dilatée, resta immobile. Francis respirait péniblement, et tandis que Byrne le découvrait pour l'examiner, son corps fut parcouru de tremblements.

– Sa perfusion est bouchée, monsieur, dit l'infirmier. J'allais en poser une autre.

Byrne secoua la tête :

– Merci, je m'en occupe. Il réfléchit un instant et ajouta :

– Prévenez le docteur Fuchs par téléphone.

– Chez elle ?

Byrne acquiesça et resta seul avec Francis Kennaway. Le corps de l'écrivain était crispé, recouvert de sueur, ses avant-bras recroquevillés, enroulés sur eux-mêmes. Byrne continua l'examen de Francis, méthodiquement, notant la déshydratation, la respiration saccadée, les signes d'hypertension intracrânienne… Pour chacun de ces signes, pour chacune des souffrances du corps de Francis, il y avait un nom… opisthotonos… mydriase… engagement amygdalien…

J'ai mis ma confiance en vous. Maintenant je ne peux rien faire de plus.

Ce n'est pas si simple.

Je sais bien. Peut-être que quelque part à l'intérieur je suis en train de hurler…

Byrne se souvint de ces phrases avec clarté. Il n'y avait pas une semaine que Francis Kennaway et lui s'étaient vus pour la première et la dernière fois. Aujourd'hui, alors que Byrne avait décidé de cesser de lutter, de mettre un terme à sa propre existence, il se retrouvait confronté pour la dernière fois sans doute à la mort de l'autre.

Byrne avait vu mourir des dizaines, peut-être même des centaines d'hommes et de femmes. Chaque fois, malgré son humanité, son dévouement, il avait au moment de leur départ senti s'opérer en lui la distanciation par rapport au mourant. L'homme, la femme qu'il assistait était déjà ailleurs, en partance, sur un rivage que Byrne n'osait regarder de face. Byrne avait tenu leurs mains dans les siennes, il avait embrassé un enfant en étouffant sa rage, il avait poussé des seringues de penthotal sans l'ombre d'une hésitation.

Mais cette fois-ci, il ne pouvait fuir devant la mort de l'autre. Il avait choisi de mourir lui aussi, bientôt, et Francis Kennaway semblait l'entraîner avec lui. Byrne avala sa salive avec difficulté et sortit dans le couloir.

Francis entendit une porte s'ouvrir, se retourna. Il aperçut Byrne à une dizaine de mètres. Le médecin referma la porte d'une chambre derrière lui, et sortit un paquet de cigarettes de sa poche. Sa tête tremblait légèrement, et il se reprit à deux fois avant d'en allumer une.

Francis tenta de revenir sur ses pas vers Byrne, mais il était trop faible.

– Pas maintenant, docteur Byrne... Pas maintenant.

Il aurait voulu crier, mais sa voix aussi faiblissait.

Byrne tira quelques bouffées de sa cigarette et s'éloigna dans le couloir.

– Docteur Fuchs ? C'est Byrne, je m'excuse de vous avoir fait réveiller.

Sylvia jeta un regard à Colin. Il continuait à dormir, dos tourné à la porte.

– C'est Francis, dit-elle.

– Oui, j'ai été appelé par l'infirmier de nuit. Kennaway est en coma aréactif avec une mydriase bilatérale, et une respiration spontanée limite...

– Je m'habille et j'arrive, dit Sylvia.

– Je ne peux pas attendre, docteur Fuchs. C'est fini de toute façon, et je dois le soulager.

Sylvia resta silencieuse un moment. Finalement, elle reprit :

– Faites... faites de votre mieux. J'ai confiance en vous... Francis n'a pas repris conscience ? Il n'a rien dit ?

Byrne répéta :

– C'est fini, docteur Fuchs. Il est en mydriase bilatérale aréactive.

– Qu'il ne souffre pas, Byrne. Je serai là dans trois quarts d'heure...

Sylvia reposa l'écouteur et entra dans la salle de

bains. Allongé sur le lit, Colin, les yeux ouverts, sentait son cœur cogner dans sa poitrine.

Francis avait repris sa progression le long du couloir, machinalement. Il avançait à l'aveuglette, sentant arriver la fin.

– Pas encore… pas tout de suite, je t'en supplie.

Il ne savait plus s'il priait Dieu, ou son père, ou Gabriel Byrne.

Il posa sa main sur une poignée de porte et la retira avec un cri de souffrance. La poignée était brûlante. Derrière la porte, il entendait le rugissement des flammes.

Byrne quitta le bureau de l'infirmier et pénétra à nouveau dans la chambre de Kennaway. Il ouvrit la mallette de réanimation, en sortit une seringue, une trousse d'ampoules.

Francis Kennaway serra les dents et tourna la poignée de la porte sans hésiter. La douleur le transperça et avec un cri étranglé, il essaya d'ouvrir la porte. La paume de sa main resta collée à la poignée.

Byrne s'assit sur le bord du lit et passa machinalement un morceau de coton imbibé d'alcool sur le pli du coude de Francis Kennaway. Il étira la peau recouverte de fines cicatrices et enfonça l'aiguille dans la veine. Sa tête se mit à trembler. Pour la première fois, Byrne leva le regard vers le visage du mourant. Il poussa sur la seringue.

Francis pénétra dans la galerie, tenant sa main droite brûlée recroquevillée contre sa poitrine.

La porte se referma derrière lui. Il poussa un gémissement. La galerie était intacte. Debout devant le sofa, Henry Childs se tenait, un verre en main.

Francis resta figé sur place.

Henry Childs sourit et, très lentement, leva le bras en direction de Francis.

Le verre était plein de sang.

Francis secoua la tête, sentant venir les larmes et la panique.

– Pas maintenant, pas maintenant…

Il tenta de repousser le verre offert par Henry, et sentit distinctement une piqûre au bras droit.

Il hurla :

– NON ! NON ! PAS MAINTENANT !

Henry hocha la tête d'un air compatissant, et la galerie retentit de rires et de hurlements.

Le bras de Francis s'engourdit, puis la paralysie gagna son corps tout entier, et, cessant de lutter, il tomba en arrière.

Sylvia ferma la porte de l'appartement. Colin attendit quelques secondes et alluma la lumière dans la chambre. Il consulta sa montre – il était cinq heures et demie –, et se leva d'un bond. Colin s'habilla en deux minutes et prit le téléphone sur le lit tout en ramassant son sac. Il composa un numéro, attendit un instant :

– Je voudrais Alan Sykes, à la rédaction du *Sun*.

– De la part…

– Colin Clive, c'est urgent.

Il patienta quelques secondes, passant et repassant sa main droite dans ses cheveux pour les peigner.

– Alan, je n'ai pas le temps de t'expliquer. Tu piques une blouse en typo, tu fonces à l'hôpital de Lakeview, c'est près de Greenwich Park, au sud-est de Londres. Je suis sur une affaire avec ton patron et j'ai besoin d'une photo de morgue.

– Tu sais l'heure qu'il est ? J'allais me coucher…

– Ça ne m'intéresse pas, Sykes. Ton patron est au courant, je te promets que c'est un gros coup. Tu peux pousser l'offre jusqu'à deux cents livres sans problème, ordre de la direction.

– Et la charogne, c'est qui ?

– Francis Kennaway.

– Je suis censé connaître ?

– C'est un écrivain connu... je n'ai pas le temps de t'expliquer...

– Ce n'est pas le pédé qui a brûlé une galerie il y a dix ans ? demanda Sykes.

– Oui... Je t'expliquerai plus tard. Fonce et ramène-nous ça au plus vite.

– Eh, du calme... il est mort de quoi, ton type ? Il n'a pas le sida, au moins ?

Colin resta stupéfait, et Sykes reprit :

– Tu comprends, ce n'est pas que je ne veux pas y aller, mais s'il y a des risques, je préférerais être prévenu.

Colin soupira :

– Tu ne vas pas me dire que tu es assez con pour croire ce que tu lis dans ton canard ?

Sylvia gara la Rover sur le parking des ambulances et monta au deuxième étage. Gabriel Byrne l'intercepta dans le couloir du service de psychiatrie. Les patients dormaient encore. Il l'amena dans le box des infirmières et ferma la porte.

– Je suis désolé. C'est fini.

Sylvia s'assit :

– Il n'a pas souffert ?... Excusez-moi, je suis stupide... Tout le monde doit vous demander ça...

– Ce n'est pas grave.

Byrne la regarda sortir discrètement un mouchoir de son sac et fut surpris par sa beauté. Décoiffée, sans maquillage, Sylvia lui apparut très désirable dans la lumière du petit matin.

Il reprit :

– Je ne crois pas qu'il ait souffert.

– Je peux le voir ?
– Bien sûr.

Gabriel Byrne accompagna Sylvia jusqu'à la chambre de Francis Kennaway et la laissa seule. Sylvia Fuchs s'assit sur le rebord du lit et se mit à pleurer. L'infirmier avait relevé le drap au-dessus de la tête de Francis. Le regard de Sylvia courut dans la pièce, sur le fauteuil vide, la table recouverte de livres et de seringues électriques éteintes. La forme sur le lit, immobile, invisible, était omniprésente.

Sylvia ouvrit le tiroir de la table de nuit et en sortit le magnétophone de Francis. Elle le posa sur ses genoux, en sortit la cassette. Sur l'étiquette, Francis avait écrit d'une main tremblante : SYLVIA. Elle rembobina la cassette et monta le volume.

– C'est jeudi soir, Sylvia. C'est sans doute un cliché, mais quand tu entendras ceci, je serai mort. Nous nous sommes quittés cet après-midi, et je suis très fatigué. Je ne sais pas quel jour tu écoutes ceci, mais pour moi, c'est éternellement jeudi.
Je suis fatigué. Fatigué de glisser inexorablement vers la fin. L'impression que mon histoire est déjà écrite, que tous les acteurs sont en place, que je vais y jouer mon rôle jusqu'au bout sans pouvoir changer une seule phrase de mon texte. Glisser vers la fin comme un diamant dans le sillon d'un disque sans la moindre abrasure. Le moindre souffle. La fatigue a cependant du bon, Sylvia. Je n'ai plus peur.

Colin Clive pénétra dans la station de métro de Seven Sisters à six heures quinze. Le guichet était fermé. Il courut jusqu'au quai et se posta en tête de voie. Il tenait son sac serré contre lui, et sa main droite caressait les cassettes dans sa poche.

– Lorsque je me suis réveillé après l'incendie de la galerie, Sylvia, deux semaines avaient passé. Deux semaines de coma pendant lesquelles les chirurgiens avaient fait tout ce qu'ils pouvaient pour me rendre un semblant d'apparence humaine. Deux semaines pendant lesquelles les enquêteurs avaient passé au crible les décombres de la galerie. Aucun des tableaux de Henry n'avait survécu à l'incendie. Son autopsie ne put conclure avec certitude sur les lésions causées par la soude. Les débris de verre des bouteilles, la découverte de mon briquet parmi les cendres... certains indices pouvaient indiquer que j'étais coupable et non victime.
Je me suis réfugié derrière mes bandages, Sylvia, et quand cela n'a plus été suffisant, je me suis réfugié derrière la folie. Inutile de le nier, Sylvia. J'ai voulu te le cacher, mais ça n'aurait aucun sens. Parfois j'ai douté de moi. Parfois je me suis demandé qui avait tué Henry Childs : moi, ou la tumeur ? Je crois que je n'aurai jamais la réponse. Mais toi, Sylvia, tu risques de le savoir. Pardonne-moi. J'ai failli mourir dans l'incendie, Sylvia. Cela seul aurait suffi à faire basculer ma raison. J'ai volontairement joué la folie pour les enquêteurs, lorsqu'ils m'ont interrogé. Et je t'avoue que la limite entre le mensonge et la vérité n'était pas très claire dans ma tête. Ils m'ont déclaré fou, Sylvia, et ils ont classé l'affaire. Je croyais en avoir terminé avec Henry Childs, Sylvia. J'aurais été prêt à finir ma vie ici, en d'autres circonstances peut-être. Et puis les cauchemars ont commencé.
D'abord indistincts, puis de plus en plus nets, insistants. Je me réveillais toutes les nuits en étouffant mes hurlements.
Henry était là.
Henry et les autres. Je me réveillais avec l'odeur de leur putréfaction dans mes narines, le goût de leur chair morte sur mes lèvres. J'ai failli sombrer pour

de bon, Sylvia. Henry m'avait retrouvé. Il m'avait marqué de son sceau pour venir me retrouver après la mort.

Qu'importe si c'était là l'explication ou si j'étais devenu fou pour de bon. Chaque nuit ils revenaient me hanter. Et puis un soir de mai 1982 mon frère est mort en Écosse lorsque l'hélicoptère qui l'amenait sur une plate-forme pétrolière a heurté un pylône. Je ne l'ai appris que le lendemain par la radio. Mais la nuit même, il est venu avec Henry et les autres... C'est une chose à laquelle je ne dois pas penser.

C'est à ce moment que j'ai décidé de combattre Henry avec ses propres armes, d'exorciser mes terreurs en y faisant face, en les surmontant. J'avais à peine recouvré l'usage de mes mains quand je t'ai demandé de quoi peindre. Du papier, des pinceaux...

Je vous ai vus, toi et Lindström, vous pencher avec une avidité tout intellectuelle sur mes toiles. Couchers de soleil, natures mortes... Dans chacune de mes croûtes, vous cherchiez matière à analyse. Lindström semblait même y voir la preuve de ma culpabilité, ma volonté de remplacer ma victime pour nier le crime. Je vous ai laissés faire, et la nuit, à la lueur de mes visions, j'ai exorcisé Henry. Avec ses propres armes. Cent fois j'ai dû me reprendre avant de le fixer sur la toile comme il avait fixé les portraits de Marilyn, de Kennedy et des autres... Et chaque fois que j'ajoutais un détail à mon tableau, Henry perdait de sa consistance, devenait plus irréel. Lorsqu'il a tout à fait disparu de mes nuits, j'ai cessé de peindre.

Ce que j'avais devant les yeux était aussi puissant que les visions de Henry. Que dis-je... c'était Henry lui-même qui avait peint cet autoportrait rongé par l'acide et les flammes. Lorsque les cauchemars ont cessé, j'ai caché mon chef-d'œuvre sous mon matelas, afin que personne ne le trouve. Je savais que je ne pouvais pas le détruire au risque de retomber sous l'emprise de Henry. Mais je craignais, s'il était découvert, d'infliger à un autre le tourment qui avait été le mien. Car ce tableau à lui seul contenait, distillée dans sa trame, toute la maléfique puissance de la vision de mon amant. Et ce que je redoutais est enfin arrivé. Lorsque j'ai su que j'allais mourir, j'ai compris qu'il appartiendrait à un autre que moi de détruire ce chef-d'œuvre après ma mort. Souviens-toi de ce que je t'ai dit, Sylvia : Quand vous saurez, tâchez de me pardonner…

Colin plongea sa main dans sa poche et palpa le coin d'une cassette. Il mordillait l'intérieur de sa joue depuis qu'il était monté dans le wagon, et un petit filet de sang coulait dans sa bouche. Il était trop excité pour avoir mal.

Il regarda sa montre encore une fois. Six heures trente-cinq. Dans trente minutes, il serait aux bureaux du journal. Il avait toute confiance en Alan Sykes pour ramener une photo de Francis Kennaway.

Colin allait devoir, bien sûr, jouer de finesse avec le patron… Il ne fallait pas que son propre nom soit mêlé à cette histoire. Il suffirait que la rumeur de l'existence de la confession de Francis soit retransmise par les journaux, que le « scandale » de sa mort à l'hôpital fasse la une des quotidiens pendant quelques jours… et l'avenir du livre de Colin serait assuré. Il renverrait les cassettes à Sylvia dès qu'il les aurait copiées. Elle n'en ferait rien, il le savait maintenant. Mais il n'y avait pas de raison qu'il rate sa dernière chance pour elle. Le métro entra dans la station de King's Cross. Colin fut le premier sur le quai.

– Je suis très fatigué, Sylvia. Je m'y suis repris plusieurs fois pour te dire ceci, mais je n'y arrive pas. Lorsque je serai mort, prends toutes mes affaires et

détruis-les. Qu'il ne reste rien de moi que les livres que j'ai écrits.
Sous le matelas, tu trouveras un carton à dessins. Je ne peux que te répéter ceci, Sylvia. Ne l'ouvre pas. Quoi que tu fasses, ne l'ouvre pas. Brûle-le sans tenter de voir ce qu'il y a à l'intérieur. Je suis peut-être fou, n'est-ce pas ? Ce serait peut-être là la preuve formelle de mes illusions, de mon délire. Mais ne cours pas ce risque, Sylvia.
Pardonne-moi de te mettre devant cette tentation. Pardonne-moi de t'avoir choisie. Tu étais la seule qui soit assez fragile pour que je puisse te convaincre, tu étais aussi la seule que j'aimais suffisamment pour craindre de ne pas réussir. Je suis perdu, Sylvia, mais tu peux encore te sauver. Avant que l'ombre ne vienne me chercher, je voudrais te dire que je t'aime, Sylvia. Détruis-le.

Sylvia reposa le magnétophone sur la table de nuit et porta la main à son visage. Elle resta immobile pendant quelques instants, puis se leva brusquement et sortit dans le couloir. Elle était blême. Byrne se leva pour lui porter secours, mais elle le repoussa d'un geste non dénué de douceur.

– Merci, Byrne. Ça va aller.

– Vous voulez un café ?

Ils avancèrent côte à côte, en silence, vers le bureau des infirmières. L'infirmier de nuit préparait le café. Ils n'avaient pas eu le temps d'échanger une parole que Warren Besart entra à son tour dans le bureau. Il passa la main dans ses cheveux rares, pathétique dans sa robe de chambre.

– Francis est mort, n'est-ce pas ?

La figure de Warren Besart se tordit. Byrne et Sylvia restèrent un instant interdits devant le spectacle de cet homme d'allure ridicule auquel la douleur semblait conférer une dignité étrange. Sylvia se leva et guida Besart vers le bureau, le fit asseoir. Le gros homme passa sa main sur ses yeux.

– Je pourrais le voir avant qu'ils l'emmènent ?

Sylvia fit signe que oui, et Besart se releva immédiatement.

– Attendez, Warren. Remettez-vous, dit l'infirmier.

– Mais ils l'emmènent…

– Qui ça, ils ? demanda Sylvia.

– Le brancardier, répondit Besart.

L'infirmier fronça les sourcils :

– Ce n'est pas possible. Je n'ai pas eu le temps de préparer le corps, et il doit rester dans le service au moins deux heures.

Sylvia sortit la première dans le couloir, talonnée par Byrne. La porte de la chambre de Francis s'ouvrit en même temps, et un homme en blouse en sortit, poussant une chaise roulante. Ils restèrent face à face, puis l'homme tenta de fuir. Byrne se jeta sur lui. Sylvia les regardait sans comprendre.

Warren Besart et l'infirmier se précipitèrent pour porter secours à Byrne. Il les repoussa et plaquant l'homme contre le mur, plongea la main dans ses poches. Il en sortit un appareil-photo qu'il jeta à travers le couloir avec un cri de rage, puis, du revers de la main, gifla l'homme assez fort pour le déséquilibrer. Le journaliste tomba à terre, et l'infirmier de nuit s'interposa entre eux. Byrne respirait à grandes goulées pour se calmer. Il se tourna vers Sylvia :

– C'est Sutcliffe. C'est un coup de cet enculé de Sutcliffe !

– Pourquoi ? demanda Sylvia, ahurie.

– Pour couler Lindström…

Sylvia fronça les sourcils.

– Je vous expliquerai, reprit Byrne. Pour couler Lindström, et parce que la mort, ça peut toujours faire jouir quelques-uns de ces fumiers…

Sylvia frémit, mais Byrne ne le remarqua pas. Il continua pour l'infirmier :

– Téléphonez aux urgences, qu'ils viennent le chercher et le mettre au cabanon. Nous aviserons plus tard.

L'homme se relevait péniblement :

– Ça va vous coûter cher de porter atteinte…

Byrne éclata d'un rire dément, et le journaliste se tut. Sylvia posa sa main sur le bras du médecin, inquiète. Byrne se laissa guider vers le bureau des infirmières, tandis que Besart agrippait le journaliste et que l'infirmier appelait ses collègues des urgences. Sylvia fit asseoir Byrne et lui versa une tasse de café. Il réussit à se calmer, et la remercia d'un signe de tête :

– Excusez-moi, c'est nerveux.

– Je comprends, dit Sylvia. Ça soulage.

Byrne sourit :

– Ça nettoie, oui… ça nettoie complètement…

Sylvia se versa une tasse à son tour, hésita un instant, puis reprit :

– Qu'est-ce que vous avez voulu dire, tout à l'heure, sur les gens que la mort fait jouir… ?

– Il y en a plein, Sylvia. C'est une forme de fuite comme une autre face à la mort. La sienne comme celle des autres. Ce n'est pas la mort qui les fait jouir, mais l'image de la mort. Je vous parie que cette ordure a pris des photos de Francis Kennaway sur son lit de mort.

– Pourquoi ? La mort, c'est le plus souvent repoussant, angoissant…

– Ne soyez pas naïve, Sylvia. La mort fascine. Je vous parle en connaissance de cause…

Sylvia interrogea Byrne du regard, mais il en resta là.

– La mort vous fait peur, Byrne ?

– Parfois…

– Comment faites-vous, alors ?
– Je l'affronte. J'y fais face. C'est sans doute pour ça que je fais ce métier.
Ils se sourirent tous deux, avec une trace d'amertume.
– Vous êtes pressé ce matin ? demanda Sylvia.
Byrne eut un sourire méchant :
– Je dois téléphoner à mon patron. Mais ça peut attendre quelques heures. Quelque chose me dit que sa journée va être rude, je peux le laisser dormir encore un peu.
– Vous voulez m'aider ?
– Qu'est-ce que vous voulez faire ?
– J'aimerais… (Sylvia hésita, sa voix se fit grave.) J'aimerais préparer Francis, le nettoyer. Je ne sais pas si j'arriverai à le soulever.
Byrne ouvrit la bouche, puis se ravisa. Il fit oui de la tête.
Sylvia se leva, prit le chariot de pansements et sortit dans le couloir. Byrne finit sa tasse de café et jeta un œil à l'extérieur. Le soleil se levait sur Londres. Il suivit Sylvia.

Sylvia referma la porte de la chambre derrière eux. Le photographe avait laissé retomber le drap de travers sur le lit. Sylvia se pencha sur le corps de Francis, s'essuya les yeux. Puis, avec un tremblement, elle souleva le drap et fit face à Francis Kennaway. Les yeux étaient fermés, mais la trace d'un faible rictus de souffrance était encore visible sur les chairs affaissées. Sylvia Fuchs se raidit et sa main courut sur le lit, toucha la main de Francis. Ses doigts s'entremêlèrent aux siens, et les larmes jaillirent à nouveau. Adossé à la porte, Byrne l'observait en silence.
Sylvia baissa la tête. Ses lèvres effleurèrent la bouche de Francis. Au bord de l'évanouissement, elle resta

quelques instants penchée sur lui. L'odeur suave de la mort s'insinua en elle.

Elle se laissa glisser à genoux et leva des yeux humides vers Byrne.

– Soulevez-le, s'il vous plaît.

Byrne fronça les sourcils mais s'avança jusqu'au lit, prêt à obéir. Leurs regards se croisèrent, et l'interrogation mourut sur les lèvres de Gabriel Byrne. Sylvia hocha la tête avec douceur. Byrne posa un genou sur le matelas, glissa ses bras sous le corps de Francis et le souleva du lit, étonné de la légèreté du cadavre. Sylvia fit rouler le coin du matelas. Elle vit le carton à dessins, hésita, puis le tira vers elle. La main droite de Francis tomba sur le lit.

Sylvia se releva. Byrne reposa doucement le corps de Francis sur le lit et le recouvrit. De sous les couvertures monta une puanteur âcre. Le mort se vidait. Sylvia fixa encore une fois le visage de Francis, puis le carton à dessins dans ses mains. Byrne ne disait rien. Elle demanda, d'une voix à peine audible :

– Gabriel… Il y a un incinérateur au sous-sol ?

Byrne hocha la tête.

– Aidez-moi, dit-elle.

Colin courut le long des couloirs de la station de King's Cross pour atteindre sa correspondance, bousculant les rares voyageurs avec son sac.

Il prit le grand escalator pour descendre au niveau de Piccadilly Line et consulta sa montre avec impatience. Six heures cinquante-trois.

Francis ouvrit les yeux. Au-dessus de lui, la verrière de la galerie explosa. Des milliers de fragments de verre fondu tombèrent en pluie dans la pièce. Il ne ressentait plus de peur, et la douleur n'était plus qu'un vague souvenir. Il se redressa en prenant appui sur le sofa, et fit face à Henry.

Colin descendait l'escalator quand il entendit une déflagration violente au-dessus de lui. Il eut juste le temps d'apercevoir la verrière de néon exploser, puis tout alla très vite. Les ténèbres envahirent la station. Colin sentit les marches vibrer sous ses pieds. L'escalator s'arrêta net. Pendant une fraction de seconde, Colin comprit ce qui allait se passer et tenta de se cambrer en arrière en envoyant la main gauche vers la rambarde, à l'aveuglette. Mais, déséquilibré par son sac, il fut propulsé en avant par l'arrêt brutal de l'escalator. Il hurla une fois, pendant les cinq premiers mètres de sa chute, juste avant que sa nuque ne se brise sur l'arête métallique acérée d'une marche. Puis il n'y eut plus que le bruit obscène de sa chute, le vêtement déchiré, les os fracassés, la chair arrachée. Son sac se bloqua à la moitié de la descente, après cinquante mètres. Son manteau se déchira et les cassettes volèrent avec son stylo et une brosse à dents neuve au milieu des détritus et des prospectus.

Finalement il s'arrêta à quelques marches de la plate-forme inférieure. Il ne ressentait pas de douleur. Juste une démangeaison au poignet gauche là où l'os avait embroché la manche de sa veste. Et le goût métallique du sang dans sa bouche. Le groupe électrogène de secours se mit en marche, mais il n'y voyait déjà plus.

Byrne referma le volet d'aération de l'incinérateur, tourna son regard vers Sylvia, et lui tendit la main. Elle sourit. Elle se sentait vide, délivrée. Il n'y aurait pas de livre sur Francis Kennaway.

Francis marcha droit devant lui, aveuglé par les flammes et la fumée. Il buta contre la table basse de la galerie et faillit tomber. Il écarquilla les yeux. Au centre de la galerie, Henry Childs, arc-bouté sur ses jambes, oscillait dans la chaleur des flammes. Francis se lança vers lui et l'agrippa. Le cadre du portrait de Henry Childs, rongé par les flammes, tomba des mains du peintre. Les deux hommes fixèrent le portrait, et une pensée vint à Francis, furtive : Elle l'a fait… Elle l'a fait… Il tenta de se souvenir, mais il n'avait plus de mémoire. Pourtant, il savait que leur temps était compté, que la destruction de ce tableau marquait leur fin à tous les deux.

Henry leva son regard depuis le cadre tombé à terre, et Francis lui fit face. Henry était intact, mais la peau de son visage semblait parcourue de frémissements comme la surface d'un lac. Francis prit la tête de son amant entre ses mains ensanglantées et en approcha ses lèvres. Quelque chose sembla glisser hors de la bouche de Henry. Francis arrêta son geste. La langue du serpent, humide de salive, fut ravalée à l'intérieur.

– Qui es-tu ? murmura Francis.

Henry sourit tristement :

– Mon nom est Légion.

Francis sentit l'engourdissement le gagner. Il serra la tête de Henry Childs entre ses mains et l'embrassa sur la bouche.

Table

Rivages/noir

Dernières parutions

André Allemand
Au cœur de l'île rouge (n° 329)
Un crime en Algérie (n° 384)

Claude Amoz
L'Ancien Crime (n° 321)

Cesare Battisti
Dernières cartouches (n° 354)

William Bayer
Labyrinthe de miroirs (n° 281)

Marc Behm
Crabe (n° 275)
Tout un roman ! (n° 327)

Bruce Benderson
Toxico (n° 306)

Abdel H. Benotman
Les Forcenés (n° 362)

Stéphanie Benson
Un meurtre de corbeaux (n° 326)
Le Dossier Lazare (n° 390)

Michel Boujut
Souffler n'est pas jouer (n° 349)

Daniel Brajkovic
Chiens féroces (n° 307)

Wolfgang Brenner
Welcome Ossi ! (n° 308)

Yves Buin
Kapitza (n° 320)
Borggi (n° 373)

Edward Bunker
Les Hommes de proie (n° 344)

James Lee Burke
Le Bagnard (n° 272)
Une tache sur l'éternité (n° 293)

Dans la brume électrique avec les morts confédérés (n° 314)
La Pluie de néon (n° 339)
Dixie City (n° 371)

Jean-Jacques Busino
Le Bal des capons (n° 278)
La Dette du diable (n° 311)
Le Théorème de l'autre (n° 358)

Daniel Chavarría
Adiós muchachos (n° 269)
Un thé en Amazonie (n° 302)
L'Œil de Cybèle (n° 378)

Daniel Chavarría/Justo Vasco
Boomerang (n° 322)

George Chesbro
Les Cantiques de l'Archange (n° 251)
Les Bêtes du Walhalla (n° 252)
L'Odeur froide de la pierre sacrée (n° 291)
Le Second Cavalier de l'Apocalypse (n° 336)
Le Langage des cannibales (n° 368)
Veil (n° 369)
Crying Freeman (n° 403)

Michael Collins
Rosa la Rouge (n° 267)

Robin Cook
Bombe surprise (n° 260)
Mémoire vive (n° 374)

Peter Corris
Le Grand Plongeon (n° 394)

Hélène Couturier
Sarah (n° 341)

Jean-Paul Demure
Fin de chasse (n° 289)
Les Jours défaits (n° 351)

Jean-Claude Derey
Black Cendrillon (n° 323)
Toubab or not toubab (n° 379)

Pascal Dessaint
Bouche d'ombre (n° 255)

Un homme est tombé (n° 350)
Le Premier Aigle (n° 404)

Bill James
Retour après la nuit (n° 310)
Lolita Man (n° 355)

Thomas Kelly
Le Ventre de New York (n° 396)

William Kotzwinkle
Le Jeu des Trente (n° 301)
Book of Love (n° 332)

Terrill Lankford
Shooters (n° 372)

Michael Larsen
Incertitude (n° 397)

Dennis Lehane
Un dernier verre avant la guerre (n° 380)

Christian Lehmann
Un monde sans crime (n° 316)
La Folie Kennaway (n° 406)

Elmore Leonard
Punch Créole (n° 294)
Pronto (n° 367)
Les Chasseurs de primes (n° 391)

Bob Leuci
Odessa Beach (n° 290)

Ted Lewis
Plender (n° 258)

Jean-Patrick Manchette
La Princesse du sang (n° 324)

Dominique Manotti
À nos chevaux ! (n° 330)
Kop (n° 383)

Marc Menonville
Walkyrie vendredi (n° 250)
Dies Irae en rouge (n° 279)

Tobie Nathan
Dieu-Dope (n° 271)

Jim Nisbet
Sous le signe du rasoir (n° 273)
Prélude à un cri (n° 399)

Jack O'Connell
Porno Palace (n° 376)

Renato Olivieri
L'Affaire Kodra (n° 402)

Jean-Hugues Oppel
Ténèbre (n° 285)
Cartago (n° 346)

Abigail Padgett
Le Visage de paille (n° 265)
Oiseau de Lune (n° 334)

Hugues Pagan
Last Affair (n° 270)
L'Eau du bocal (n° 295)
Vaines Recherches (n° 338)
Dernière station avant l'autoroute (n° 356)
Tarif de groupe (n° 401)

Pierre Pelot
Natural Killer (n° 343)
Le Méchant qui danse (n° 370)

Andrea G. Pinketts
Le Sens de la formule (n° 288)

Michel Quint
Le Bélier noir (n° 263)
L'Éternité sans faute (n° 359)

Hugh Rae
Skinner (n° 407)

John Ridley
Ici commence l'enfer (n° 405)

Louis Sanders
Février (n° 315)
Comme des hommes (n° 366)

Budd Schulberg
Sur les quais (n° 335)

Roger Simon
La Côte perdue (n° 305)

Pierre Siniac
Le Tourbillon (n° 256)
Femmes blafardes (n° 274)
L'Orchestre d'acier (n° 303)
Luj Inferman' et La Cloducque (n° 325)
De l'horrifique chez les tarés (n° 364)
Bon cauchemar les petits... (n° 389)

Neville Smith
Gumshoe (n° 377)

Les Standiford
Johnny Deal (n° 259)
Johnny Deal dans la tourmente (n° 328)
Une rose pour Johnny Deal (n° 345)

Richard Stratton
L'Idole des camés (n° 257)

Paco Ignacio Taibo II
Pas de fin heureuse (n° 268)
Même ville sous la pluie (n° 297)
La Bicyclette de Léonard (n° 298)
Jours de combat (n° 361)

Ross Thomas
Crépuscule chez Mac (n° 276)
Traîtrise ! (n° 317)
Voodoo Ltd (n° 318)

Brian Thompson
L'Échelle des anges (n° 395)

Jim Thompson
Avant l'orage (n° 300)

Suso De Toro
Land Rover (n° 386)

Marc Villard
Cœur sombre (n° 283)
Du béton dans la tête (n° 284)
Made in Taïwan (n° 333)

Donald Westlake
Aztèques dansants (n° 266)

Kahawa (n° 277)
Faites-moi confiance (n° 309)
Trop humains (n° 340)
Histoire d'os (n° 347)
Le Couperet (n° 375)
Smoke (n° 400)

Janwillem Van De Wetering
Retour au Maine (n° 286)
Le Papou d'Amsterdam (n° 313)
Maria de Curaçao (n° 331)

Charles Willeford
Les Grands Prêtres de Californie (n° 365)
La Messe noire du frère Springer (n° 392)
L'Île flottante infestée de requins (n° 393)

Colin Wilson
Le Tueur (n° 398)

Daniel Woodrell
Faites-nous la bise (n° 296)
La Fille aux cheveux rouge tomate (n° 381)

Achevé d'imprimer sur rotative
par l'Imprimerie Darantiere à Dijon-Quetigny
en août 2001

Dépôt légal : août 2001
N° d'impression : 21-0927